गुलज़ार

गुलज़ार एक मशहूर शायर हैं जो फ़िल्में बनाते हैं। गुलज़ार एक अप्रतिम फ़िल्मकार हैं जो कविताएँ, कहानियाँ लिखते हैं। बिमल राय के सहायक निर्देशक के रूप में शुरू हुए। फ़िल्मों की दुनिया में उनकी कविताई इस तरह चली कि हर कोई गुनगुना उठा। एक 'गुलज़ार-टाइप' बन गया। अनूठे संवाद, अविस्मरणीय पटकथाएँ, आसपास की ज़िन्दगी के लम्हे उठाती मुग्धकारी फ़िल्में। 'परिचय', 'आँधी', 'मौसम, 'किनारा', 'ख़ुशबू', 'नमकीन', 'अंगूर', 'इजाज़त'—हर एक अपने में अलग।

1934 में दीना (अब पाकिस्तान) में जन्मे गुलज़ार ने रिश्ते और राजनीति—दोनों की बराबर परख की। उन्होंने 'माचिस' और 'हू-तू-तू' बनाई, 'सत्या' के लिए लिखा—'गोली मार भेजे में, भेजा शोर करता है...'

कई किताबें लिखीं। 'चौरस रात' और 'रावी पार' में कहानियाँ हैं तो 'गीली मिट्टी' एक उपन्यास। 'कुछ नज़्में', 'साइलेंसेस', 'पुखराज', 'चाँद पुखराज का', 'ऑटम मून', 'त्रिवेणी', 'पाजी नज़्में' वगैरह में कविताएँ हैं। बातों-मुलाक़ातों की किताब 'बोसकीयाना' भी है। बच्चों के मामले में बेहद गम्भीर। बहुलोकप्रिय गीतों के अलावा ढेरों प्यारी-प्यारी किताबें लिखीं जिनमें कई खंडों वाली 'बोसकी का पंचतंत्र' भी है। 'मेरा कुछ सामान' फ़िल्मी गीतों का पहला संग्रह था, 'छैंया-छैंया' दूसरा। 'खराशें' नाट्य-पुस्तक है। 'मीरा', 'ख़ुशबू', 'आँधी' और अन्य कई फ़िल्मों की पटकथाएँ लिखीं। 'मंज़रनामा' सीरीज़ में सभी के मंज़र प्रकाशित हैं। 'सनसेट प्वॉइंट', 'विसाल', 'वादा', 'बूढ़े पहाड़ों पर' या 'मरासिम' जैसे अल्बम हैं तो 'फ़िज़ा' और 'फ़िलहाल' भी। यह विकास-यात्रा का नया चरण है।

बाक़ी कामों के साथ-साथ 'मिर्ज़ा ग़ालिब' जैसा प्रामाणिक टी.वी. सीरियल बनाया, कई अलंकरण पाए। सफ़र इसी तरह जारी है। चिट्ठी का पता वही है—बोस्कियाना, पाली हिल, बान्द्रा, मुम्बई।

यशवंत व्यास

नए प्रयोगों के लिए चर्चित व्यंग्यकार-पत्रकार यशवंत व्यास कई मीडिया उपक्रमों में प्रमुख रहे हैं। उनकी प्रकाशित पुस्तकें हैं—'बोसकीयाना', 'चिन्ताघर', 'कामरेड गोडसे', 'ख्वाब के दो दिन', 'अपने गिरेबान में', 'कल की ताजा ख़बर', 'अमिताभ का अ', 'कवि की मनोहर कहानियाँ' आदि।

उन्हें कई सम्मानों से सम्मानित किया गया है।

पेशकश

यशवंत व्यास

राधाकृष्ण पेपरबैक्स

पहला पुस्तकालय संस्करण
राधाकृष्ण प्रकाशन प्राइवेट लिमिटेड द्वारा
2020 में प्रकाशित

राधाकृष्ण पेपरबैक्स में
पहला संस्करण : 2025

Special Edition Designed by Studio YV Ink

राधाकृष्ण पेपरबैक्स : उत्कृष्ट साहित्य के जनसुलभ संस्करण

राधाकृष्ण प्रकाशन प्रा.लि.
जी-17, जगतपुरी
दिल्ली-110 051
द्वारा प्रकाशित

शाखाएँ : अशोक राजपथ, साइंस कॉलेज के सामने, पटना-800 006
पहली मंजिल, दरबारी बिल्डिंग, महात्मा गांधी मार्ग, प्रयागराज-211 001
1, अनमोल सोराबजी सन्तुक लेन, धोबी तलाव, मरीन लाइंस, मुम्बई-400 002

वेबसाइट : www.radhakrishnaprakashan.com
ई-मेल : info@radhakrishnaprakashan.com

यश प्रिंटोग्राफ़िक्स
नोएडा-201 301
द्वारा मुद्रित

मूल्य : ₹399

BOSKIYANA
Conversation with Gulzar

ISBN : 978-93-48157-12-6

तमाम सफ़हे किताबों के फड़फड़ाने लगे
हवा धकेल के दरवाज़ा आ गई घर में!

कभी हवा की तरह तुम भी आया जाया करो!

—त्रिवेणी

इक नक़ल तुझे भी भेजूंगा

ये सोचके ही...
तन्हाई के नीचे कार्बन पेपर रखके मैं
ऊँची-ऊँची आवाज़ में बातें करता हूँ

अल्फ़ाज़ उतर आते हैं काग़ज़ पर लेकिन...
आवाज़ की शक्ल उतरती नहीं
रातों की सियाही दिखती है!!

—गुलज़ार

पिताजी कहते थे,
'साडे घर ए मरासी किथों जम पाया?'

काश देख पाते—
कि उस मरासी नूं मंज़िल लभ गई।

सुबह की मेहंदी छलक रही है।

झिगझेग रोड पर मल्लेश ने अपनी काली फोर्ड चढ़ा दी है।

मैं अक्सर मोड़ और चढ़ाव भूल जाया करता हूँ। मल्लेश को मुम्बई की सड़कें नापते, सवारों को ले जाते अर्सा हो गया है, वह आड़ी-टेढ़ी इस सड़क को जो तीखी ढलान को भीतर समाते हुए बनाई गई है, मज़े में पार कर लेता है। मुख्य सड़क पर बैंक का निशान देख रहा हूँ। फ़ैब इंडिया का नाम खोज रहा हूँ। पाली हिल की उस जगह पर नई बिल्डिंग बन रही है। दो इमारतों के बीच जाल पड़ा है कि पत्थर टूटें, मलबा आए तो नीचे वाले बच जाएँ।

फ़ैब इंडिया हट गया है। पड़ोस में कोई ऊँची इमारत शुरू हुई है।
हाँ, बोसकीयाना यहीं है।

इतनी सुबह, वक़्त से पहले आ गए हैं। पलटते हैं। गाड़ी से उतरकर पैदल नीचे की तरफ़ नरगिस दत्त रोड है। पाली हिल के इस इलाक़े में मैं बरसों से आ रहा हूँ। कुछ ही दूर कोज़ी होम सोसाइटी है। पाली हिल की ढलानों पर कितने ही सितारों की धूल गिरी और उड़ी है।

बरसों पहले उसी में ए ब्लॉक के फ़्लैट नं.-91 में आना-जाना शुरू हुआ

था। एक बड़ी-सी तस्वीर से गुज़र कर अन्दर पहुँचा था। तब, एक बार उन्होंने भीतर जाकर बहुत-सी पुरानी तस्वीरें निकाल कर दी थीं।

मैं पूछता और सुनता रहता था। पीछे एम.आर. आचरेकर की बनाई पेंटिंग टंगी थी—जिसमें मीनाजी थीं। खिड़की के पीछे आसमान और दूर समन्दर। चाहो, तो देख लो।

'मोगरा अच्छा लगता है, लेकिन क्यों अच्छा लगता है, कह नहीं सकते। बस महसूस करने की बात है।'

'कोई भी दर्द, भाव या क़ैफ़ियत, अतीत के बग़ैर नहीं है। हर भाव का एक अतीत है।' उन्होंने कहा था।

रिश्ते के साथ आवाज़, ख़ुशबू और मंज़र साथ-साथ टहलते हैं।

मेरे पास 1992 के वसंत की एक दोपहर है। उस दोपहर ने इस सुबह की हथेली पर सूरज मला था। इंदौर में अपने अखबार के लिए गया था इंटरव्यू लेने। चल रहा था क्रिकेट। अलॉट हुए थे दस मिनट। मिल गए एक घंटा दस मिनट। कविताएँ सुनने का बोनस अलग से।

उम्मीद का अपना रोज़गार कभी-कभी बहुत ग़ज़ब का उपहार देता है।

शाख पर जब धूप आई
हाथ छूने के लिए
छाँव छम से नीचे कूदी
हँसके बोली, आइए!

जिस किताब की फोटोकॉपी करके सवाल बनाए थे कि पीला चाँद शाखों में अटक कैसे जाता है, गीला चाँद खिल कैसे जाता है, आकाश ज़मीं कैसे हो जाता है और चाँद यहीं कैसे सो जाता है—नज़्मों की उसी किताब में दो हिस्से थे—ऊला और सानी। भीतर के जर्नलिस्ट ने

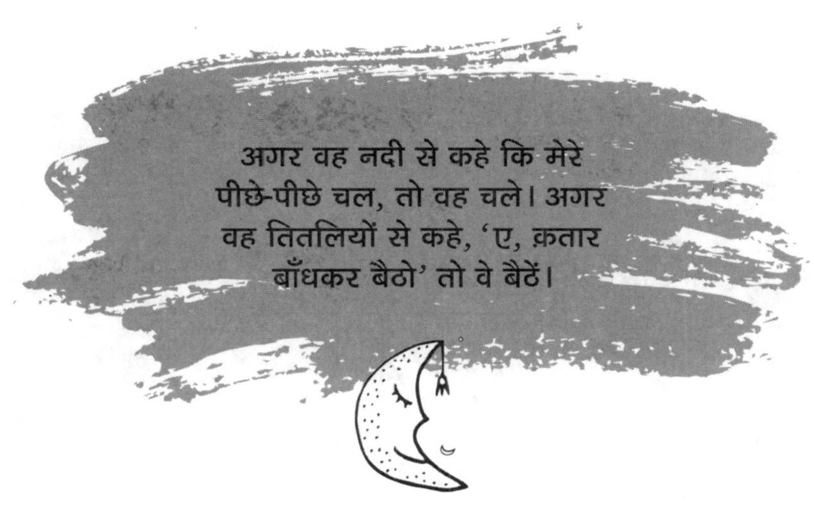

पूछा—आपकी ज़िन्दगी अगर एक शेर है तो उसका ऊला क्या और सानी क्या?

'अक्सर ऐसा होता है ज़िन्दगी में, कि आप ऊला की क़ैफ़ियत से गुज़रते रहते हैं और सानी की गिरह देर तक नहीं लगती। कुछेक हिस्सों में ऐसा होता है कि बस अचानक अपने आप होता चला जाता है। लगता है कि लो पूरा हुआ। गिरह लगे तो मानी समझ में आए।'

वे बरसों पुरानी पहचान के निकले। हालाँकि अप्वॉइंटमेंट पहला था।

कुछ ही लोग ऐसे होते हैं जिनके पैर छुओ, और घुटने भी, तो पीठ पर हाथ ज़िन्दगी भर महसूस होता है। जो जानते हैं, वो जानते हैं कि गिरह से ज़्यादा रमाने वाली, उस गिरह की तलाश होती है।

इक बार वक़्त से
लम्हा गिरा कहीं
वहाँ दास्ताँ मिली
लम्हा कहीं नहीं।

यहाँ, लम्हा भी मिला, दास्ताँ भी।
उनकी आँखों की उदास-उदास चमक उनके होठों पर अक्स डालती

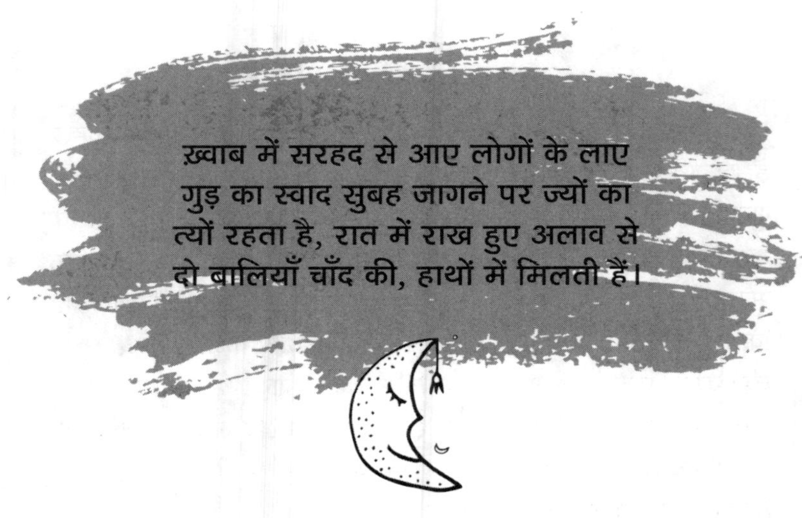

रहती है। यही उदास चमक उनकी शायरी का लहज़ा भी है। डॉ. राही मासूम रज़ा ने कहीं कहा था।

वह एक स्नेही, संरक्षणशील और सचेत पिता, बीती शताब्दी का रूढ़िवादी-पति और आने वाली शताब्दी का प्रेमी है। बासु भट्टाचार्य बोले थे।

‘उसे सुनता हूँ तो लगता है, अगर वह नदी से कहे कि मेरे पीछे-पीछे चल, तो वह चले। अगर वह तितलियों से कहे, ‘ए, क़तार बाँधकर बैठो’ तो वे बैठें। तितलियाँ, जो शब्द हैं और नदी, जो सोच है।’ भूषण वनमाली ने यूँ लिखा—

‘जागते रहना बहुत बड़ी चीज़ है। अधिकांश लोग जम्हाइयाँ लेते हैं, साँस नहीं लेते। यानी जब खड़े होते हैं दरअसल तब भी पड़े होते हैं। वे मानसिक तंद्रा की बात करते हैं, इसीलिए सुनने वाले को नींद आने लगती है। आधे जागे हुए, आधे सोये हुए; आधे प्रबुद्ध, आधे जाहिल, आधे स्नेह-सिक्त, आधे स्नेह-रिक्त, आधे भावुक, आधे काठ-कठोर, आधे डाकू, आधे साधु, आधे ज़िन्दगी गुज़ारते हुए और आधे उम्र की क़ैद काटते हुए—आधे के इस पहाड़े में पूरी ज़िन्दगी ख़त्म हो जाती है और चलती-फिरती इकाई की जगह महज़ नाम रह जाता है, और इस नाम को भी वक़्त का स्पंज दोहरे-लिखे शब्द की तरह पोंछ देता है।

ज़िन्दगी समय का दिया हुआ एक छोटा-सा दान है, इसीलिए मैं कहता हूँ, जागते रहना बहुत बड़ी चीज़ है।'

गुलज़ार को भूषण ने हमेशा जागते हुए पाया—अलावा प्राकृतिक आवश्यकता के। और इस आवश्यकता को भी गुलज़ार कम से कम समय देता है। नींद में भी अन्दर कुछ जागता रहता है, यही वजह है कि निद्रावस्था में आवाज़ देने पर मैंने गुलज़ार को कभी चौंककर उठते नहीं देखा। पलकें, जो नींद के दबाव से बंद हो गयी थीं, अचानक खुल जाती हैं और वह कहता है, 'हूँ?' इसके विपरीत, वे लोग, जिनके बारे में ग़ालिब ने कहा है—

है नींद में हनूज़ जो जागे हैं ख़्वाब में।

आराम नहीं, आलस्य नहीं, मगर उतावलापना भी नहीं। मात्र जागरूक है। और इसी 'मात्र' के अन्तर्गत क्या-कुछ आ जाता है, वह हिसाब लगाकर बताना पड़ेगा।"

और ख्वाज़ा अहमद अब्बास कहने लगे—

उसके एख़लाक से, उसकी नरम गुफ़्तार से, उसके रूमानी अंदाज से हर हीरोइन उसकी गर्विदा हो जाती है।

मीना कुमारी

राखी (जिससे उसने शादी भी कर ली)

हेमा मालिनी

रेखा

जिसको एक दफ़ा देखा, वही उसकी गर्विदा हो गई। कम क़ीमत पर उसके साथ काम करने को तैयार हो गई। ऐसा सिर्फ़ हीरोइनों के साथ ही नहीं है। हीरो भी गुलज़ार के 'फ़ैन' हो जाते हैं।

ये मक़नातीसी जादू गुलज़ार के अन्दाज़-ए-गुफ़्तगू में है।

उसके लिबास की वज़ादारी में है।

उसकी एक दिन की बढ़ी हुई दाढ़ी में है।

उसके नाम में है।

उसके साफ़-सुथरे काम में है।

उसकी बंगला-भाषा की सूझ-बूझ में है।

उसकी आँखों में है।

चमक भी वही है, रविश भी वही, कॉसमॉस में घूमने की आदतें वही। इतने सालों में फोन के नम्बर भी नहीं बदले। सूरज को सुबह उससे

पहले उठकर हराना उनका पहला काम तब भी था, अब भी है। टेनिस का पहला शॉट सूरज को इधर से जाता है। कहते हैं, पहली सर्विस जिसकी, जीत के चांस भी उसी के। पर इस खेल में फेडरर की शांत, नर्म स्पिरिट है, नाडाल की आक्रामक चिंगारी नहीं। न स्पिरिट बदली, न क़ायदा। बस अब ये है कि कोज़ी होम, डायरेक्टर मेघना गुलज़ार का घर-दफ़्तर है और बोसकीयाना गुलज़ार का द.फ्तर भी, घर भी।

मुझसे पहले भी, मेरे अलावा भी, मेरे साथ भी, मेरे बाद भी, गुलज़ार से हज़ारों को बात करने का मौका मिला है, मिलेगा, मिलता रहेगा। ख़ुशबू लेने का (और कभी-कभी फूल तोड़कर जेब में डाल लेने का) कोई अलग से कानून नहीं है। बहुतों ने लिखा, तफ़सरे किए, उनकी रचनाओं में अपनी समझ की कमेंटरी डालकर बड़ा पोएटिक मैन्यू बनाया। ये जो ट्विटर-फेसबुक का वक़्त आया तो ऐसा रेला चला कि जयपुर वाले गुलज़ार-एक्सपर्ट, पवन झा को 'एनबीजी' सेक्शन क्रिएट करना पड़ा।

एनबीजी को यूँ समझें—

आपकी खातिर अगर हम लूट भी लें आसमाँ
क्या मिलेगा चंद चमकीले से शीशे तोड़कर?

चाँद चुभ जाएगा, उगली में तो ख़ून आ जाएगा।

ये गुलज़ार ने लिखा था।

और ये—

बैठ जाता हूँ मैं
मिट्टी पर अक्सर क्योंकि
मुझे अपनी औकात अच्छी लगती है।
ये गुलज़ार के नाम पर किसी 'मास्टर' ने चिपका रखा है।

दो बच्चियाँ एक दिन बोसकीयाना गेट पर तीन कार्ड और एक बुके देकर गईं—उसमें लिखा था साल भर पहले आज के दिन हमने आपकी ये लाइनें पढ़ी थीं—इन लाइनों को समोने की सालगिरह है—हमारे सलाम पेश हैं।

लाइनें थीं—

ऐसा कोई करता है क्या?
रस्मों के पहाड़ों, जंगलों में नदी की तरह फूटती
ज़िन्दगी की आँख से दिनरात इस तरह
और कोई झरता है क्या?
ऐसा कोई करता है क्या?
सच में औरतें बेहद अजीब होती हैं।

ये थी एनबीजी—नॉट बाय गुलज़ार। गुलज़ार साहब को उन्होंने 'चेताया' कि ये आपने लिखी हैं। ख़ुद गुलज़ार को यह पता न था। 'फूल बहुत ख़ूबसूरत हैं, पर अब बासी और फीके से लग रहे हैं, उनको कहीं और जाना चाहिए था मेरे पास आ गए। एक प्रेम पत्र जैसे राह भटक गया हो।' उन्होंने कहा।

'मैं अपने चाहने वालों के प्यार से अभिभूत हूँ पर जो मैंने नहीं लिखा उसे मेरा नाम देना मेरे साथ तो अन्याय है ही, असल में जिन्होंने लिखा होगा, उनके साथ भी अन्याय है।' उन्होंने कहा था, इन लाइनों को जिसने लिखा, उन्हें ही समर्पित कीजिए!

व्हाट्स एप की नब्बे प्रतिशत गुलज़ार शायरी, 'नॉट बाय गुलज़ार' है।

जब भी सूरज हल्ला करे, चाँद पत्तों की तरह उतरे, रोशनी में ख़ुशबू आने लगे, ख़ामोशी बहने लगे—तो अठारह से अस्सी तक के चाहने वाले ने मान लिया कि ये गुलज़ार ने ही किया होगा।

चाँद जितने भी शब के चोरी हुए।
सब के इलज़ाम मेरे सर आए।

ये जो स्टाइल है—चाहने वालों के सोच में उतर गई है। लहजा और कोण बन गया है। नदी का नाम हो गया है। बरफ रुई हो गई है, आँखें उफुक हो गई हैं।

जिसे देखो, वह अगर बेजान चीज़ों से जिन्दा मुहावरे निकालने की तजवीज़ करता फिरे तो कहे, गुलज़ार की मेहरबानी है।

ख़िजां झाड़न लिए पत्ते गिराती फिर रही है दरख़्तों से...क्यों? उसकी फ़िक्र है, कहीं पीले पत्तों पर लिखी इबारत बहार के हाथ न पड़ जाए। और वो इबारत जिसे पढ़वाने से वह बचाना चाहती है, क्या है?—कि 'कोई मौसम हमेशा के लिए रहता नहीं।' गर ये इबारत बहार के हाथ लग गई तो बेचारी बहार, भविष्य को जानकर बहार रह पाएगी?

हरे पेड़ों की पोशाकों से हम इनसानों को क्या पता चलता है? यही कि मौसम बदलने वाला है। कोयल से आम का, गुलमोहर की पत्तियाँ गिरने से बादलों की आमद का। मौसम की ख़बर देती पहाड़ों की पिघलती बर्फ़ पाइन के पैर धुलाने को बहती है। पर पेड़ों को क्या पता चलता है इनसानों से? इनसानों की बस्ती जब रेंगने लगती है तो पेड़ समझ जाते हैं कि अब कटने की बारी आ रही है, यही आख़िरी मौसम है जीने का, बस इसे जी लो।

ज़िन्दगी को, 'नेचर' को, गुलज़ार ऐसे देखते हैं। उनके हिसाब से, रोज़ एक पेड़ को देखते हैं तो उसकी साँसें सुनाई देने लगती हैं।

इमली के पेड़ का गुस्सा, पीपल पर चिड़िया-चील, गिलहरी, लूटे-झपटे माँस के टुकड़े खाते कौए—और माँ का हुश-हुश करके उड़ाना, मगर कहना, 'ओ कागा मेरे श्राद्ध पे अइयो तू—अवश्य अइयो!'

सृष्टि बोलती है।

गुलज़ार से जब भी मिलो, बस मिल जाओ!
उनके सामने किसी और के बारे में भी ज़रा-सा हल्का नहीं बोल सकते।
वक़ार, ज़ुबान और जेब की जांच हो जाएगी।

ये मेरी नहीं, हर मिलने वाले की राय है!

उनके यहाँ, न्यूयॉर्क में खड़ा आदमी कहता है, शायद गरीबी की मुझे आदत पड़ी है। वह कहता है, यहाँ चीनी डाली तब भी चींटियाँ नहीं दिखीं। हमारे गाँव के घर में आटा डालते थे, गर कतार उनकी लग जाए। गाँव पिछड़ा है, आँगन के बरगद पर कितनी तरह के पंछी आते हैं, वो नालायक वहीं खाते हैं, बीट भी करते हैं। मगर कुछ रोज़ यहाँ रह जाओ तो अपना हिन्दुस्तान याद आने लगता है।

उनकी मेज़ के सामने, शायरी की शामों में शामिल होते हुए, या होटल की लॉबी में खड़े हुए भी मैंने गुलज़ार की छुई हर चीज़ में जान देखी है। एक रहस्य-सा होता है, बेजान सी लगने वाली चीज़ों की भी कोई आत्मा होती है, रिएक्शन होता है, फीलिंग्स होती हैं, साँस लेती आवाज़ होती है, स्वप्न और सत्य के बीच की रोमाँचक अनुभूति होती है

ख़्वाब में सरहद से आए लोगों के लाए गुड़ का स्वाद सुबह जागने पर ज्यों का त्यों रहता है, रात में राख हुए अलाव से दो बालियाँ चाँद की, हाथों में मिलती हैं।

दरिया आँख पे पट्टी बाँध के पेड़ों के झुरमुट में कोड़ा जमालशाही खेलता हुआ दौड़ रहा है, हवा दांतों में कंघी रखके आवाज़ किया करती है—झीनी-फटी—बालिग होते लड़कों की तरह! दो झरने इतना ऊँचा बोलते हैं आपस में, जैसे एक देहात के दो दोस्त अचानक वादी में मिलकर गाँव भर का हाल पूछ रहे हों।

दिल में उतरने की ये ताक़त दिल से आई है।

यह प्रकृतिवादी भावुकताओं का उथला संसार नहीं है, यह ज़िन्दगी की धड़कन है जिसे हमने दर्ज होते देखा है।

फ़िराक़ ने गुलज़ार की शायरी छुई तो कहा—इसमें ऐसी शीरीनी, सुबुकरवी, बासलीक़गी और ख़ुशआयन्दगी मिलती है, जो नई और ताज़ा तुलू-ए-सुबह नसीम-ए-सहर के नरम झोंकों और खुशबुओं की नाज़ुक लहरों की याद दिलाती है। ऐसी शायरी वक़्ती तौर पर सिर्फ़ गाने-बजाने की चीज़ नहीं होती, बल्कि ये शायरी दिलों में उतर जाती है और सुनने वाले की साँस में रच उठती है। ऐसे कलाम के हल्के-फुल्के, नरम और नाज़ुक अन्दाज़ से ये धोखा नहीं खाना चाहिए कि इसमें सच्चाई या गहराई नहीं है।
गुलज़ार का कलाम हमारे दिलों की रगों को देर तक छूता और छेड़ता रहता है और जब एक बार हमारे अन्दर ऐसा कलाम उतर जाता है तो फिर वो उतरता ही चला जाता है और मुस्तक़िल तौर पर हमारे अन्दर बस जाता है। इस कलाम में लताफ़त है, जाज़िबीयत है, कशिस है और बार-बार याद आने की सिफ़त है। ख़यालात-ओ-जज़्बात में पाकीज़गी, शराफ़त, इनसानियत के बेहतरीन अनासिर घुले-मिले हुए हैं।

मुझे उर्दू नहीं आती, ख़ासतौर से नुक़्ते के मामले में मैंने कई बार कहा, सिर्फ़ 'ज़िन्दगी' में नुक़्ता ठीक लगना चाहिए, बाकी तो बाकी देख ही लेंगे।

उनका कहना रहता है, लगा दो तो बेहतर ही होगा। मायने बदलने से रह जाएँगे।

कितना छोटा है मिरा क़द फर्श पर जैसे किसी हर्फ़ से इक नुक़्ता गिरा हो!
छोटी बातें, छोटी-छोटी बातों की हैं यादें बड़ी।

गुलज़ार की यह आदत शुरू से ही है। वे बहुत कम बोलते हैं और बोलते हैं तो बहुत दूर की बोलते हैं। राजेन्द्र सिंह बेदी की कही बात उन्हें देखकर हमेशा याद आती है।

मैं बोसकीयाना के गेट पर घंटी बजाता हूँ। सालों साल पुराने सारथी, ड्राइवर सुन्दर ऊँचे गेट का हिस्सा खोलते हैं।

मैं दिमाग में सालों से सबकी हुई बातचीत का गट्ठर उठा लाया हूँ। कभी किसी ने फ़िल्म की रिलीज़ पर बात की, किसी ने लिटरेचर पे, किसी ने यूँ ही लम्बी सिटिंग की, किसी ने भीतर तक जाके पूछ लिया। किसी ने एक लाइन पर गज भर पूछा, किसी ने छोटी सी बात का परबत ही खड़ा कर दिया। जितना बना, सब छाँटा, फिर भी एक टोकरे भर ढेर बना। मैंने तो सालों-साल ये बात की है। बीसियों किताब जितनी! मगर अपनी बात में अक्लमंदों ने जो बातें की उनकी तरतीब की बात ही क्या? यूँ तो सारे दिन मेरे हैं, पर अभी दो दिन और मेरे हैं।

नहीं, अढ़ाई दिन का हिसाब है ये।
स्मृतियों के पौधे पर फूल आया है।

याद है इक दिन
मेरे मेज़ पे बैठे-बैठे
सिगरेट की डिबिया पर तुमने,
छोटे से इक पौधे का,
एक स्केच बनाया था...
आकर देखो,
उस पौधे पर फूल आया है।
हेमन्तकुमार की लय पर मैंने सपने में एक धुन बनाई है। बोल भी हैं।
चाँदनी रात में
चाँद के साथ में
छत को छोड़कर
चाँद पर जा रही हैं
चार लड़कियाँ...

'वाह! ख़्वाब में पूरी सिटिंग भी कर ली। हेमन्त दा का म्युज़िक भी हो गया।' वे स्नेहिल चमक के साथ खिल जाते हैं।

यह बैठक न तो किसी रहस्यमय तथ्य की खोज में है न संस्मरणों की लैब में बैठकर ली जा रही कोई रीडिंग। चूल्हे के पास बैठकर गरमा गरम उतरती चपाती की भाप की ख़ुशबू और खाने में मिली आत्मीय ऊष्मा का कहाँ कोई हिसाब-किताब होता है?

जो छूटा तो बाकी के हिस्से, जो मिला वो सबके लिए।

नाम सोचा ही न था, है कि नहीं
'अमाँ' कह के बुला लिया इक ने
'ए जी' कहके बुलाया दूजे ने
'अबे ओ' यार लोग कहते हैं
जो भी यूँ जिस किसी के जी आया
उसने वैसे ही बस पुकार लिया

तुमने इक मोड़ पर अचानक जब
मुझको 'गुलज़ार' कहके दी आवाज़
एक सीपी से खुल गया मोती
मुझको इक मानी मिल गया जैसे

आह, यह नाम ख़ूबसूरत है
फिर मुझे नाम से बुलाओ तो
शुरू करते हैं। तह करके रखे पन्ने, खोलें, तरतीब दें।
बोसकीयाना में ये ऊष्मा फैली हुई है।

'बाबा', 'सर' और 'भाई साहब'।
प्रणाम, चाय, शुरू!

‘स’ से निकले रोज़ सवेरा
दूर करे ‘अंधियारा’
‘रे’ से रेशमी किरनों ने
खूब किया उजियारा।

कहते हैं कि आपके इर्द-गिर्द एक घेरा है। आप एक हद से ज़्यादा खुलते नहीं। ऐसे कि उस आभा से पार कोई न जाए।

बड़ा दिलचस्प है। क्या मेरे आसपास कोई ऐसी लक़ीर खिंची हुई दिखती है? मैंने कभी इरादतन ऐसा नहीं किया—कि मेरी ज़िन्दगी कोई भी दाखिल न हो। शायद आप उन हदों की बात कर रहे हैं जो मैंने अपने आपके लिए बनाई हैं कि, उन इलाक़ों में जाने की कोशिश न करना जहाँ मैं कम्फर्टेबल, पर्याप्त सहज नहीं रह पाऊँ। ये हदें अपने लिए हैं, दूसरों के लिए नहीं। मैं अपनी बनाई लक्ष्मण रेखा में रहता हूँ। जब मैं समझ गया कि मेरी स्ट्रेंथ्स और वीकनेसेस क्या हैं, कौनसी चीज़ मैं सहज रूप से कर सकता हूँ, तो मैंने अपने लिए आस-पास एक मर्यादा बना ली। यह तय करने के लिए मुझे क्या करना चाहिए और क्या नहीं। जब आप अपने आपको इस तरह जान लेते हैं तो ये मर्यादाएँ आपके साथ सफ़र करती हैं। मगर वहाँ तक पहुँचने के लिए ख़ुद का

ख़ुद रहना बहुत जरूरी है। और जब आप ख़ुद के प्रति ईमानदार रह पाते हैं तो आप दूसरों को भी बेहतर ढंग से जानने लगते हैं।

ऐसा कुछ नहीं है जो मेरी शख़्सीयत से छुप जाए। लेकिन अगर मैंने चार दिन खाना ज़्यादा खाया है या नहीं खाया है तो कोई वजह नहीं कि सबको बताऊँ। लेकिन बाकी जो मेरे भीतर है, वह तो मेरे काम में झलकता है। उसे लिखकर बताने की ज़रूरत नहीं होती। कोई ज़रूरी नहीं कि हर घटना लिखी या बताई जाए। मेरी बेहद निजी या मामूली चीज़ों का, इतने बड़े संसार को क्या लेना-देना? इससे कोई फ़र्क़ किसी पर नहीं पड़ता। हाँ मेरी क्रिएटिविटी में कुछ ख़ला है, तो पहला असर मेरे अपने ही मन पर होगा, रही लोगों की बात तो बाकी सब आपसे कुछ ज़्यादा ही अच्छे होते हैं।

ये तो बड़ी आसमानी बात हुई।

यक़ीनन, मैं मामूली आदमी हूँ और महसूस करता हूँ कि वहाँ तक

पहुँचना आसान नहीं होता—पसन्द-नापसन्द को पहचान पाना और दूसरे के लिए बिना उलझन खड़ी किए हुए उनके साथ बने रहना। मेरे ख़याल में यह सब उन हालात पर निर्भर करता है जिनमें आप बड़े होते हैं-आपकी फ़ैमिली और आपके दोस्त, आपके आस-पास वाले। आपका मन, आपका कमिटमेंट। आप जैसे चाहें वैसे जिएँ यह आसान नहीं है, पर उससे ज़्यादा आसान यह तो है ही कि दूसरों जैसे दिखने की बजाय जैसे हों वैसे रह लें। प्रूव करने बैठेंगे तो वही करते रह जाएँगे। इसलिए मैं जो हूँ वही बने रहने की इच्छा करता हूँ, कोशिश भी करता हूँ।

कोशिश की—लक्ष्य रखा?

ऐसा कोई ज़िन्दगी की इमारत का नक्शा तो होता नहीं कि आर्किटेक्ट पहले से बना दे फिर कमरा-दर-कमरा खड़ा हो जाए!
मैंने कभी पैसे और प्रसिद्धि के लक्ष्य की परवाह नहीं की, और मुझे किसके सामने यह सब प्रूव करना था? फ़िल्में मेरा एँकर न थीं, किताबें थीं। फ़िल्में मेरी ज़िन्दगी का अहम हिस्सा बनीं। मैं फ़िल्में करता, फिर किताबों पर लौट आता।
वे मुझमें बनी रहीं, मैं उनमें लौटा।
मैंने फ़िल्में भी लेखकों के मिज़ाज की बनाईं। 'मेरे अपने', 'परिचय', 'कोशिश' और 'आँधी' तमाम लेखक की फ़िल्में थीं। यह तो 'किताब' के बाद मैंने विजुअल मीडियम की लैंग्वेज को ठीक पहचानना शुरू किया। इसीलिए बाद की फ़िल्में—'मौसम', 'माचिस', 'हुतूतू' फिल्ममेकर की फ़िल्में हैं। पर मैं कहीं अपने भीतर के लेखक को मिस कर रहा था। मैं बच्चों पर लिखना चाहता था। बंगला, मराठी, मलयालम को छोड़कर भारतीय भाषाओं में बच्चों के लिए बमुश्किल कोई लिटरेचर है। फ़िल्मों से बाहर एक बहुत बड़ी दुनिया है, मैं उसका हिस्सा होना चाहता था तो मैंने यह भी किया।

फ़िल्मों के बिना कहाँ इस क़िस्म का नाम होता?

हाँ, फ़िल्मों ने मुझे बड़ी शोहरत दी, ममनून हूँ, मेरे मन में इसके प्रति

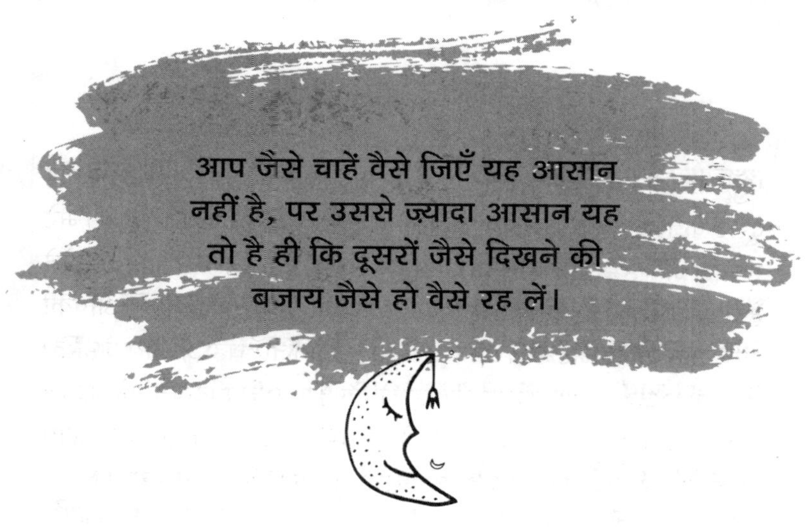

कृतज्ञता है, पर ज़िन्दगी में फ़िल्में ही तो सबकुछ नहीं हैं, इसके भी पार बहुत कुछ है। जब आप ज़िन्दगी को एक्सप्लोर करना शुरू करते हैं तो आपको महसूस होता है कि ये दुनिया कितनी विशाल है। ये आसमान, ये आकाश गंगाएँ, ये ब्रह्मॉंड। मैं दो-एक वजहों से भी गीत फ़िल्मों में लिखता हूँ। पहला, मुझे शायरी से प्यार है और गीत उसका मौका देते हैं। दूसरा, मेरी तमाम क्वालिफिकेशन मिलाकर...इंटर फेल है, कोई मुझे पंद्रह सौ रुपए की नौकरी भी नहीं देगा। ये गीत मेरे घर कमाई लाते हैं। इससे मेरा किचन चलता है। और, फ़िल्म सिर्फ़ एक मीडियम है, मगर वह आपका तमाम वक़्त ले लेता है। इसलिए बड़ा हिस्सा भी वही दिखता है। उम्र जिस तरतीब से चलती है, ज़िन्दगी उस तरतीब से वाक़्य नहीं होती।

तो आपने बड़े वक़्त से बड़ा वक़्त बनाकर निकाला !

फ़िल्में आर्ट का बेहद ताक़तवर फॉर्म हैं। पर यह भी सही है कि इल्म फ़िल्मों से नहीं किताबों से हासिल होता है।

फ़िल्में तो जानकारी हासिल करने का एक शॉर्टकट हैं। अगर किसी को सचमुच गहरा ज्ञान चाहिए तो किताबें पढ़ना होंगी। अपनी सोशल रिस्पॉन्सिबलिटी भी पूरी करनी है। उसके जो भी मीडियम हो सकते हैं, जिन्हें मैं अपना सकता हूँ—उनमें उतरता हूँ—बस। मेरा एकमात्र

अफसोस है कि दिन में सिर्फ़ चौबीस घंटे होते हैं। बस यही हो सकता है कि जो भी करो, मन लगाकर करो! सब लोग करते भी हैं।

ऐसा लगता है कि आपकी शायरी में, आपकी फ़िल्मों में आपके फिल्मी गीतों में—वाकये अलग-अलग हों ट्रीटमेंट जुदा हो, तब भी तार एक होता है। आप फ़िल्म बनाते वक़्त कैसे आदमी होते हैं?

आप वही होते हैं जो आपकी शख़्सीयत होती है। हर आदमी, एक ही प्रोफेशन में हो तब भी दूसरे आदमी से कुछ अलग होता है, क्योंकि वो अपनी तरह से होता है। बैंक में कई क्लर्क हों, स्कूल में कई टीचर, पढ़ाते हैं, नोट गिनते हैं—पर रिएक्ट कुछ अपनी तरह से करते हैं। ये उनकी पहचान होती है—उनसे अलग नहीं की जा सकती।

हालात बाहरी हो सकते हैं, शख़्सीयत अन्दरूनी ही होती है। जो भी चुनता है आपके अन्दर का इनसान चुनता है, अपने रंग भी वही चुनता है। जो ख़याल आपके जेहन में हैं, वही आप चुनते हैं। बाहरी हालात आपके अन्दर शामिल होते हैं, यदि सिर्फ़ बाहरी होते तो आप कभी के छटक चुके होते। असर अन्दरूनी हुए तो शख़्सीयत का हिस्सा हो गए।

यह बात तय है कि आप कहीं भी अधूरे नहीं उतर सकते। आप हर जगह पूरे होते हैं। आपकी जो शख़्सीयत है, वह अपनी प्रकृति के साथ हर जगह अनिवार्य रूप से होगी। यहाँ तक कि जो खाना आप खाते हैं, या जो दाल आप नहीं खाते हैं—वह भी आपके मिजाज, आपकी पसन्द, आपके स्वाद को बताता है। आपका काम आपको हर वक़्त उजागर करता रहता है। आप चीजें छुपा नहीं सकते। मेरे लिखे में, मेरी फ़िल्मों में, मैं तो होऊँगा ही। सबके साथ यही है। बस यह है कि एक्स्ट्रोवर्ट तत्काल बोल कर जाहिर हो जाते हैं, इन्ट्रोवर्ट थोड़ा वक़्त लेकर खुलते हैं।

अर्से पहले 'माधुरी' के 'सात सुरों के मेले' में किसी समीक्षक ने लिखा था—ज़िन्दगी की तलाश में गुलज़ार ने कई दिए जलाए। कुछ

जलते हैं, जलते रहेंगे, लेकिन एकाध दिया उसकी अपनी पूरी कोशिश के बाद भी सिर्फ़ यों गंदुमी उजाला कर रहा है जैसे कि किसी पेड़ का फेड आउट शॉट हो। अपने अन्दर निरन्तर लौ उठाते उस चिराग़ को ईमानदार आशिक फेंक भी नहीं सकता।

यह सब संजोते हुए, ज़िन्दगी की लौ में किसी भी क्रिएशन की पहली शक्ल कैसे बनती है?

फ़िल्म हो तो भी, कुछ और लिखा या क्रिएट किया जा रहा हो तो भी, लम्हे को पूरी शिद्दत के साथ अपने भीतर धारण करना होता है। कोई सब्जेक्ट मुझे छू लेता है। कोई चरित्र आकर्षित करता है। उसके रेशे अलग-अलग रंगों में चमकते हैं। किसी भी घटना या लम्हे की परतों में मैं अपनी संभावनाएँ खोजता हूँ। उलझे हुए सूत्र सुलझाने की कोशिश चलती है। एक तस्वीर उभरकर आने लगती है। फिर मौका पाते ही प्रकट हो जाती है।
वे डायरी का एक पन्ना पढ़ते हैं—**'इमेजेज़'**

मैं भी उस हाल में बैठा था
जहाँ परदे पर इक फ़िल्म के किरदार
ज़िन्दा जावेद नज़र आते थे
उनकी हर बात बड़ी, सोच बड़ी, कर्म बड़े
उनका हर एक अमल
एक तम्सील थी सब देखने वालों के लिए
मैं अदाकार था उसमें
तुम अदाकारा थीं
अपने महबूब का जब हाथ पकड़कर
तुमने
ज़िन्दगी एक नज़र में भर के
उसके सीने पे बस इस आँसू से
लिखकर दे दी
कितने सच्चे थे वो किरदार

Pic : Yashwant Vyas

जो परदे पर थे
कितने फ़र्ज़ी थे वो दो, हाल में बैठे साए।

...वो फ़र्ज़ी साये कौनसे थे, वो सच्चे किरदार कौनसे थे। खिड़की से रोशनी की एक किरन गिरती है, फिर एक और किरन गिरती है। तकनीक के बड़े-बड़े काले-काले डब्बों में न जाने कितने लोग चलते-

फिरते साये बनाते हैं जिसे अमूमन हम फ़िल्म मेकिंग कहा करते हैं। असल में डब्बों में कुछ नहीं होता। होता है उसमें जो रोशनी की किरन गुजारने के तरीके तय करता है। इस तरह जब किरनें गुज़र जाती हैं, कुछ साये हाथ में आते हैं। यह फ़िल्म होती है, सिनेमा होता है। अँधेरे हॉल में ज़िन्दगी का कोई जीता-जागता लम्हा होता है। मगर आखिर ये एक तकनीक ही तो है । इस तकनीक को अपने हुनर से अपनी तरह बना लेना होता है।

इस तकनीक की तकनीक क्या है?
ज़िन्दगी से आपका याराना शुरू कैसे होता है?

जब तक आप उससे नाराज़ रहते हैं, आप उससे दूर रहते हैं। पहले आप क़रीब जाते हैं, फिर आप काल और प्रकृति से सीखते हैं और ये खोज अचानक दिलचस्प हो जाती है। ये कोई तरक़ीब नहीं है, पहचान की चाहत है।

जब तक आप यह न जानें कि ज़िन्दगी आम आदमी के साथ कैसे पेश आती है, आपकी संवेदनशीलता का दायरा बड़ा अधूरा रह जाता है, एकदम संकरा रहता है। आप ऐसा बनावटी तरीक़ा या औजार अपना सकते हैं जिससे भरम हो जाए कि आप ज़िन्दगी को जानते हैं। आप चाहें तो उससे काम भी चला सकते हैं, यह आपका अपना चुनाव है।

तो आपका चुनाव क्या है?

...ज़रूरी नहीं कि शाम की शफ़क़ आप भी उसी तरह देखें, जैसे मैं देखता हूँ। ज़रूरी नहीं कि उसकी सुर्ख़ी आपके अन्दर भी वही रंग घोले, जो मेरे अन्दर घोलती है। हर लम्हा, हर इनसान अपनी तरह खोलकर देखता है। इसलिए मैंने उन लम्हों पर कोई मुहर नहीं लगाई। कोई नाम नहीं दिया। बोलते-बोलते आदमी बात बनाना भी सीख जाता है, कभी चाहते हुए, कभी ना चाहते हुए, लेकिन इतना ज़रूर है कि उन लम्हों को मैंने बिल्कुल इसी तरह महसूस किया है

जिस तरह कहने की कोशिश की है और बग़ैर महसूस किए कुछ भी नहीं कहा। कहता वही हूँ, जो बिना बनावट के समझ पाया। अपनी समझ से ज़्यादा, कुछ नहीं कहता!

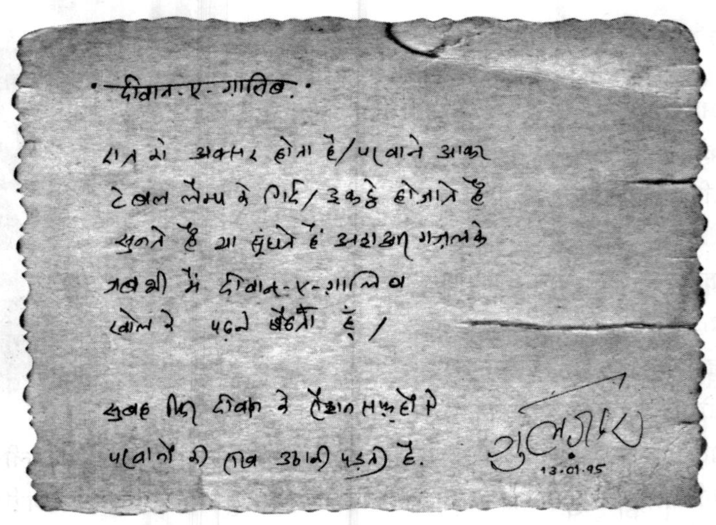

• दीवान-ए-ग़ालिब •

रात में अक्सर होता है / परवाने आकर
टेबल लैम्प के गिर्द / इकट्ठे होजाते हैं
सुनते हैं या सूंघते हैं अशआर ग़ज़ल के
जब भी मैं दीवान-ए-ग़ालिब
खोल के पढ़ने बैठता हूं /

सुबह फिर दीवान के [illegible] सफ़हों से
परवानों की लाश उठानी पड़ती है.

गुलज़ार
13.01.95

कुछ देर हम मौन रहते हैं। चाय आ गई है। उसकी भाप जैसे कोई मौसम बना रही है। सब जानते हैं, वे गिलास में चाय पीना तब से चलाए हुए हैं, जब से चाय अच्छी लगी थी। उन्हें चाय की थड़ी से कॉफी शॉप तक किसी ने बदलते नहीं पाया। न मक़सद बदला, न नेचर!

आपकी मेज़ पर इतनी किताबें हैं कि कोई-कोई जगह बचती है। मेघना जी के मुताबिक किताबों के क़िले में बैठे हुए जैसे आप महफ़ूज महसूस करते हैं। आप एक साथ कई किताबें पढ़ते हैं। फेडरर की 'ओपन' से लेकर नसीरुद्दीन शाह की आत्मकथा तक। नोबेल विजेता कथाकारों से लेकर

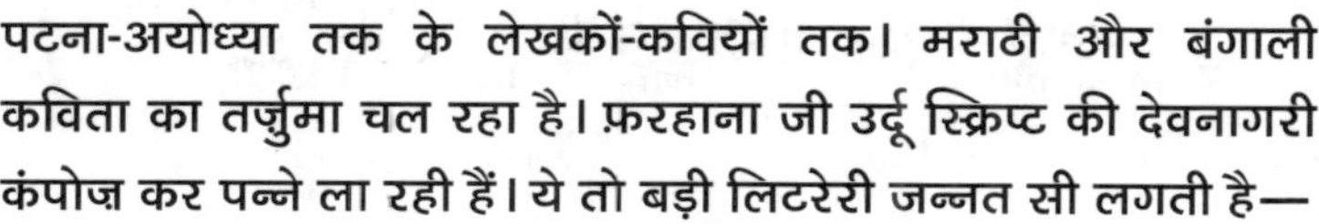

पटना-अयोध्या तक के लेखकों-कवियों तक। मराठी और बंगाली कविता का तर्जुमा चल रहा है। फ़रहाना जी उर्दू स्क्रिप्ट की देवनागरी कंपोज़ कर पन्ने ला रही हैं। ये तो बड़ी लिटरेरी जन्नत सी लगती है—

ये फ़िल्में जो हैं, वे मेरा कभी मक़सद नहीं रही थीं। मैं अपने लिखने-पढ़ने में मस्त था। जब मैं एक मोटर ग़ैरेज़ में काम कर रहा था... तब बिमलदा ने कुछ देखा होगा मेरे भीतर—या तो अकल या मेहनत! उन्होंने कहा, मैं जानता हूँ कि तुम्हें फ़िल्मों के लिए लिखना पसन्द नहीं है पर आओ और डायरेक्टर्स मीटिंग में मेरे साथ बैठो। तुम्हें अच्छा लगेगा। तुम्हारा जैसा जी चाहे, वैसा करो, पर उस मोटर ग़ैरेज में वापस मत जाना। वो तुम्हारी जगह नहीं है। मेरी ज़िन्दगी का वो सबसे

इमोशनल पल था। उससे पहले मुझसे किसी ने इस तरह नहीं कहा था। पिता की तरह थे वो। मैं रो पड़ा। उन्होंने हाथ खींच कर उठा लिया मुझे, ज़िन्दगी का रंग ही बदल गया।
इस तरह मैं फ़िल्मों में आ गया। पर किताबें मुझसे नहीं छूटी, साथ चलती रहीं।

...तो फ़िल्में आपके भीतर के लेखक का एक्सटेंशन बनाती चली गईं...?

फ़िल्म कमीशन की जाती है, आपको उसमें कन्सेप्ट के मुताबिक उतरना पड़ता है—स्क्रिप्ट और कैरेक्टर आते हैं। कई क़िस्म की बंदिशें होती हैं। शायरी मेरा वादा है, यह बड़ा कैनवास है—यहाँ मेरा अपना राज है।
फिर लिखने के अपने सुख-दुख हैं। नज़्म हो या अफसाना आह भी है, चीख भी, दुहाई भी। मगर हाँ, ये इनसानी दर्दों का इलाज नहीं है। वह सिर्फ़ इनसानी दर्दों को ममिया के रख देते हैं ताकि आने वाली सदियों के लिए सनद रहे।

कहानियाँ हैं कि गढ़ी नहीं जातीं, वो घटती रहती हैं। कुछ साफ़ नज़र आ जाता है। कुछ ओझल होती हैं, ऊपरी सतह जरा छील दो तो बिल-बिलाकर ऊपर आ जाती हैं।

जब साहित्य जीवन से रिश्ता बनाने लगता है तो आप उसे अपनी ज़िन्दगी से ट्रांस्क्राइब करना शुरू करते हैं। ये ट्रांस्क्रिप्शन हर उस जगह होता है, जहाँ आपके क्रियेशन को राह मिलती है।

कुछ अफ़साने यूँ हुए कि फोड़ों की तरह निकले। वह हालात, माहौल और सोसाइटी के दिए हुए थे। कभी नज़्म कहके ख़ून थूक लिया और कभी अफ़साना लिखकर जख्म पर पट्टी बाँध ली।

लफ़्ज़ों से आग नहीं बुझती, नज्मों से जख्म नहीं भरते। मगर—

इक ऩज्म का मिसरा कसते हुए
अल्फ़ाज़ के जंगल में घुसकर
मख़्सूस कोई मा'नी जब तोड़के लाता हूँ
हाथों पे ख़राशें पड़ती हैं
और उंगलियाँ छिल जाती हैं मगर
वो लफ़्ज़ ज़ुबां पे रखते ही
मुँह में इक रस घुल जाता है।

कोई दिन, कोई घड़ी याद है कि तय हुआ के चलो अब लिख कर ही रहेंगे।

कोई एक पक्का क्षण याद नहीं आता। ऐसा कोई फिल्मी स्टाइल वाला एक प्वॉइंट होता भी नहीं कि लीजिए ये हुआ और पूरी पिक्चर अचानक बदल गई। एक ग्रेजुएल प्रोसेस होता है जो चलता रहता है। बचपन से हम सब लोग अपने आस-पास हो रही चीज़ों को रिकॉर्ड करते रहते हैं। एक ढकी हुई हाँडी-जिसमें पानी है और चूल्हे पर रखी है। एक वक़्त आता है जब पानी उबलने लगता है, भाप उसके ढक्कन को हिलाने लगती है, हाँडी के किनारों से ढक्कन टकराने लगता है। मैं उस ढक्कन की तरह हूँ, मैं इतनी बुरी तरह बजा कि मुझे भाप को निकलने का रास्ता देना पड़ा।

मैं उनकी ही लिखी एक चिट्‌ठी का अंश पढ़ता हूँ जो उन पर तैयार हो रही किताब के एडीटर प्रशांत कुमार को लिखी गई थी—

तारीख़ बहुत सही-सही तो नहीं मालूम, लेकिन छानबीन से इतना ज़रूर पता चला है कि जिला जहलम में एक शहर है -दीना—जो अब पाकिस्तान में है। वहाँ के सरदार मक्खन सिंह जी के यहाँ मैं पैदा हुआ। 18 अगस्त सन् 1934 का दिन था। दिन था या रात—इसकी ख़बर नहीं। मेरी माँ का नाम था सुजान कौर। सिर्फ़ नाम ही जानता हूँ, उनकी सूरत से वाक़िफ़ नहीं। बड़ा होने के बाद बहुत ढूँढ़ा, कोई तस्वीर भी नहीं मिली। वह ख़याल कभी-कभी बहुत परेशान करता है, हालाँकि

परेशानी की कोई ख़ास वजह भी नहीं। फिर भी जिसके गोश्त-पोश्त से पैदा हुआ हूँ उसे देखा होता तो...अच्छा होता।

मेरी परवरिश ख़ुसूसन मेरे वालिद साहब ने की।

मुझे कभी-कभी लगता है कि बचपन बड़ा 'रिच' था मेरा, जिसकी वजह से, मेरा ख़याल है, मैं शायर भी हो गया, या मुझे इतना कुछ कहने की अर्ज महसूस हुई—'रिच' इस वजह से कि एक तो 'ज्वाइंट फैमिली' थी। पाँच भाई, तीन बहनें, फादर की तीन शादियाँ...(पहले एक का देहाँत, फिर बच्चों का ख़याल रखने के लिए नई माँ) तो जिस क़िस्म का माहौल आप सोच सकते हैं, वो सारा भी था। हालात बहुत खुशगवार नहीं थे। तो वो कठिनाइयाँ जो बचपन की थीं वो जाहिर है कि कुरेदती है ज़हन को। मुझे लगता है कि उन्होंने बड़ा अमीर कर दिया है। मुझे उसका बड़ा फ़ायदा हुआ और कहीं अगर बहुत सुखी बचपन होता तो शायद बड़ा ही निकम्मा आदमी होता।

दिल्ली में परवरिश हुई। स्कूल वहीं से पास किया। प्राइमरी-म्युनिसिपल बोर्ड मिडिल स्कूल से और मैट्रिक—दिल्ली यूनाइटेड क्रिश्चियन स्कूल। कॉलेज बँटा-बँटा सा रहा—सेंट स्टीफेन कॉलेज, दिल्ली, खालसा कॉलेज बंबई, नेशनल कॉलेज, बंबई—आखिर इंटर फेल होकर छोड़ दिया। बातें ऐसे करता हूँ, जैसे ग्रेजुएट हूँ।

आजकल तो आप पी-एच.डी. और डी.लिट. वाले हैं। आपको डॉक्टर ऑफ़ लिटरेचर अवार्ड हो गई और आप पर भी रिसर्च करके लोग डॉक्टर होने लगे हैं।

पता नहीं ज़िन्दगी की पाठशाला इतनी कामयाबी से पास हुई कि नहीं। ये जो यूनिवर्सिटियाँ दे देती हैं, तो बड़ा अलग-सा लगता है। मेहरबानी है, विद्वान लोगों की। ये भी सोसायटी की एक रवायत होती है।

मैं कभी स्कूल में पढ़ा हुआ सबक याद नहीं कर पाया, इसकी वजह यह भी थी कि असल में नम्बरों की मुझे कभी परवाह ही नहीं होती थी। बहरहाल, जल्द ही मुझे अहसास हो गया कि किताबों में जो पढ़ाया जा रहा है असल में उसका ताल्लुक़ सच की ज़िन्दगी से है। और जब मैं यह समझ गया, वे सबक मेरे लिए छपे-लिखे लफ़्ज़ों से ऊपर हो गए। मिसाल के लिए, मुझे ईदगाह पढ़ने की याद आती है। मुंशी प्रेमचंद की कहानी थी। कहानी एक बच्चे की है जो दादी को हाथ से सिकती हुई रोटियाँ उठाते देखता है। चिमटा नहीं है, दादी हाथ से उठा रही है इसलिए अंगुलियाँ जल जाती हैं। ईद के दिन बच्चा दादी से ईदी में कुछ पैसे माँगता है। वह अपने पास रखे कुछ पैसों में से उसे देती है। वह और माँगता है। दादी सोचती है, मेले में कुछ झूले वग़ैरह झूलेगा, घूमेगा तो कुछ सिक्के और दे देती है, कि जाओ घूमो-खेलो मौज करो। शाम को जब वह घर लौटता है तो वह झूलों के बारे में पूछती है। वह हैरत में पड़ जाती है, जब वह कहता है, उसने कोई झूला नहीं झूला।
दादी कहती है, तब तूने पैसों का क्या किया?

वह निकाल कर चिम्टा देता है, कि अब रोटी बनाते वक़्त तुम्हें कभी हाथ नहीं जलाने पड़ेंगे।

इस कहानी से मैं ख़ुद को रिलेट कर सकता था क्योंकि हम भी अपनी माँ को गर्म तंदूर से रोटियाँ लगाते-निकालते देखते थे, हर बार उनकी उँगलियों पर दाग़ पड़ जाते। तो जो कहानी बच्चों को एक्स्प्लेनेशन और निबंध लिखने के लिए थी, वह मेरे लिए लफ़्ज़ों से ऊपर चली आई। मैं उससे जुड़ जाता था। धीरे-धीरे मैं बड़े शायरों की किताबें पढ़ने लगा। मेरे बड़े भाई की एक टेक्स्ट बुक थी 'बल-ए-जब्रील' अल्लामा इक़बाल की लिखी हुई, मैंने ली और उन्हें लौटाई नहीं। बहुत बाद में, उन्हें मैंने इस बारे में बताया, उन्हें यह इम्प्रेशन था कि शायद उनसे कहीं खो गई। इस तरह शुरू से लिटरेचर और किताबें मेरा पैशन बन गई थीं।

लिखने के प्रति मेरा यह रुझान, शायरी की शक्ल में निकलकर आया।

मुझे कहानियाँ कहना भी बहुत पसन्द है लेकिन पहला प्रेम शायरी ही है। कह नहीं सकता कि क्यों ? ये ऐसा ही है जैसे आप कहें कि यह ख़ास ड्रेस आप क्यों पहनते हैं—इसका कोई जवाब नहीं है।

और ड्रेस का ऐसा है कि वे सदा से सफ़ेद कड़क कुर्ता और पैंट पहनते हैं। पजामा ख़ामख़्वाह चल पड़ा है, पहनते पतलून ही हैं।

सफ़ेद क्यों? ताकि ज़रा सा भी दाग़ लगे तो दिख जाए। सफ़ेद हमेशा सजग रखता है। खुला, विस्तृत, नया लिख सको वैसा। न कुछ छुपाने की जुगत न कुछ अतिरिक्त दिखाने का चाव।

बचपन में नन्हीं बोसकी ने एक बार उनसे पूछा था, आप ये रोज़ एक ही कुर्ता-पजामा क्यों पहनते हैं? उन्होंने मज़ाक में कह दिया, मेरे पास दो ही जोड़े हैं, एक धोता हूँ, दूसरा पहनता हूँ। बच्ची ने स्कूल में अपने दोस्तों से बड़ी मासूमियत से बयान किया, 'मेरे पापा के पास बस दो ही जोड़े कपड़े हैं।'

यह सफ़ेद उनका ट्रेडमार्क हो गया है। उसमें वे कम्फर्टेबल महसूस करते हैं। किसी मौके पर उन्होंने यह नहीं छोड़ा, पहले संघर्ष के दिनों से, आज शिखर के दिनों तक। क्या वजह है कि बदला जाए? जो है

उसमें बस उतरा जाए!

आप अपने आप से निरन्तर हैं। बनते, बिगड़ते और फिर बनते हुए! आपके इस सादा कैन्वस पे बहुत से मंज़र उभरते हैं।

‘एक इमली के घने पेड़ के नीचे
स्कूल से भागा हुआ बोर सा बच्चा
जिसको टीचर नहीं अच्छे लगते
इक गिलहरी पकड़के
अपनी तस्वीरें किताबों की दिखाकर ख़ुश है।’

नीम का पेड़ है इक
नीम के नीचे कुआँ है
डोल टकराता हुआ उठता है जब गहरे कुएँ से
तो बुज़ुर्गों की तरह गहरा कुआँ बोलता है...
ओउम् झपक छपक अना-उल हक़!
ओउम् झपक छपक अना-उल हक़!’

घरवालों को आपका ये बिगड़ना कभी पसन्द नहीं आया...

पिताजी कहते थे, शायरी-वायरी करनी तो ठीक है, गुरुद्वारे में पढ़ लो यह कुछ पर काम क्या करोगे? पिताजी के लिए इकोनॉमिकली, आर्ट का कोई मतलब न था। उस ज़माने में तमाम पैरेंट्स की हालत ऐसी ही थी। वे नहीं चाहते थे कि बच्चे लिटरेचर में अपनी रोजी-रोटी कमाने निकलें क्योंकि उसमें कोई ख़ास कमाई न थी।

मेरे पिता मुझे पुन्नी कहते थे। वे कपड़ों का कारोबार करते थे। (कपड़े के कारोबारियों के खानदान से हैं ना, इसीलिए जब बेटी दुनिया में आई तो स्पर्श महसूस करते ही मशहूर सिल्क पर नाम रखा—बोसकी) हमने पार्टीशन के ठीक पहले ही पाकिस्तान छोड़ा था। मेरे भाई के मुकाबले, जो बिरादरी के पहले ग्रेजुएट थे, मुझसे उन्हें बिल्कुल उम्मीद न थी। वे

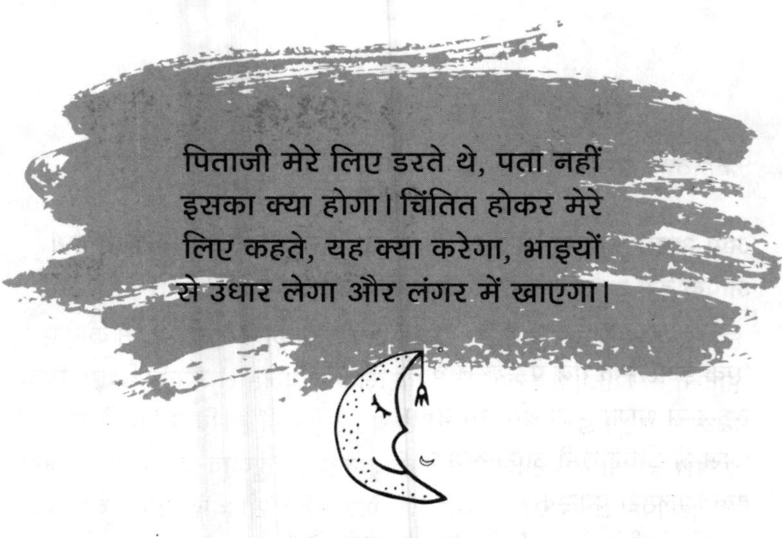

चिन्ता में रहते थे कि मैं करूँगा क्या? यह बात मुझे अब तक डिस्टर्ब करती है।

वे कहते थे, 'साडे घर ए मरासी किथों जम पाया?'

उनकी आँखों में नमी और चमक साथ होती है।
चाय अभी भी गिलास में है।

काश देख पाते—कि उस मरासी नूँ मंजिल लभ गई।

हम घूँट साथ-साथ लेते हैं।
मैं लिखना और पढ़ना चाहता था। वे मुझे कहते, 'किताबां लिखियाने ता घर बै के लिखले, पर हट्टी ते तान जाना पयेगा।' (किताबें लिखना है तो घर बैठ कर लिख ले, पर दुकान तो जाना पड़ेगा।) जब बहुत बाद में मैंने प्रधामनंत्री मनमोहन सिंह जी का एक संस्मरण पढ़ा तो वही तार बज उठा। वे जब खूब पढ़ने में मगन रहते तो उनके पिताजी कहते, 'मज्ज दा गतावा ओथे रख दे—इन्ना की पढ रहा है तू? कैड़ा प्रधानमंत्री बन जाना है।'

ये होता है। पता थोड़े ही होता है कि आगे क्या होगा?

क्रिएटिविटी फिर कैसे निकल कर आई? कोई बिजली कड़की?

लोग कई बार पीछे मुड़कर देखते हैं और लेखकों की ज़िन्दगी में कोई एक हादसा या सिचुएशन खोजते हैं कि जिसकी वजह से उसकी क्रिएटिविटी निकल आई। मगर मेरे हिसाब से यह सच नहीं है। क्रिएटिविटी तो एक प्रोसेस है। आपकी सेंसिटिविटी की वजह से, झुकाव की वजह से आप अभिव्यक्ति के माध्यम चुनते हैं। फिर बहुत सी चीज़ें साल दर साल आपको 'मोल्ड' करती हैं। मेरे घर में किसी को आर्ट से मतलब न था। जब बचपन में उस्ताद जी ने पहली बार मेरे रिपोर्ट कार्ड पर 'अंडा' दिया और सबको बताया कि उन्होंने पहली बार यह किसी को दिया है तो उसका ख़ौफ़ बड़ा काम आया। मैंने पढ़ना, याद करना तो शुरू किया ही—कुछ बातें और हुईं। मेरे स्कूल में मौलवी थे—मुज़ीबुर्रहमान! वे बैतबाजी का मुक़ाबला करवाते थे। क्लास दो हिस्सों में बँट जाती थी और सामने वाली टीम में होता था अकबर राशिद। उसे उर्दू की शायरी याद रखने में महारत हासिल थी। एक शेर के जवाब में वह पूरी नज़्म सुना देता था। उसे हराने की धुन में मैंने पहले अपने शेर बनाके बोलना शुरू किए। जैसा कि बच्चों में होता है, आप अन्ताक्षरी के वक़्त जवाब में अक्षर का खेल भी कर देते हैं। रटने से ज़्यादा आसान था, नए शेर बना देना। फिर असली शायरी की समझ पैदा होने लगी। वही मिज़ाज में आने लगी। कवि दरबार में जाता तो वहाँ देखता कि 'वाह-वाह' हो रही है, जयकारे लग रहे हैं तो लगा कि आर्ट का ये फॉर्म बड़े मान वाला है। सबसे बड़ी बात यह थी कि हर कवि की अपनी शख़्सीयत थी। इतनी सारी चीज़ें होती हैं जो आपकी चाहत को ढालने लगती हैं। आपको शुरू में इसका पता नहीं चलता।

मैं अपनी पहचान चाहता था, अपना मुक़ाम चाहता था।
लिखने से बेहतर मुझे कोई काम नहीं लगता था।

पिताजी की पहली शादी से उनके पाँच बच्चे थे। पहली पत्नी के गुज़र

जाने की वजह से उन्होंने दूसरी शादी की जिसका एक बेटा हुआ, वे सुजान कौर भी उस उम्र में गुज़र गईं कि जिनका चेहरा भी बेटे को याद नहीं। अब परवरिश करने के लिए नई माँ घर में आईं। उनके तीन बच्चे हुए। इतने बड़े परिवार में बीच का बेटा, अकेला। पिताजी को शायद लगता था कि बाकी सब के सगे भाई-बहन हैं, इसका कोई ख़याल न रखेगा तो यह निगलेक्टेड रह जाएगा। मैट्रिक होते न होते उन्हें सेंट स्टीफन से बीच में ही निकालकर बड़े भाई के पास मुम्बई भेज दिया गया, शायद यह मानकर कि उनकी ज़िन्दगी पटरी पर आ जाए। कोई भविष्य बन जाए।

पिताजी प्यार करते थे। सीमाएँ थीं—स्वाभाविक बेचैनी थी—पर उनकी परवाह के पीछे कोई चिन्ता या गहरा भय भी रहा रहा होगा ?
वे मेरे लिए बहुत चिंतित रहते थे। वे सिर्फ़ मेरा संघर्ष देख पाए, मेरी कामयाबी नहीं देख सके। शुरू से उन्हें शक तो था कि मैं मुम्बई में कुछ अलग कर रहा हूँ। मेरी कोई शायरी या कहानी छपती तो अपने साथ लेकर घूमते और गर्व के साथ अपने दोस्तों को दिखाते थे। हालाँकि ख़ुद होकर वे कोई बात नहीं छेड़ते थे, पर मैं उनके गर्व को अब भी महसूस कर सकता हूँ। मैं तब संघर्ष कर रहा था, कोई नाम हुआ नहीं था। हालाँकि मेरा लिखा छप रहा था। पिताजी चाहते थे कि मैं कुछ सीख जाऊँ ताकि मेरे पास एक स्थायी आमदनी आ सके।

मुम्बई के लिए ट्रेन में बिठाते हुए उन्होंने कहा था, ध्यान से जाना। रास्ते में कहीं ग़ज़लें सुनाने न उतर जाना। वे मेरे लिए डरते थे, पता नहीं इसका क्या होगा। हमारे रिश्ते में एक साहित्यकार सुदर्शन आवारा थे। उनकी माली हालत कुछ ठीक नहीं रहती थी। वे इधर-उधर से लेकर काम चलाया करते थे। पिताजी चिंतित होकर मेरे लिए कहते, 'यह क्या करेगा, भाइयों से उधार लेगा और लंगर में खाएगा।'

नाकामी के डर ने कभी नहीं डराया?

अँ—ऽ—नहीं! हालाँकि मैंने स्ट्रगल किया पर नाकामी का डर मुझे कभी डरा नहीं सका।

ईमानदारी की बात यह है कि रोटी कमाना शुरू से मेरा मक़सद नहीं था। और, सच तो यह है कि लिखकर न कमाने की वजह से कोई भूखों नहीं मरता। आप थोड़ा कम खा सकते हैं। पर यक़ीनन, आप एक मज़दूर होकर भी जीने जितना तो कमा ही सकते हैं।

तो आपने सोचा कि रोज़गार अलग चीज़ है, लेखक होना दूसरी...तो हो जाएँ लेखक जो होना ही है...

मैं लेखक ही होना चाहता था। यही मेरा एकमात्र मक़सद था। यहाँ तक कि मैंने कुछ दिलचस्प बेवकूफियाँ भी की। मुझे याद आता है मोपासां की कहानियों की एक किताब थी जिसे मैं बहुत दिल लगाकर पढ़ता था। मैं सोचता था, अगर मेरी कहानियों की किताब हो तो उसके कवर पर मेरा नाम कैसे लगेगा? तो, यह देखने के लिए मैंने मोपासां की किताब पर, ठीक टाइटल के ऊपर अपने नाम की मुहर लगाकर देखी। बरसों बाद मेरी बेटी ने देखा तो उसके बारे में पूछा। इस वाकये का जिक्र उसने अपनी किताब 'बिकाज ही इज' में किया है और वह कवर भी छाप दिया है। सोच लीजिए, मेरे भीतर लेखक बनने की चाह कितनी जबर्दस्त थी।

मुम्बई आपके दूसरी बार उखड़ने के बाद नया ठिकाना थी। इस ठिकाने की पहली सौगात क्या थी?

खुला आकाश !
यह सही है, जो था जैसा भी था—बस था। मगर मुंबई ने मुझे आज़ादी दी। मैं अपने आपको खोज सका। रातों को सड़कों पर घूमते हुए फाइव गार्डन्स की बैंचों पर, होस्टल में, खालसा कॉलेज के किसी दोस्त के साथ

था! मैं अकेला और उखड़ा हुआ महसूस करता था। बेहद अकेलापन, लेकिन इसी में मैंने ख़ुद को खोजा। वह अकेलापन एक मुसलसल तलाश का साथी बन गया।

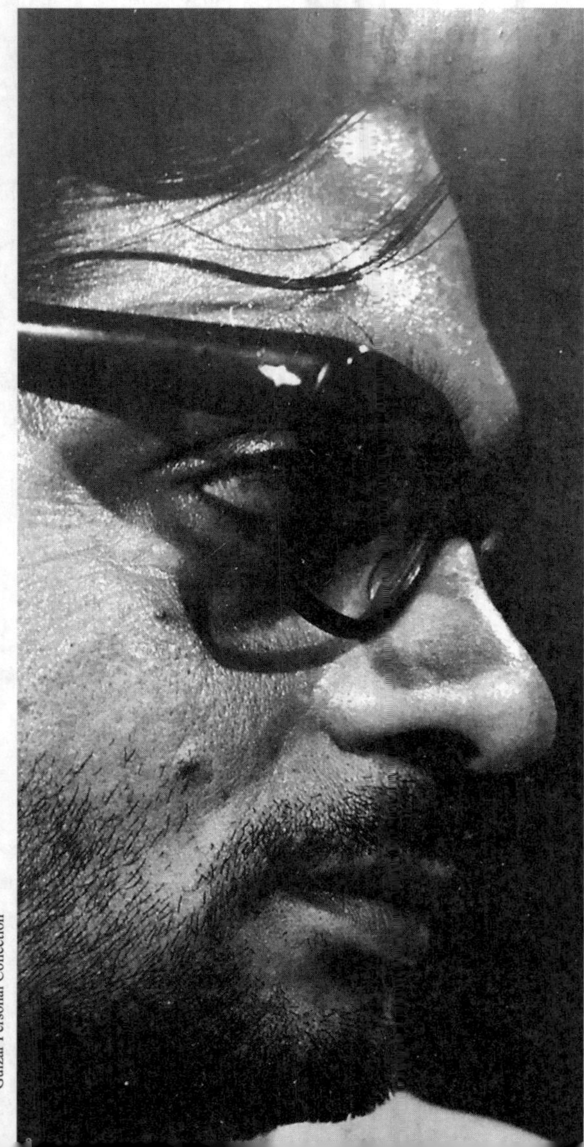

Gulzar Personal Collection

हाँ, कम से कम रंग तो मैं अच्छा ही मिला लेता था। विचारे मोटर्स में बड़े मज़े का काम था। डेंटिंग के बाद पेंटिंग में ओरिजिनल से रंग मिलाना होता था। गुज़ारा भी हो जाता था, पढ़ने-लिखने का वक़्त भी मिल जाता था

गुलज़ार के सिलसिले में कुछ ऊँचे समझदारों ने संघर्ष को ऐसा पेंट किया है कि जैसे एक तरफ़ कर दिए गए दुखी बच्चे ने काल्पनिक सुख की महफिल के लिए अपने कांटों का नया क्राफ़्ट बना डाला। पर असल में लगता है कवि की अनुभूति की शक्ति को हर घटना के अनुभव का सच्चा किस्सा साबित कर डालने की कारीगरी उन समझदारों की अपनी ज़्यादा होगी। गुलज़ार से मिलो तो ऐसा लगता है जैसे उनके पास तो अपनी बनाई एक कश्ती थी, आसमान भी, दरिया भी था, लोगों के डर चाहे जो हों, उन्होंने मज़े में अपनी कश्ती को अपनी तरह चलाने में रस पाया। एक भी टीस का ज़िक्र नहीं, दूसरे की पीठ खोजता कोई गुस्से का चाबुक नहीं, कोई दर्दों का इश्तहार नहीं, अहं का तरकश नहीं, अफसोस के तीर नहीं।

चाँद के माथे पर बचपन की चोट के दाग़ नज़र आते हैं।
रोड़े, पत्थर और गुल्लों से दिन भर खेला करता था।
बहुत कहा, आवारा उल्काओं की संगत ठीक नहीं।

उदासी, क्रोध और प्रेम—सब अपनी तरह के। रिश्तों का बरतना भी वैसा ही। नदी की ऊपरी सतह बहती रहती है, नीचे तल में गति और लय मंथर होती है, सब समोती हुई।

बड़ा बनना, खूब कमाना, रौब चलाना—यही सब तो ज़िन्दगी नहीं। लिखना-पढ़ना है, मन की दुनिया को जीना है, दूसरे इसे जैसा बनाना चाहते हैं, वैसा हमसे नहीं हो पाएगा। जो प्रकृति है, वैसे ही रह लें। ख़ामख़्वाह की तुर्रेबाजी के बिना भी आहार का इंतज़ाम तो किसी भी ईमानदार मेहनत से हो सकता है। सब जीते हैं, और खूब जीते हैं। नदी में पैर डालकर, मन करे तो पानी के साथ भी युग जिया जा सकता है।

अच्छे लगते हैं ये पहाड़ मुझे
चोटियाँ बादलों में उड़ती हैं
पाँव ब.र्फाब बहते पानी में,
कूटते रहते हैं नदियाँ
कितनी संजीदगी से जीते हैं
किस कदर मुस्तक़िल मिज़ाज हैं ये है,
अच्छे लगते हैं ये पहाड़ मुझे...!!

न मुझे सीए बनना था, न अफ़सर ! पढ़ाई छोडऩे का ऐलान कर दिया था। जो मुझे करना था वह था लिटरेचर, उसकी परिवार में किसी को ज़रूरत महसूस नहीं होती थी। मेरी तो जो थी सो थी। लिहाज़ा मैंने अपनी ज़िन्दगी को अपने तौर पर जीना तय किया। स्ट्रगल के दिन थे। अपने जैसे दोस्त मिलने लगे। (आज़ादी के लिए) जो काम निल जाए, कर लो। आहार की तलाश एक अलग तलाश होती थी। उसकी अनिवार्यता के बीच अपना मक़सद साथ लिए चलते थे।

मुम्बई में भाई के पेट्रोल पंप पर, फिर पढ़ाई अधूरी छोड़कर, वहाँ से निकलकर विचारे मोटर्स ग़ैराज में रंग करने का काम तक घनी उदासी, उजाले की प्यास और शाखों के हरेपन के ख़्वाब का मेला सा लगता है। हाँ, कम से कम रंग तो मैं अच्छा ही मिला लेता था। विचारे मोटर्स

ग़ैराज में बड़े मज़े का काम था। कोई एक्सीडेंट वाली गाड़ी आती थी और डेंटिंग के बाद पेंटिंग में ओरिजिनल से रंग मिलाना होता था। गुज़ारे को कुछ मिल जाता था, साथ में लिखने-पढ़ने का वक़्त भी। फ़िल्मों में मेरी न कोई दिलचस्पी थी, न उधर जाने का कभी सोचा ही था। संगत की वजह से लिखने-पढ़ने वाले दोस्त अलबत्ता खूब बन गए थे। इनमें कुछ फ़िल्मों में स्ट्रगल करने वाले भी थे। मेहनतानों का अपना सिस्टम था सो आपस में सब एक-दूसरे की मदद कर देते। जो जिस तरह कर सके। हर क़िस्म की, चार लाइनों से लेकर चालीस बातों तक! बोझ उठाने से लेकर हल्का करने तक। दोस्ती में आप हर क़िस्म की चीज़ें साझी करते हैं। पर मेरा मन लिटरेचर की बातों में ही रमता—

पंजाबी साहित्य सभा और फिर प्रोग्रेसिव राइटर्स एसोसिएशन में अपने वक़्त के तमाम बड़े लेखकों से सोहबत का मौका मिला। वे दिन क्रांति के सपनों के दिन थे। हम गोष्ठियों में दादर जाते और ऊँचे लिखने वालों को सुनते। अपनी चीज़ें भी सुनाते। उन लोगों की सोहबत, जिन्हें आप पढ़ते और सराहते रहे, आपके सामने होते थे। यह बहुत बड़ी बात थी।

कूवर लॉज के ग्राउंड फ्लोर पर कृशनचंदर रहते थे, फर्स्ट फ्लोर पर साहिर साहब। आउट हाउस या खोली थी जिसमें हम चार लोग रहते थे। स्ट्रगल था मगर, उसका एक अनूठा रस था। वहीं हमने चालवालों की मुश्किलें देखीं। गरीबी और फुटपाथ पर जीने वालों का अपना जहाँ देखा। ज़िन्दगी बहुत क़रीब से देखी। लोगों के भीतर के साहस देखे। अभावों के बीच भी दिल की अमीरी और हालात से लोहा लेने की ज़िद देखी।

कभी चाँद की तरह टपकी
कभी राह में पड़ी पाई
कभी चेहरे पे जड़ी देखी
कहीं मोड़ पे खड़ी देखी
शीशे के मर्तबानों में

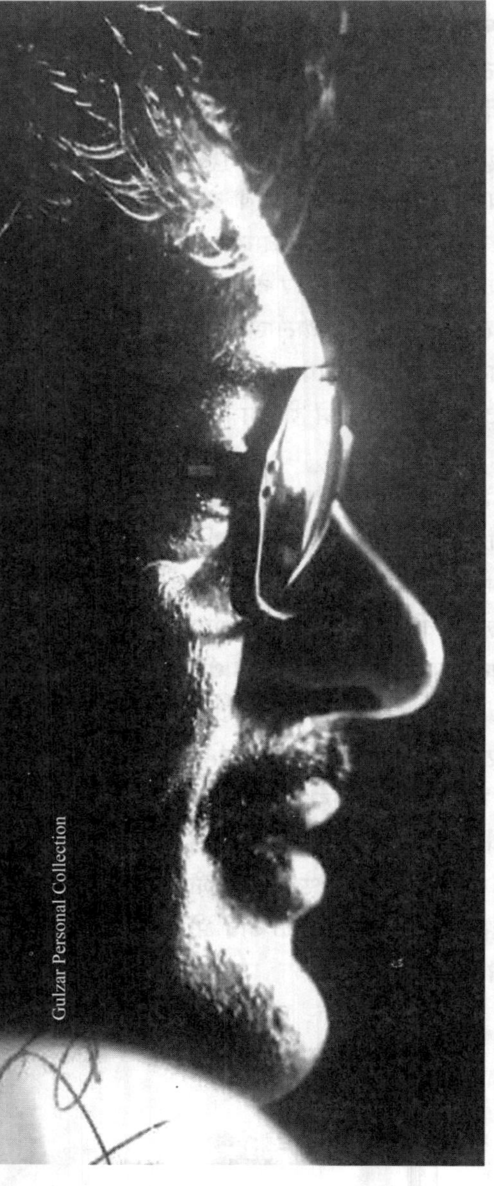

दुकान पे पड़ी देखी
अठन्नी-सी ज़िन्दगी!

भाई साहब के साथ आप ज़्यादा नहीं रहे?

हाँ, अपनी मंज़िल तो सबको खोजनी ही होती है।

मुझे 'गृह प्रवेश' की लाइनें याद आने लगती हैं—

लोगों के घर में रहता हूँ
कब अपना कोई घर होगा
दीवारों की चिन्ता रहती है
दीवार में कब कोई दर होगा

सब्जी मंडी बाप का घर है
पुलबंगश पे मामा का
श्यामनगर में चाचा का घर
चौक पे अपनी श्यामा का
मायके और ससुराल के आगे
और भी कोई घर होगा

इच्छाओं के भीगे चाबुक
चुपके-चुपके सहता हूँ
दूजे के घर यूँ लगता है
मोजे पहने रहता हूँ
नंगे पाँव आँगन में
कब बैठूंगा, कब घर होगा।

इस गीत में सब्जी मंडी है, मोजे उतार कर नंगे पाँव उतरने की चाह

है। नायक की अपनी कामनाएँ हैं। आपने बाल कटवाए थे, ट्रेंच कोट खरीदा और हैट भी।

हाँ मैं तमाम क़िस्म की उन पहचानों से मुक्त होना चाहता था जो मुझे पारंपरिक और मज़हबी चीज़ों से जोड़ती थी। इस मुल्क में जीने का यही तरीक़ा मुझे सबसे ज़्यादा ठीक लगा।

इस बाग़ी अन्दाज़ में आपका मददगार कौन था? पिताजी को पता चल गया था?

गुरमेल सिंह पन्नू बाल के मामले में मददगार हुए।...हाँ पिताजी को पता चला तो नाराज हुए थे, पर उन्हें पता था कि आख़िरकार क्या होना है। हालाँकि कहने को मेरे लिए यही था, किसी तरह कोई बहाना कह दिया।

एक भयंकर अकेलेपन, एक उत्कट जिजिविषा—दोनों के बीच आपने रोशनी कैसे चुनी होगी?

'किताब' में डॉक्टर साहब बाबला की दीदी को कहते हैं—बच्चों के बारे में, कि 'उन्हें हम ज़िन्दगी से डरा के रखते हैं, कि पढ़ो वरना बड़े होकर भाड़ झोंकोगे। ज़िन्दगी हव्वा है या शैतान है, जिससे बड़े होकर मुकाबला करना है? हम यूँ क्यों नहीं कहते, ज़िन्दगी गुड़िया की तरह ख़ूबसूरत है, उसे पाने के लिए अपने-आपको काबिल बनाओ, एँज्वॉय करने के लिए अपने-आपको काबिल बनाओ, बड़ा होकर बड़ा मज़ा आएगा...।'

पर आप जानते हैं कि ज़िन्दगी के मायने, सबके लिए हालात के हिसाब से अलग-अलग होते हैं।

मैं बच्चा था तब रोशनआरा रोड दिल्ली में, रात को दुकान में सोता था। वक़्त काटने को दो आने पर किराए की 'बहराम का छुरा' या

तीर्थराम फीरोजपुरी की किताब लेकर कुप्पी की रोशनी में एक रात में पढ़ डालता था। किताबें किराए पर देने वाला परेशान था कि यह बड़ी जल्दी ख़त्म कर डालता है। पैसों का नुकसान होता है। उसने एक दिन ऐसी किताब दी जो उसके हिसाब से कोई नहीं उठाता था। उसी किताब ने मेरी ज़िन्दगी बदल दी। वह थी 'गार्डनर'—टैगोर की 'गार्डनर'। फिर तो उस प्रकाशक की उस सीरीज़ की सारी किताबें खोजकर पढ़ डाली। इसने मेरी दिलचस्पियाँ बदलीं। जीवन और लेखन का नया संसार आ खड़ा हुआ। अब सोचता हूँ कहाँ होता अगर वह न पढ़ा होता? ख़्याल आता रहा है, पंजाब से आया एक रिफ़्यूज़ी, खोखा लगाकर अखबार-मैग्ज़ीन-किताबें देता है, एक शख़्स को! चार आने हफ्ते में चाहे जितना पढ़ लो! हैरत होती है—उसे क्या पता था उस वक़्त, कि वो मेरी ज़िन्दगी बदल रहा है।

तो ज़िन्दगी में आदमी को बस मन की सुन लेनी चाहिए? मगर मन सही कह रहा है, इसे कैसे मान लें?

मैं ज़िन्दगी को बहुत ज़्यादा नहीं जानता इसलिए ख़ुद को कोई मशविरा देने काबिल नहीं समझता। कई बार आपको अपने भीतर सोचना पड़ता है, आपकी तसल्ली होती है। जैसे बिमलदा ने पहली दफा फ़िल्मों में आने के लिए कहा तो सहज ही निकला 'हाँ' और ठीक वैसे ही लिटरेचर में रहना है तो भीतर से आया 'हाँ'—आप कम्फर्टेबल हो गए। उस 'हाँ' में कम्फर्टेबल हो गए। यह फीलिंग, इंस्टिक्टिव होती है—आप अपना संतोष पा जाते हैं। वह मुक़ाम आपको अपना लगता है।

ज़िन्दगी हर चीज़ का जवाब देती नहीं, सवाल करती रहती है। इसी में ज़िन्दगी का विकास है। जवाब की खोज ही ज़िन्दगी है। जवाब एक होता, तयशुदा होता तो ज़िन्दगी फॉर्मूला बन जाती। और आप जानते हैं कि ज़िन्दगी फॉर्मूला नहीं है।

ज़िन्दगी और फॉर्मूले पर यही सवाल एक बार मैंने अहमदाबाद में उनसे पूछा था। मैंने एक ख़ास क़िस्म की मैग्जीन अहा ज़िन्दगी बनाई थी, एक मशहूर पब्लिशिंग हाउस के लिए। उसका गुजराती संस्करण शुरू करना था। ख्यात लेखक तारक मेहता साथ थे, गुलज़ार साहब ने पूरे दो दिन दिए। जैसे मेरे नाम लिखे थे, जहाँ रुकाया, रुक गए, जहाँ कहा, चल दिए। जितने साथी थे, झुंड के झुंड ऊपर-नीचे ऐसे साथ लाते-ले जाते रहे कि लगता था कोई सवाल ही नहीं बचा रह गया। कैक्टस के साथ खड़े होकर फोटो खिंचवा लें, झूले पर बैठ जाएँ या सीढ़ियों पर थम जाएँ।

रात का खाना हम खा रहे थे तारक जी और उनके परिवार के साथ। संयोगवश बताते चलूँ कि ज़िन्दादिल तारक जी की पहली शादी जिनसे हुई, उनसे तलाक हो गया और दोनों ने बाद में दूसरी शादियाँ कर लीं। वक़्त बीता। बुजुर्गियत और बढ़ी। पहली पत्नी के पति का निधन हो गया। तारक जी और उनकी मौजूदा धर्मपत्नी ने इसे कर्तव्य माना कि उम्र के इस मोड़ पर पति के निधन के बाद उनकी देखभाल कौन करेगा? उन्हें भी इस घर ले आया जाए। लिहाजा, अब सब साथ रहते थे। जब हम खाना खा रहे थे तो दोनों की गरिमामयी उपस्थिति थी। व्यंग्यकार तारक मेहता का सेंस ऑफ़ ह्यूमर भी अपने काम पर था।

मैंने पूछा, 'ज़िन्दगी में रिश्तों का कोई लॉजिक भी होता है? कौनसे नियम-क़ायदे से हम ज़िन्दगी के किसी मोड़ की भविष्यवाणी कर सकते हैं?'

तारक मेहता ने कहा, 'सुख में लॉजिक लगाओगे तो दुखी हो जाओगे।'

गुलज़ार ने कहा, 'जिन्दगी जैसी ख़ूबसूरत चीज में ये गणित का बोरिंग सवाल कहाँ से ले आए।'
इसके बाद ठहाका था।
कोई भी महसूस कर सकता है कि उनकी गहन उदासी, उदात्त प्रेम और रेशमी शब्दावली में तनाव, ताप और प्रतिरोध की चमक अचानक कैसे उतर आती है। कहाँ हँसकर छाँव छम से बोलती है और कहाँ तीखी सच्चाई आ खड़ी होती है।
आपने एक जगह कहा है, बिजलियाँ रखते आस्तीनों में, बादलों का अगर लिबास होता। ये ख़ुशबू, पत्ते, वादी जैसे लफ़्ज़ों में घूमने वाले नरम-नरम, प्रकृतिवादी, रूमानी शायर की ज़ुबान तो नहीं है।

ऐसा नहीं है कि सूरज की सुबह में चंदन न हो। उसके तेज़ में जो इंस्पिरेशन है, वह चंदन के खिलाफ नहीं है। सारी कुदरत में धूप-छाँव के खेल इनसान के जिन्दा रहने से ज़िन्दा होते हैं। इमेजेज़ को दर्ज कर लेना, उसकी भीतरी लहर को पढ़ना भी है। ज़िन्दगी की मुसलसल तलाश ही शायरी की शक्ल में होती है। यह शक्ल आपको अपनी संवेदनशीलता से ही नज़र आती है। नरमी की अपनी एक सख़्ती होती है। पानी की धार में बिजली कहीं छुपी होती है, चट्टान भी कट जाती है। आपकी संवेदना पर जैसे ये बातें दर्ज होती हैं, वैसे आप 'एक्सप्रेस' करते हैं। यह महसूस करने का मसला है।

यह ऐसी कोई चीज़ नहीं है कि जो सिर्फ़ आपमें घट गई। यह वो चीज़ है जो दूसरों को हुई तो आपने रिएक्ट किया। आप उस अनुभव को आत्मसात करते हैं। फिर घोलकर प्रकट करते हैं। शायरी मेरे लिए एक रिले रेस की तरह है। आप कुछ भाव चुनते हैं, कुछ नया जोड़ देते हैं। यह हमेशा आपको जगाए हुए रखती है। मैं उस क्षण की चमक को जीने की कोशिश करता हूँ और यही मुझे आगे बढ़ने के लिए चार्ज कर देती है। अगर आपके एन्टीना खुले हुए हैं और आप ऑब्ज़र्वेशन्स को पंख

ज़िन्दगी की मुसलसल तलाश ही शायरी की शक्ल में होती है। शायरी का एक आकार है, हालाँकि यह अमूर्त है। यह खामोश है, पर बहुत ऊँचा बोलता है। इसलिए शायरी निर्बल का बल है।

दे सकते हैं तो यह बहुत सुकूनदेह हो जाता है। इसीलिए सच्ची कविता सच्चा इतिहास भी है क्योंकि इसमें मैनीपुलेशन नहीं हो सकता। शायरी का एक आकार है, हालाँकि यह अमूर्त है। यह ख़ामोश आकार है, पर बहुत ऊँचा बोलता है। इसलिए शायरी निर्बल का बल है।

आपकी ताक़त इसी विचार से आती है?

कविता मेरा ओढ़ना, बिछौना, घर, मेरी 'शरणस्थली', पनाहगाह है। उसमें आराम करता हूँ, वहीं बड़ा हुआ हूँ, वहीं सपने देखता हूँ। बड़े लोगों का लिखा पढ़ते हुए महसूस करता हूँ कि जितना जाना है उससे कितना ही गुना जानना बाकी है। इस जानने की चाह में ही सफर ख़ूबसूरत बन जाता है। जिन्दगी के सफर में लिखना एक शॉक एब्ज़ॉर्बर भी है। इसमें तमाम उथल-पुथल, झटके, दर्द, वे तमाम बातें जिनसे आप गुज़र रहे हैं, अपने भीतर समा लेने की ताक़त है। यह टेढ़ी-मेढ़ी, ऊँची-नीची, राहों पर चलने जैसा है। लिखना आपकी सवारी बन जाती है—इससे आप राह पर चलते हैं और पार करते हैं, आत्मविश्वास ऐसा कि जैसे आप शेर की सवारी कर रहे हों। भरोसा आ गया तो सारे ख़तरे, सारे डर ख़त्म।

तो, तय हुआ कि लिखना फ़ितरती होता है!

सोचकर नहीं लिखते। कुछ आपका कन्विक्शन है, कुछ आप अपनी एक्सप्रेस करने की क्षमता से परिचित हो जाते हैं। कुछ प्रश्न करने की कूवत भी होती है। प्रश्न बिना प्रगति नहीं होती। मार तो बहुत खाई है। तजुर्बों का चूरा भी रह जाता है।

दूसरों के तजुर्बों को समझकर भी सीखते हैं, पर अपनी धार पर चलना होता है।

कहता वही हूँ जो मेरी समझ के दायरे में है। समझ से ज़्यादा बनावट करके नहीं कुछ कह सकता। बस इतनी सी बात है। जिन्दगी में किसी भी क्षण, किसी घटना, किसी वाकये में आप जो महसूस करते हैं, वह अहसास, आप लोगों से बांटते हैं, एक्स्प्रेशन का यही फॉर्म, रचना हो जाती है। मेरा जो है, मेरा रिफ्लेक्शन है। यह और बात है कि आप सामने से देखेंगे तो मुझे उल्टा ही देख रहे हैं। आइने में भी कैसे तलाश करें ख़ुद को? दायाँ कान, बायाँ हो जाता है। यह आपके देखने की बात है कि आप उसकी पहचान का असल कैसे देखते हैं।

असल जिन्दगी के साथ आदमी यह सावधानी कैसे रखे?

मैं इसे क्या कहूँ—खुद से कहता हूँ बस एहतियात यह रखो कि फ़र्ज मैला न हो। पाकीज़गी को बचाए रखो। रही ज़िन्दगी को जीने की तरकीब, उसका कोई नुस्खा अगर होता तो यह जिन्दगी बड़ी बोरिंग होती। कोई उम्मीद न होती, कोई तलाश न होती।
मैं कोशिश करता हूँ कि अपने तार कसे हुए रखूं, जब जिन्दगी छुए तो सुर ठीक लग सके।

रुटीन जिन्दगी, जरूरत की ज़िन्दगी तो है ही पर आदमी मशीन तो नहीं होता, उसमें अलग रसायन होता है। कुछ चीजों को आप सीख सकते हैं। दूध उबलने से और छड़ी गिरने से संभाल सकते हैं। ओहदा पा सकते हैं। मशीनों को हैंडल करना सीख सकते हैं लेकिन इनसानी रिश्तों को हैंडल करना सीखना मुश्किल है। वो लम्हा, वो राब्ता—जो

आपके हाथ होता है—वो अनूठा होता है—किसी और का वैसा नहीं होता, किसी और के साथ वैसा ही नहीं होता। इसलिए ज़िन्दगी और शायरी, बिना इन्सानी रिश्ते के नहीं बनते। यह एक क़िस्म की खोज का सफर है। शायरी ज़िन्दगी का एक एक्सप्रेशन है।

इन्सानी रिश्ता कोई भौतिक तौर पर हासिल करने की चीज़ नहीं है कि चलो ये शील्ड मिल गई। इसके लम्हे, इसकी मंजिल कोई बान्द्रा से बोरीवली पकड़ने जैसा थोड़े ही है।

इसका सच क्षितिज होता है। जितना चलिए, जहाँ तक पहुँचे, वहीं तक मंजिल है।

इस सफर में अज्ञात का भय भी लगता है?

'नो फीयर ऑफ़ अननोन' मुझे अज्ञात का कोई भय नहीं है। आखिर क्यों हो? कई बार ऐसे ही कॉसमॉस में आवारागर्दी करने निकल जाता हूँ। नासा मुझे कॉसमॉस पर नई-नई खबरें देता है सो मैं इन इमेजेज़ पर कविताएँ लिखता हूँ, कि शायद कहीं और किसी ग्रह पर ज़िन्दगी मिल जाए। सोचता हूँ कि कोई आवारा, फालतू मेरे जैसा प्लैनेट मुझे बुलाए और कहे कि आओ एक साथ बातें करें और रात बिताएँ।

शायर इनसानी ख़लाओं की वैसे ही तो तस्वीरें लेता है जैसे अन्तरिक्ष में कोई **पायोनियर-10।**

'पायोनियर-10' का सुख़नवर शायर
तेज़ बिजली की-सी हस्सास रगों से छू कर/
अपनी पहचान की तस्वीरें जमा करता है, रख जाता है
जिस तरह छोटी-सी इस गरम ज़मीं पर/
बेपनाह ज़िन्दा व मुर्दा ख़लाओं से गुज़रता शायर
अपनी पहचान की तस्वीरें जमा करता है, लिखे जाता है।

आप ऐसे थे इसलिए शायरी की या आपको उसने ऐसा बनाया?

मैंने शायरी नहीं रची, ऩज़्मों ने मुझे शायर बनाया।

कभी-कभी बैठ जाता हूँ।
मैं जब ऩज़्म रचता हूँ तो उसके बाद उन ऩज़्मों को सामने बिठाकर उनसे बातें करता हूँ। फिर मैं कहता हूँ कि मैंने बनाई हैं ये ऩज़्में सारी, तब ऩज़्में खिलखिलाकर हँस देती हैं। कहती हैं, भले मानस हमने तुम्हें रचा है, हमने तुम्हें कवि-शायर बनाया है।
यही पार लगाती हैं, डुबोती हैं।

इसलिए, ऐसा कह देना ज़्यादा ठीक है कि मेरी शायरी मेरी सेंसिबलिटी का हिस्सा है। इसी सेंसिबलिटी की ख़ासियत है कि हम ज़िन्दगी को प्लान करके, योजना बनाकर, खांचे तैयार करके नहीं चला सकते। यह आपके भीतर होती है, आप सिर्फ़ आप बने रहिए। यही सबसे आसान रास्ता है, हालाँकि मुश्किल भी। आप पर कितने प्रेशर होते हैं, लिहाज करना पड़ता है, लोगों की अपेक्षाएँ होती हैं, माँगें होती हैं। मगर हर आदमी के पास अपने प्रति ईमानदार होने के अलावा कोई और रास्ता नहीं है, इस स्थिति से निकलने का। आप, 'सेल्फ़' होंगे, आप ख़ुद होंगे तो आपको कोई ग़लत नहीं ठहरा सकता। आप हर मुश्किल से आज़ाद हो जाएँगे।

जिसने ईमानदारी से मोहब्बत की है, वो ही उसकी मासूमियत समझेगा।
जिसने शिद्दत से दुश्मनी की है, वो ही उसका अंधेरा समझेगा।

आँखों को वीज़ा नहीं लगता, सपनों की सरहद होती नहीं। ऐसी तमाम पंक्तियों में एक बड़ा स्वप्न है। मगर पार्टीशन, दंगे, जड़ों से उखड़ना, इन सबमें जो सच है, क्या वो महज़ शायरी से बराबर किया जा सकता है?

मैंने लाल ख़ून को ज़मीन पर बहते, उसे सूखकर काला होते और फिर ख़ाक में गुम होते देखा है। जले हुए, आपस में चिपके मृत जिस्मों को

ज़मीन से खुरचकर ट्रकों में लादते देखा है। उम्र कम थी, दहशत दिलो-दिमाग पर घर कर गई थी—कई सालों तक ठीक से सो नहीं पाता था—उन स्मृतियों से मुक्त होने की कोशिश में, राहत की तलाश में उन ज़ख्मों को खोलकर देखने और खराशों की असलियत का सामना करने की कोशिश में—मेरी क्रिएटिविटी ने अलग-अलग फॉर्म लिए। उनसे मैं साँस लेने क़ाबिल बन सका।

जब आप 'खुद' में होते हैं तो बग़ैर किसी कोशिश के इनसानियत के हक में हो जाते हैं। कोशिश करके, कुछ लाद कर कुछ हुए तो वह न आपसे छुप सकता है न सोसाइटी से। और, पहले तो ज़ाहिर है, आप ही ख़ुद अपने सामने नाकाम हो गए।

शायरी का यह है कि वह इनसानी ख़्वाब को शब्द देती है। देश है, समाज है, सभ्यता है पर हिंसा भी है। फ़ौजें भी हैं, बूट भी हैं। हमें जीना भी है। राजनीतिक सच्चाइयाँ भी हैं। कानून भी बनाने होते हैं। व्यावहारिक समस्याएँ भी हैं। मगर आप कामना ही छोड़ दें, यह तो फिर ठीक नहीं है। यह कामना और ख़ुद से ख़ुद की वाक़फियत—शायरी है। महज़ शायरी कुछ नहीं होती, मगर बहुत कुछ होती है।

लिखने के लिए कोई ख़ास माहौल चाहिए?

बड़ा अजीब सा क्लीशे है कि साहब शायर हैं तो कहीं गार्डन में बैठ

कर लिखेंगे, एकान्त चाहिए, कोई डिस्टर्ब मत करो। गया वो जमाना जब शायरों-लेखकों को राजाओं और नवाबों के लिए लिखना था और एकान्त का ऐश करने की सुविधा हासिल थी। आज हमें लिखना है तो हम किसी भी हाल में लिख सकते हैं, यह आपके भीतर की बात है। हम भी दूसरे प्रोफेशन के लोगों की तरह अच्छे कामगार हैं। कम्पोज़र और फिल्ममेकर के साथ मैं स्टूडियो में लिख सकता हूँ। अपने ऑफ़िस में बैठा हुआ, तमाम हलचलों के बावजूद लिख सकता हूँ।
मुझे एकान्त नहीं चाहिए, मैं अकेला नहीं हूँ।
मैं हर सुबह सालों से बान्द्रा जिमखाना में राजू शाह (डॉक्टर) और एक मित्र उमेश पचिका (एक आर्किटेक्ट) के साथ टेनिस खेल रहा हूँ। मैं कहता भी हूँ कि मैं फ़िल्मों की स्क्रिप्ट और गाने कभी-कभी लिखता हूँ, मगर टेनिस रोज़ खेलता हूँ। कुछ दोस्त लोग हैरत में रहते थे कि ये उर्दू का शायर है और साढ़े दस बजे सोने चला जाता है, पाँच बजे उठ जाता है, शॉर्ट्स पहनकर टेनिस खेलने पहुँच जाता है। इस मामले में मैं बड़ा 'अन-पोएटिक' हूँ। मैं 'क्लर्क' हूँ। साढ़े दस ऑफ़िस पहुँच जाता हूँ और पाँच बजे तक वहाँ काम करता हूँ। काम करना है, कायदे से करते रहिए। आप कौनसे किसी तीसरी दुनिया से आए हैं?

आपने कभी राइटर्स ब्लॉक का सामना किया है?

लिखना कोई नजला है जो गिरता रहेगा? आता है, 'राइटर्स ब्लॉक' भी आता है। एकाएक ऐसा होता है कि वहीं अटक गए—सही लफ़्ज़ नहीं मिल रहे हैं। लिखना संभव ही नहीं हो रहा है। जो चाहते हैं, वह बाहर नहीं आ रहा है। आप कितने ही अनुभवी हो गए हों, सबके साथ यह क्षण आ सकता है। दूसरे पेशों में भी ऐसा होता है। एक कुम्हार को जो मिट्टी से नए-नए बर्तन बनाता है, उसे भी आता है।

कभी-कभी वक़्त होता है जब अंगुलियाँ नहीं चलती। कुछ दिन तो गाय भी दूध नहीं देती। इसमें कोई चिन्ता की बात नहीं है कि आप कुछ नहीं लिख पढ़ रहे हैं या जो सोची थी वह लाइन भूल गए हैं। हाँ, बदुआ भूल जाएँ तो चिन्ता की बात है। मेरी लेखकों के लिए राय है कि हम थोड़ा

ज़मीन पर चलें। ख़ुद को ज़्यादा सीरियसली न लें। आप एक लेखक हैं, लेखन आपकी प्रकृति, आपका काम है। मैकेनिक्स ऑफ़ जीनियस कुछ होता नहीं। लेखकों को सोसाइटी बड़ा लाड़ करती है, बड़ा ऊँचा-ऊँचा कहा जाता है उनके बारे में। यह तो आपकी ज़िम्मेदारी बढ़ा देता है कि आप उन वैल्यूज़ का ख़याल रखकर चलें।

लेखक के बारे में आम राच है कि वे 'बड़े' लोग होते हैं। कई जगह आग्रह होता है कि उन्हें आन से ऊपर ख़ास जगह दी जाए...

आप लेखक को ख़ामख़्वाह सबसे ऊँचा मत कहिए। क्या वैज्ञानिक कम ऊँचा होता है? भाभा ने तो कुछ नहीं लिखा, क्या उनका क़द छोटा है? यह तो ख़ुद को आसन पर बिठाकर पुजवाने की बात हुई। इससे बचना चाहिए। लेखक, कलाकार संवेदनशील है, लिहाजा उस पर ज़िम्मेदारी ज़्यादा है पर ऐड़ियाँ उठाकर चलने की ज़रूरत नहीं है। प्रकृति से लेखक हैं, लिखेंगे ही। अपना काम ईमान से कीजिए। लेखक होने का रौब डालना तो ठीक नहीं है।

जैसे एक मिट्टी के बर्तन बनाने वाला है वह एक मटका बना सकता है, एक कुल्हड़ भी बना सकता है, एक तश्तरी और एक गमला भी बना सकता है। इसी तरह आप अपने जॉब को जानते हैं। आपमें लेखन की प्रतिभा है, आप कुछ भी लिख सकते हैं। 'फॉर्म' का कोई प्रश्न नहीं उठता। आप शायर हों और थ्रिलर या लव स्टोरी लिख दें—लिख सकते हैं। लिखने की विद्या है, लिखने से आती है। मगर आप किसमें अपना 'एक्सप्रेस' किया हुआ तसल्ली देने वाला मानते हैं, उसमें मुड़ जाते हैं। मैं पचास-साठ साल से लिख रहा हूँ तो इतने साल में वक़्त और हालात के साथ बर्ताव करना सीख ही जाते हैं। बदलाव को भीतर लाते हैं पर अपनी शख़्सीयत के हिसाब से।

एक प्लम्बर है, उसका भी काम है। सोसायटी में जैसे उसकी ज़िम्मेदारी है, आपकी भी है। लिखे के जरिए आप अपने वक़्त को रिकॉर्ड करते हैं आप भी एक तरह से इतिहास लेखक हैं और जो एस्थेटिक्स और

मानवीय रिश्तों की बुनावट जो आप रच रहे हैं, वह एक प्लम्बर की तरह ही आपको भी समाज के लिए ज़रूरी बनाता है। सच तो यह है, मैं सोचता हूँ कि एक प्लम्बर अपनी तरह से, प्रेक्टिकली समाज के लिए लेखक से ज़्यादा उपयोगी हो जाता है। जिस समाज में आप रहते हैं, उसमें अपने लिखे के जरिए अपनी उपयोगिता बनाना उतना ही महत्त्वपूर्ण है। समाज तभी आपको अपने भीतर समोता है, तभी रचना का अर्थ है। यह हर क्रिएटिव आदमी के साथ जुड़ा हुआ है।

आपमें बतौर कवि पूरी तरह आत्मविश्वास कब आया?

हाल के कुछ सालों में। मैं थोड़ा असमंजस में था कि मेरी शायरी जहाँ तक पहुँचना चाहिए, वहाँ तक पहुँच भी रही है कि नहीं। मैंने ख़ुद को जांचना शुरू किया कि क्या मैं सही कम्युनिकेट कर रहा हूँ? मुझे इसकी चिन्ता नहीं थी कि मैं सही हूँ या ग़लत। सही-ग़लत का फ़ैसला तो वक़्त करेगा। जब यह आत्मविश्वास आया तो जो मैं एक कवि के तौर पर कहना चाहता हूँ, उसे अब बेझिझक कह सकता हूँ।

कविता एक क़िस्म की साधना है। जो सतह पर दिखता है, वही सब नहीं होता। अर्थ के लिए गहरे, भीतर जाना होता है। और यह करने के लिए संवेदनशील होना पड़ता है। लेखक को भी, पाठक को भी। और मौजूदा वक़्त में लोगों में यह गुण थोड़ा कम होता दिखता है। और देखिए यह वक़्त टेक्नोलॉजी का है, फाइन आर्ट का नहीं। इतना कुछ नया होता जाता है कि लोग कविता में क्या नया हो रहा है, इसको नोटिस नहीं कर पाते। कवि के तौर पर मैंने इस बदलाव को भी अपनी कविता का हिस्सा बनाने की कोशिश की है।

जब आप ज़्यादा बोलने लगते हैं तो जनता आपको सुनना बंद कर देती है। ज़्यादा बार कही किसी भी बात का असर घट जाता है और वह निरर्थक हो जाती है। थोड़े शब्द, ज़्यादा ताक़तवर, ज़्यादा असरदार होते हैं। इसलिए अपनी कविताओं में मैं महत्त्वपूर्ण चीजें, जो अपने आप में पूरी हों, अपनी तरह से कहने की कोशिश करता हूँ। जब मैंने 'त्रिवेणी'

का फॉर्म इन्ट्रोड्यूस किया तो इसके पीछे भी वही बात थी।

त्रिवेणी तो सरस्वती के गुप्त मिसरे पर खड़ी है।

बिल्कुल! जब बच्चन जी को 'त्रिवेणी' सुनाई तो उन्होंने समझा कि यह हाईकू है। मगर हाईकू में एक स्थायी बिम्ब होता है। 'त्रिवेणी' को पंजाबी की लोक कविता शैली माहिया या बोली के पैरेलल देखा जा सकता है जिसमें अन्त में एक झटकेदार पंक्ति होती है। उर्दू में ऐसा कोई फॉर्म नहीं है।

त्रिवेणी ना तो मुसल्लस है, ना हाइकू, ना तीन मिसरों में कही एक नज़्म। इन तीनों 'फ़ॉर्म्ज़' में एक ख़याल और एक इमेज का तसलसुल मिलता है। लेकिन त्रिवेणी का फ़र्क इसके मिज़ाज का फ़र्क है। तीसरा मिसरा पहले दो मिसरों के मफ़हूम को कभी निखार देता है, कभी इज़ाफ़ा करता है या उन पर कमेंट करता है।

कुछ इस तरह ख़याल तेरा जल उठा कि बस
जैसे दीया-सलाई जली हो अँधेरे में

अब फूँक भी दो, वरना ये उँगली जलाएगा।

ये जो तीसरी लाइन है ना वो पहले दो पर नया ख़याल रखती है, नया मायना दे देती है।
त्रिवेणी नाम इसलिए दिया था कि संगम पर तीन नदियाँ मिलती हैं। गंगा, जमना और सरस्वती। गंगा और जमना के धारे सतह पर नज़र आते हैं लेकिन सरस्वती जो तक्षशिला के रास्ते बहकर आती थी वह जमींदोज हो चुकी है। त्रिवेणी के मिसरे का काम सरस्वती दिखाना है जो पहले दो मिसरों में छुपी हुई है।

पहली बार सेवेंटीज की शुरुआत में मैंने यह लिखा। यह काम कमलेश्वर जी की सारिका में छपा। फिर इस पर चर्चा होने लगी। पाकिस्तान

में त्रिवेणी बैठकें होने लगीं। कुछ ने 'मुजीद गुलज़ार' (आविष्कारक-गुलज़ार) तक कहना शुरू कर दिया। कुछ परंपरावादियों ने इसे रिजेक्ट कर दिया, कुछ ने इसे बहुत पसन्द किया।

इस तरह, मैं सोचता हूँ, कुछ अनकहा, बहुत कहे से होता अच्छा है।

क्या आपको कोई वाक़या याद आता है, जब आपका इस सवाल से साबका पड़ा हो कि कलाकार-साहित्यकार करता क्या है? उनकी सोसाइटी को ज़रूरत क्या है?

एक वाक़या सुनिए।

पीडब्ल्यूए (प्रगतिशील लेखक संघ) की बैठक चल रही थी। सुखबीर, बलराज साहनी साहब वग़ैरह सब मौजूद थे। बहस इस बात पर थी कि समाज में कलाकारों की भूमिका क्या है? सबका मानना था कि प्रगतिशील समाज की रचना में किसान, मज़दूर और बाकी मेहनतकशों की भूमिका ही बड़ी होगी। ऐसा इशारा था जैसे कलाकार और कला की वाकई समाज के निर्माण में कोई ज़रूरत भी है या नहीं? मुझे लगा कि मेरा मत भिन्न था। मेरे पास स्पष्ट जवाब नहीं था। मैं नया था, छोटा था, पर सवाल मेरे अस्तित्व से जुड़ा हुआ था। मुझे लगा कि क्या हम आर्ट के एक ग़ैरज़रूरी काम में जुटे हुए हैं। मैं डिस्टर्ब हो गया। बाद में मैंने एक कहानी लिखी सतरंगा। इसे एक मीटिंग में पढ़ा भी। सबको यह पसन्द आई थी। इस विचार पर किसी ने ऑब्जेक्शन नहीं किया।

खैरू घने-घने बादलों से परांदी बुनता है, जुलाहे की धुन गाता है, बैलों के सींग रंगता है। वह होता है तो कुछ नहीं पर जब नहीं होता तो उसके होने का अर्थ पता चलता है। आर्ट ऐसे ही जीवन में हिस्सा होती है। वह आपको अंडर करंट में रहते हुए संवेदनशील बना देती है।

ज़िन्दगी ख़ुद अपने आप में सभी विचारों की सबसे बड़ी इन्स्पीरेशन है। बात यह है कि आप ज़िन्दगी को किस तरह लेते हैं। ज़िन्दगी का मतलब

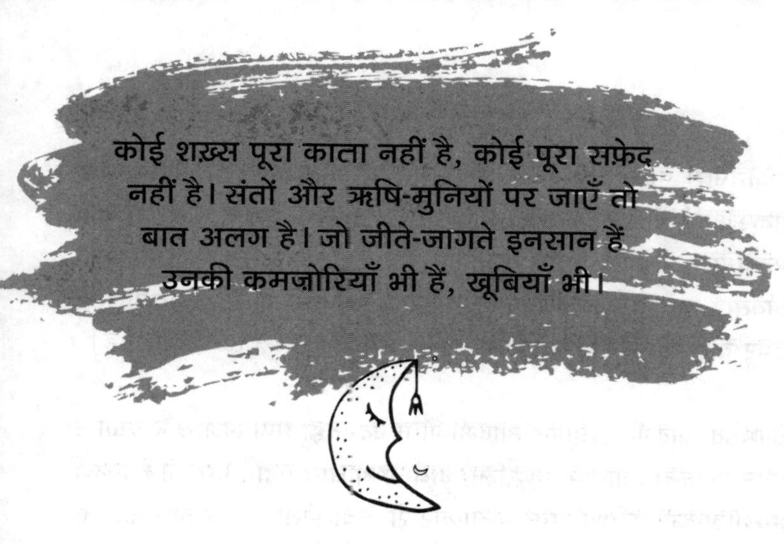

है अपने मन मुताबिक जीना। हम रोज़ाना एक नई ज़िन्दगी एक्सप्लोर करते हैं—इस तलाश में ही आपका दिन खर्च हो जाता है। आर्ट इसी में से उपजती है, इसी का परिणाम होती है।

आप उनके साथ दोस्ताना होते हैं जिनसे अभी अभी मिले हैं या उनके साथ जिनसे पहले मिल चुके हैं या वो जिनके साथ आप सफर करते हैं। एक इंटरव्यू के लिए आपसे बात करना भी भविष्य के किसी ख़ूबसूरत रिश्ते की शुरुआत हो सकती है। मैं खुशक़िस्मत हूँ कि मुझे अच्छे दोस्त मिले हैं। यहाँ तक कि जब मैं ऑफ़िशियली उनके साथ नहीं होता तब भी उनके सम्पर्क में बना रहता हूँ—हर पल का आनंद लेता हूँ। यह ज़िन्दगी में शामिल होना है। बस बात इतनी सी है कि जो बाकी नहीं कह पा रहे, आप उन्हें लफ़्ज़ दे देते हैं, तो वह समय की आवाज हो जाती है। आर्ट यही तो होती है। यह ज़िन्दगी को छूने के अनुभव को सार्थक बना देती है, मायना खोल देती है।

रचना किसी आदमी को किस हद तक निर्मल करती है? क्योंकि कहा जाता है कि कला व्यक्ति को उदात्त बनाती है। मगर हम देखते हैं कि कभी-कभी एक अच्छे कलाकार का दूसरा पक्ष बड़ा 'डार्क' होता है। कविताएँ ग़ज़ब की लिखते हैं मगर अफसरी पर बैठते हैं तो घूसखोरी और चरित्रहीनता में सानी नहीं। गज़ब के हिंसक मगर कविताओं का मफलर डाले, साहित्य के जंगल में शान से टहल रहे हैं। ऐसा लगता

है कि जैसे रचना की शक्ति कोई यांत्रिक प्रतिभा है जो भीतर फिट होकर आई हैं। उसका अच्छे जीवन से कोई लेना-देना नहीं है। तो क्या अच्छा आदमी और अच्छा कलाकार दोनों अलग-अलग चीजें हैं? क्या कविताई का कोई मैकेनिकल डिवाइस है जो कुछ लोगों के दिमाग में ऊपर वाले का दिया मिल गया है?

क्रिएटिव आदमी साधारण आदमी से ज़्यादा बड़ा घड़ा लगता है क्योंकि उसमें समाता ज़्यादा है, इसलिए मन में ये बात पैदा हो जाती है। वर्ना अच्छा आदमी हमेशा अच्छे कलाकार से ऊँचा होता है। जिन्होंने कविता की कलाकारी का साँचा हासिल कर लिया है और कविताएँ बना-बनाके सुखाए जा रहे हैं, उनकी बात और है। वर्ना अच्छे कलाकार का संघर्ष भी अच्छा आदमी बनने के लिए होता है। अच्छा बनने के लिए शायर बनना ज़रूरी नहीं। असली बात यह है कि आपकी इन्स्पीरेशन कहाँ से आती है? आपके प्रेरणा के स्रोत क्या हैं? मेरा आपसे सम्बन्ध है तो उस रिश्ते से मैं क्या पाने की कोशिश करता हूँ। कौनसी चीज़ आपसे बांटता हूँ। हर आदमी रिएक्ट करता है, प्रश्न पूछता है। अगर आप संवेदनशील हैं तो यह बात आपके लिए प्रेरणा बन जाएगी। क्योंकि मुझे यह बात प्रेरित करती है कि ये आदमी, जो जीवन के उस सारे इलाक़े से बंधा हुआ है। जहाँ-जहाँ यह घुलता-मिलता है और तनहा नहीं है सबको साथ लिए हुए है, मगर जब देखो तब अकेला रहता है। मुझे ये इंस्पायर करता है कि मेरे हर दुख में आकर मुझे वह न जाने कहाँ से आकर ढाढ़स दे गया। मैं जल रहा था, चश्मा दूर था। यह आदमी पता नहीं कहाँ से आया और मुस्कुराया...मेरी सारी आग ठंडी हो गई।

तो, जिससे आपके सम्बन्ध हैं और जिससे आप प्रेरित होते हैं वह सिर्फ़ एक व्यक्ति भर नहीं है।

हाँ, उस पर आपकी किरण गिरकर लौटती है। अगर आपका ताल्लुक कमज़ोर है तो संवेदना का सूत्र टूट जाता है। आपकी प्रेरणाएँ ख़त्म हो जाती हैं और आप चीज़ों को यों ही लेने लगते हैं। प्रेरित तो सिर्फ़ वही बात करती है जो आपकी सेंसेबिलिटी को छू जाए। इतना हो जाना

काफी होता है। एक आदमी को अच्छा बनाने के लिए और चाहे जो भी हो आपके मन में प्रेरणा प्राप्त करने की यह संवेदनशीलता बनी रह जाए, तो निर्मल होने की सीमाएँ खुली रहती हैं। हम अपनी रचना से लगभग इसी उम्मीद के साथ रिएक्ट करते रहते हैं, प्रतिकृत होते रहते हैं। कोई शख़्स पूरा काला नहीं है, कोई पूरा सफ़ेद नहीं है। संतों और ऋषि-मुनियों पर जाएँ तो बात अलग है। जो जीते-जागते इनसान हैं उनकी कमजोरियाँ भी हैं, खूबियाँ भी। विनम्रता, दृढ़ता और नीयत सही वक़्त पर आपसे गवाही माँगते हैं। भूल इरादतन नहीं, मगर यदि हुई तो उसे वाजिब ठहराने की ज़िद तो नहीं? अपने भीतर के मीटर पर इसकी जांच अपने-आप हो जाती है।

अपनी समझ से हर रोज़ थोड़ा साफ़ होने की कोशिश करते हैं। ख़ामियाँ तो होंगी। इरादा लेकिन नेक है। पूरी दयानतदारी से करने की कोशिश है।

कितने निर्मल हो पाए, ये कहना मुमकिन नहीं।
तलाश मुसलसल जारी है...
वर्ना तो—
आओ, सारे पहने लें आइनें
सारे देखेंगे अपना ही चेहरा
सबको सारे हसीं लगेंगे यहाँ
(रूह? अपनी भी किसने देखी है !)

आप इस तलाश में अलग-अलग बोलियों-ज़ुबानों में की गई शायरी से भी मिलने-जुलने लगे। फिर आपने भारतीय भाषाओं की कविताओं के अनुवाद का काम हाथ में लिया...।

पोएम ए डे! जब रोज़ाना का यह सिलसिला हाथ में लिया तो हिन्दुस्तानी भाषाओं की ही नहीं, उनकी बोलियों के भी रोज़ नए रंग नज़र आने लगे। कितना ख़ूबसूरत विस्तार है? असमी की कविता पढ़िए—मलयालम, तमिल, पंजाबी, मराठी, मणिपुरी और ख़ासी, हर भाषा, हर बोली में

से मिलकर हमारे समय की पूरी तस्वीर बनती है। क्या मुहावरे हैं, क्या सोच है, कितनी सेंसिटिविटी, कैसी कैसी डायवर्सिटी है। विविधता है।

अनुवाद ने मुझे अमीर बनाया। अनुवाद एक दूसरे क़िस्म का क्रिएशन है, ख़ासतौर से शायरी का। जैसे मैंने कुसुमाग्रज की कविताओं का अनुवाद किया तो पाया कि अगर मैं ओरिजिनल नज़्म का छंद वैसा ही रखता हूँ और क़ाफ़ियाबंदी से काम लेता हूँ तो क़ाफ़िया निभाने में इमेजरी और मतलब दोनों असल से दूर हो जाते थे। कवि का बात करने का अन्दाज़ बदल जाता था। फिर मैंने यह किया कि साथ-साथ चलो मगर मुहावरा हिन्दुस्तानी हो जाए।

जैसे—गर्भा सलामत। भगवान पचास।

हिन्दी मुहावरे में पचास बदल गया—मतलब वही रहा—गर्भा सलामत। भगवान हज़ार।

कोई नज़्म जो उस भाषा में क़ाफ़ियाबंद थी—हिन्दुस्तानी में आज़ाद हो गई।

मराठी में 'तू' है, 'तुम' नहीं। बहुत सी चीजें होती हैं, पर मानी और इमेज़ कायम रहे, कहने वाले का अन्दाज़ कायम रहे तो बात बन जाती है।

'बुड़बुड़' करते दरिया का अनुवाद क्या होगा? और 'ऐवें' का? आप कितनी ही मुद्राएँ बना लें, शब्दों की कसरत कर लें मगर 'ऐवें' और 'बुड़बुड़' का तोड़ नहीं मिलेगा। सो, अनुवाद बड़ा मुश्किल मामला है। हर भाव, शब्द की जगह शब्द से नहीं आ सकता। उस भाषा का अपना ख़ज़ाना होता है।

हाँ, एक शीशी से दूसरी शीशी में ख़ुशबू डालो तो कुछ उड़ जाती है, इसे कोई कम होना कह सकता है पर यह भी कह सकते हैं कि जो उड़कर

माहौल में फैली, वो तो अपना काम कर गई।

इस मामले में टैगोर के साथ तो आपका रिश्ता कुछ ज़्यादा ही मीठा है।

हाँ, हुआ यूँ—
एक देहाती सर पे गुड़ की भेली बाँधे,
लम्बे-चौड़े इक मैदां से गुज़र रहा था।
गुड़ की ख़ुशबू थी,
धूप चढ़ी तो
सूरज की गर्मी से गुड़ की भेली बहने लगी।
मासूम देहाती हैरान था।
माथे से मीठे-मीठे कतरे गिर रहे थे,
वो जीभ से चाट रहा था।
मैं देहाती...मेरे सर पर ये टैगोर की कविता की भेली किसने रख दी?

टैगोर मेरी ज़िन्दगी में टर्निंग प्वॉइंट लाए थे। मैंने लिखना शुरू किया तो बचपन में पढ़ी उनकी 'गार्डनर' ही बीज था। तब से शायद लगा था कि काश इसका अनुवाद बेहतर होता।

हर कवि का अनुवाद करना मुश्किल होता है। ख़ुद टैगोर ने कबीर को अनुवाद किया है। है ना? क्या आसान था? चाहे जो मुश्किल रही हो, जिस भी स्तर की रही हो—टैगोर का बहुत पहले ही ट्रांसलेशन होना चाहिए था। मैंने पुणे यूनिवर्सिटी के वाइस चांसलर डॉ. नरेन्द्र जाधव

द्वारा मराठी में अनूदित, टैगोर के गीतों का एक ख़ूबसूरत संग्रह रिलीज़ किया—कितने गर्व की बात थी।

टैगोर का नाम लीजिए तो लोग गीतांजलि से आगे नहीं जाते। कहेंगे, टैगोर को जानना है—गीतांजलि पढ़ लीजिए। मगर गीतांजलि पूरा टैगोर नहीं है। एक चुना हुआ हिस्सा है टैगोर के काम का। टैगोर ने और भी बहुत रचा है।

मैंने जब 'निंदिया चोर' और 'बागबान' अनुवाद कीं तो बहुत संतोष हुआ। शांतनु मोइत्रा के साथ टैगोर के गीतों का एलबम किया तो बड़ी तसल्ली हुई।

यह सच है कि बंगालियों को टैगोर पर बड़ा गर्व है लेकिन वे उन्हें लेकर बड़े पज़ेसिव भी रहे हैं। वजह यह है कि वहाँ हर घर के कल्चर का हिस्सा है टैगोर। हर बच्चा टैगोर से शुरू करता है, फिर—दूसरे बंगाली कवियों पर जाता है। बंगालियों की इस 'पज़ेसिवनेस' को मैं पॉज़िटिव दृष्टि से कहता हूँ—पर यह भी उतना ही सच है कि टैगोर को अनुवाद करने में हजार रोड़े आए। आप विश्वभारती से अनुमति लो, फिर अनुवाद को भी उनसे अप्रूव कराओ। सिर्फ़ अनुवाद ही नहीं, रूपांतरण या एडॉप्टेशन्स तक। मैं उन लोगों को जानता हूँ जो इसकी वजह से बड़े परेशान हुए। रामानंद सागर जैसे लोग टैगोर के काम पर आधारित फ़िल्में बनाना चाहते थे। नहीं कर सके।

इस वजह से टैगोर के विचार फैलाने में रुकावटें आईं। टैगोर को अब भी बंगाली कवि के तौर पर देखा जाता है। वे हमारे राष्ट्रीय कवि हैं लेकिन पहचान क्षेत्रीय कवि की है। हर भाषा-भाषी में यह बात आ जानी चाहिए कि ये पूरे मुल्क के, हमारे कवि है। पर होता क्या है-ये बंगालियों का जो टैगोर है वो बहुत बड़ा शायर है। एक देश के तौर पर हमारी बड़ी कमजोरी ये है कि हम टुकड़ों में जीते हैं। फरीद के बारे में ऐसा कोई क्यों नहीं कह पाता या बुल्लेशाह के बारे में? कि इन्होंने तो पंजाबी में लिखा, ये उनके हैं। विश्वभारती ने बाहर के प्रकाशनों को इजाज़त ही नहीं दी सिर्फ़ वे ही छाप सकते थे। जैसे ही कॉपीराइट

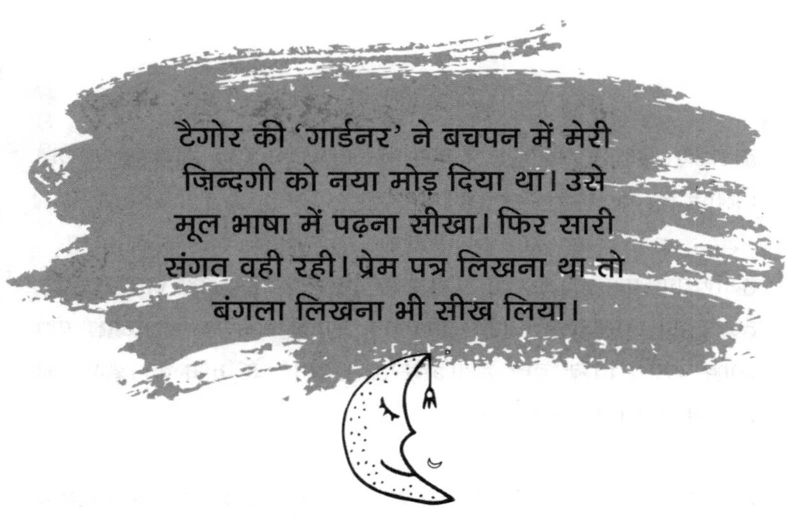

की मियाद ख़त्म हुई, देखिए टैगोर बंगाल के बाहर कैसे फैले। क्या ख़ूबसूरत किताबें आई हैं। अगर ज़िद न होती तो बहुत पहले यह हो चुका होता।

वैसे, मैंने बंगाल से ज़िन्दा स्टेट नहीं देखा। वो दातून भी कर रहे हैं, रोड पे बैठे हुए—और कह रहे हैं वहाँ—कोथाय जाच्छेन मोशाय! एकटू माछ किंते जाछीलुम। ऐई दिक दिए चोले जान, ओखने बोमा फूटछे। कुछ समझे? आदमी मछली खरीदने निकला है, एक तरफ़ ट्राम चली जा रही है और दूसरी तरफ़ बम फूट रहे हैं।
ये है—जो भी हो—जीते रहो—मस्त रहो।

आपको बंगला बड़ी पसन्द है। आप बंगाली दोस्तों में रहे। उनके जैसे रहने-बोलने लगे। देबू सेन जब 'बंदिनी' की कल्याणी का गीत लिखाने को बिमलराय से मिलाने ले गए तब उन्होंने भी 'गुलज़ार' नाम से धोखा खाकर देबू सेन से पूछा था—'भद्रोलोक बैश्नोव कोबिता की कोरे बूझे?'

हाँ, जब उन्हें असलियत पता चली तो थोड़े सकपकाए कि अरे इसने बात समझ ली होगी।

बात यह है कि मैंने बंगाली पढ़ना पहले शुरू किया। क्योंकि टैगोर की

'गार्डनर' को मूल बंगला में पढ़ना चाहता था। फिर सारी संगत वही रही। बांग्ला लिखना मैंने प्रेम पत्रों से शुरू किया, मेरी पत्नी-राखी को। बंगाली प्रेक्टिस करने का सबसे अच्छा तरीक़ा यह है कि बंगाली लड़की के प्रेम में पड़ जाओ और बंगाली में चिट्ठियाँ लिखना शुरू कर दो। तभी वो आपको जवाब देगी। अमार मातृभाषा नाय, किन्तु अमार बोउ भाषा बोलते पारी अमी! यह मेरी मातृभाषा नहीं है, मगर शादी की भाषा है—मेरी बीवी बोलती है।

हम भाषा से भावों में चले जाते हैं।

'चौरस रात' पेश करते हुए अशफ़ाक़ अहमद ने लिखा था—

भाई की कहानियाँ उर्दू में पढ़ी थीं, इक्का-दुक्का हिन्दी में भी छपीं। फ़र्क सिर्फ़ लिपि का था। उनकी जबान, हिन्दी में पढ़ो तो हिन्दी लगती है, उर्दू में पढ़ो तो उर्दू लगती है। कुछ दोस्तों से जिक्र हुआ तो उन्हें हैरत हुई कि भाई अफ़साने भी लिखते हैं। वजा? सिर्फ़ ये कि कहानियाँ उर्दू में ही ज़्यादा छपी थीं—इसलिए सोचा उन्हें हिन्दी में छपवा दूँ। यही हाल नज्मों का है। ज़बान उनकी अपनी है। उर्दू जानने वालों को लगा कि भाई की नज्में कब छपीं? वजा? उनका मज्मुआ (संग्रह) हिन्दी में छपा था। इसलिए ज़रूरी लगा कि ऩज्में उर्दू में छपवा दी जाएँ और कहानियाँ हिन्दी में।

और, गुलज़ार ने उस मज्मुए का समर्पण लिखा—'अपनी जीती जागती कहानी—बोसकी के नाम जिसका तर्जुमा अशफ़ाक़ अहमद नहीं कर सकते।'

यही तासीर है बोसकीयाना की।
बांग्ला मिठास, पंजाबी गर्मजोशी और हिन्दी-उर्दू-हिन्दुस्तानी की सादगी!

वो यार है जो ख़ुशबू की तरह
है जिसकी जुबां उर्दू की तरह
मेरी शाम-रात, मेरी कायनात
चल छैंया...छैंया-छैंया...छैंया

बात करते-करते बोसकीयाना में हम सुबह से दोपहर की तरफ़ बढ़ने को हैं। छाँव अपनी दिशा कुछ बदलने का मूड बना रही है। मुझे सी.एल. काविश की लिखी लाइनें पढ़ने का मन हो आया है। यह बात रात की है।

काविश लिखते हैं—

आइंस्टाइन कहता है कि वक़्त और ख़ला में कोई फ़र्क नहीं है।

गुलज़ार कहता है—वक़्त और लम्बाई में कोई भेद नहीं है। 'चौरस रात' उसकी एक कहानी है। उसमें गुलज़ार कहता है—

'सड़क ढाई मिनट लम्बी थी और दिन सिर्फ़ तीन सौ बीस क़दम लम्बा था।'

इनसानी क़दमों की आहट वह छू सकता है। उसने आहट को छुआ है, उसने इस बात को साबित कर दिखाया है।

'...सड़क ने रात के सोने में गहरा शगाफ़ डाल दिया है। बस एक ख़्वाब खिड़की पर बैठा ऊँघता रहता है और रात के बदलते हुए रूप को देखता रहता है। वह रात—जो नीली भी है, वह रात—जो गोल भी है, वह रात जो सफ़ेद भी है, वह रात—जो लम्बी भी है, लेकिन वह रात—चौरस थी...।'

खिज़ां के इस मौसम में फ़नकार चातक की तरह एक बूँद को तरसता

है। पानी तो बंबई में बहुत है। झीलें जहाँ-तहाँ हिलोरें ले रही हैं। हर सड़क पर प्यास बुझाने के लिए रंगीन बोतलें हैं। मगर चातक की प्यास को तो सिर्फ़ स्वाति नक्षत्र की बूँद चाहिए।

गुलज़ार भी कला के स्रोत का रसिया है।
एक बूँद चाहिए, मगर...स्वाति की बूँद।
गुलज़ार को फ़न से प्यार है। वह फ़न के लिए जीता है, फ़न के लिए मरता है। मज़हब से भी उसे मोहब्बत है।
रमज़ान के महीने में तीस रोज़े।
जन्म-अष्टमी के दिन व्रत!
और गौर-पर्व के दिन गुरुद्वारे की सेवा।
यह उसका ईमान है। असल में उसको इनसान से प्यार है, इनसानियत से प्यार है, इसलिए वह फ़नकार है।

'मज़हब' पर हम आगे बात करेंगे। इस वक़्त, वक़्त को नापने के अन्दाज़ पर रहते हैं।

मुझे याद आया, उन्होंने मीना जी की ज़िन्दगी का शीर्षक ही दिया था—चालीस मील लम्बी मौत। वक़्त और लम्बाई में कोई भेद नहीं। नवंबर 1973 की 'सारिका' के पन्ने में मीना जी की डायरी सीरीज़ के अक्षर फड़फड़ाते हैं—गुलज़ार के शब्दों में—

मीनाजी की डायरियों में उस कबीले का इतिहास भी है जिसे लोग फिल्मवाले कहते हैं और साहित्य भी। वे निजी ज़्यादा हैं लेकिन उस वक़्त की झलक ज़रूर देती हैं, जिसमें वह जी रही थीं या उनके लफ़्ज़ों में—'मर रही थीं।' ज़िन्दगी नहीं—एक चालीस मील लम्बी, तन्हा मौत। मुझे याद है, उन्हीं के साथ एक ऐसा लम्हा गुज़रा था, जिसे बाद में यूँ नज़्म किया था मैंने—
सफ़ेद बिस्तर पे इक जनाजा पड़ा हुआ है

कि जिसको दफनाना भूलकर लोग
चल दिए हैं
वो लोग लौटें
वो लोग देखें
वे लोग पहचानें
दफ़न कर दें तो साँस आए।

एक दूसरी जगह गुलज़ार वो तारीख याद करते हैं—
30 मार्च, 1972 को पूना से 'परिचय' की शूटिंग करके लौट रहा था। मैंने रास्ते में जया से कहा, 'मुझे कुछ ऐसा लग रहा है कि बम्बई में सब ठीकठाक नहीं है। इकत्तीस को नौ बजे, मीनाजी के सेक्रेटरी का फोन आया कि सेंट एलिजाबेथ नर्सिंग होम पहुँचूं। वहाँ पहुँचा तो देखा कि उनका पूरा बदन नलियों-सुइयों से भरा था। वो कोमा में थीं।

कमाल अमरोही साहब बाहर बैठे थे—साफ़ लगता था कि रात भर सोये नहीं थे। मुझे इस दृश्य ने गहरे तक, हिलाकर रख दिया।'

उनकी सेहत कभी अच्छी नहीं रही। कई बीमारियों और दवाओं के नाम उन्हें याद थे। मैं कभी मज़ाक में कहता, आप फ़िल्में छोड़कर कम्पाउंडर क्यों नहीं हो जातीं? वे हँसकर टाल देतीं। कई लोग मीनाजी को 'हँसी' से नहीं जोड़ पाते। दसअसल, वे जब ख़ुश होती थीं तो छोटी बच्ची की तरह व्यवहार करती थीं—खनखनाकर हँसती हुई। 'बेनजीर' के दौरान बिमल दा के असिस्टेंट के रूप में उनसे कभी 'ड्रेस चेंज' के लिए या 'नए सीन' के सिलसिले में सैट पर हुई छोटी-छोटी मुलाकातों में सम्पर्क हुआ। कविता, मूड और एक्सप्रेशन उनके साथ साझा होते थे। आखिरी दिनों में वे ग़मगीनी में काफी पीने भी लगी थीं। गुस्सा होती थीं तो उनकी आँखें भर आती थीं। लेकिन उन्होंने अपनी आवाज़ कभी ऊँची नहीं होने दी।

बड़ा अदब और बड़ा सम्मान था। वे पूरी निष्ठा से रोजे रखती थीं। जब उनसे दवाई लेने की वजह से यह व्रत निभ नहीं पा रहा था तो गुलज़ार

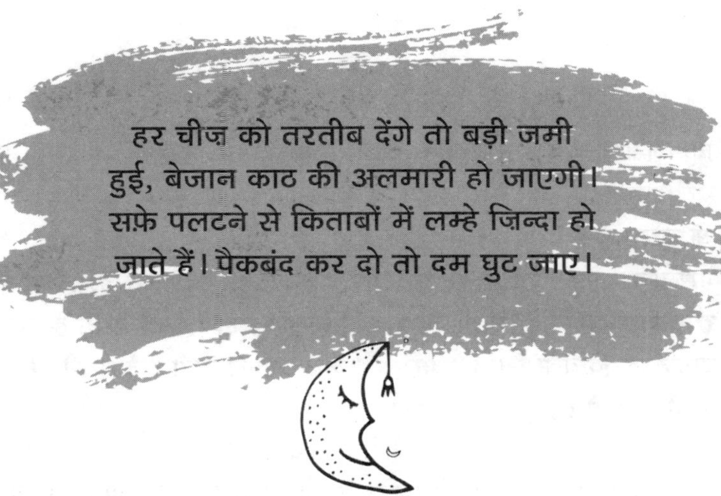

ने उनके हिस्से का व्रत ले लिया। वे हाल तक उसे पूरी निष्ठा से निभाते रहे, जब तक कि उन्हें ख़ुद ब्लडप्रेशर वाली रुटीन दवा लेने की मजबूरी न हो गई। यह सहज था और इसमें कोई हेर-फेर या दावा न था।
वसीयत के मुताबिक मीना जी की 250 डायरियाँ जिनमें नज़्में, ग़ज़लें, शेर थे—गुलज़ार को दिए गए। उन्हें छाँटकर एक किताब की शक्ल दी गई।
यह बहुत कम कलाकारों के साथ होता है कि जीवन और छाया एक ही लगने लगे।

'बोसकीयाना' की स्क्रिप्ट तैयार करते हुए मेरे काग़ज़ों में एक शेर, मीना जी की शायरी से उठाके गुलज़ार के लिखे उन्हीं पन्नों पर नीचे टंका हुआ मिलता है—
ग़मग़ीन आँखों से पोंछो शिकायत
कहो बूँद से यूँ न बादल से उलझे

और, कि—
लम्हें उड़ते हैं कभी या तो तितलियों की तरह
या कभी खुशबुओं की मानिंद चीख़ उठते हैं
सिमटते-फैलते साँचे के वक़्त के ढल कर
अजीब शक्ल के बनकर ज़माना रखते हैं नाम—

मैं पूछता हूँ—

हमें वक़्त बीतते-बीतते हर मोड़ पर नए-नए लोग मिलते हैं, लोगों के साथ नए-नए मोड़ मिलते हैं। सबकी अलग-अलग वजहें होती हैं। कुछ कड़वाहटें होती हैं, कुछ उदासियाँ। कुछ उजला बना देने वाली संगत होती है। इसे तरतीब कैसे दी जा सकती है?

हर चीज़ को तरतीब देंगे तो बड़ी जमी हुई, बेजान काठ की अलमारी हो जाएगी। सफ़े पलटने से किताबों में लम्हें ज़िन्दा हो जाते हैं। पैकबंद कर दो तो दम घुट जाए। कड़वाहट, इकहरी नहीं होती। जब कहते हैं, उजले हो गए तो वह पहले ही धुल गई। हर चीज में सिलसिला है, बेतरतीब जो लगता है वो पीछे देखने पर बड़ा प्लान किया-सा लगता है। इसलिए किसी भी चीज़ पर इतना ज़्यादा गौर करके मतलब निकालने से कुछ हासिल नहीं होता, उसके अहसास में रस है। उसका तत्व जो है, वो जीवन के हिस्से का है। मैं जब चौरस कहता हूँ तो—वह रात ना सिर्फ़ चौरस ऐसे होती है कि—जैसे दीवार में जड़ी हुई यह खिड़की, जैसे आँख में जड़ा हुआ सपना। यह अहसास अपने मन की फ़िल्म पर दर्ज बिम्ब होता है। रेखाएँ ख़ुद-ब-खुद मन पर आकार ले लेती हैं। सभी के साथ यह होता है, बस महसूस करने की बात है। संत-फकीरों को छोड़ दें, इनसान तो शायद लम्हों को छूकर ही जीते हैं। इनके हिसाबी मतलब निकालने बैठें तो बस मतलबी ही रह जाएँगे।

एक तरफ़ ये है कि प्रेम की प्रतीक्षा में रात चौरस है। दूसरी तरफ़ खैरू है। फुटपाथ से दगड़ू है। अठन्नियाँ हैं। हम रूमानी होते हुए जीवन की कठोर सच्चाइयों के साथ कैसे पेश आते हैं?

आपके जवाब में शायर का क्या हाल हुआ ये सुनिए—

वो पुल की सातवीं सीढ़ी पे बैठा कहता रहता था
किसी थैले में भर के गर ख़याल अपने

मैं दरवाज़ों पे हरकारों की सूरत जा के पहुँचता
चमकती बूँदें बारिश की, किसी की जेब में भर के,
गले में बादलों की एक मफलर डाल के आता,
वह भीगा-भीगा सा रहता...।

किसी के काम में दो बालियों से चाँद पहनाता,
मछेरों की कोई लड़की अगर मिलती—
गरजते बादलों को बाँधकर बालों के जूड़े में,
धनक की वेणी दे आता—
मुझे गर कहकशां को बांटने का हक दिया होता,
ख़ुदा ने तो...

कोई फुटपाथ से बोला :

अबे औलाद शायर की—
बहुत खायी हैं रूखी रोटियाँ मैंने
जो ला सकता है तो
इक बार कुछ सालन ही लाकर दे।

रूमानी होने का मतलब अगर ज़िन्दगी से रोमाँस है, उसकी धूप-छाँव से यारी-दोस्ती है तो बात बड़ी हो जाती है, वर्ना तो ये बड़ा ही ट्रेडिशनल,

इश्क-हुस्न की शायरी का मामूली मामला बनकर रह जाएगा जिसे रवायत बनाकर टांग रखा है। कोई भी सच्चा आदमी क्या वास्तविक जीवन के प्रेम में अधिक सच्चा नहीं हो जाता? दरअसल यह एक शक्ति है, आपको 'आइसोलेशन' से निकालकर विस्तार देती है। इनसान से इनसान के बीच की केमिस्ट्री ही समाज बनाती है। इनसान है, समाज है तो नियम-कायदे हैं। पर ये नियम-कायदे कौन बना रहा है? क्या कुछ लोग सत्ता हाथ में रखकर बाकी को पाठ पढ़ा रहे हैं? चाँद रोटी की तरह क्यों लगता है किसी को? छाया के छाले क्यों महसूस होते हैं? यह अहसास कोई आइसोलेशन में बैठकर होता है? कोई अहसास यूँ ही नहीं बन जाता।

सेल्फ मेड है, कहता है।
भूल गया ये बनने में कितने लोगों के
हाथ लगे हैं
पूरे एक समाज के सिस्टम ने मिलकर ये कोशिश की
तब डॉन बना है।

ये आपकी मशकूक ऩज्म है—सस्पेक्टेड पोयम ! सुल्ताना डाकू का बेटे के नाम ख़त हो या गरीबी से शर्म कैसी यह तो अपनी सभ्यता से भी पुरानी है—इनमें आप चाँद की मिसरी वाले रेशमी शायर से अलग लगने लगते हैं।

ये कोई दो अलग शख़्स नहीं हैं। एक की चाह में दूसरे की पूर्णता छुपी है। ये कोई पॉलिटिकल आइडियोलॉजी नहीं है। सामाजिक चेतना होती है, जो सबमें होनी चाहिए। हर आदमी में इसका होना जरूरी है। यही सारे मसलों को समझा सकती है। इकतारे पर गाने वाले बाउल गायक हों या शायर—सबमें सामाजिक चेतना होती है। 'आर्ट फॉर आर्ट्स सेक' कुछ होता नहीं। आर्ट फॉर लाइफ कहना चाहिए। जीवन जीने का सौन्दर्य क्या है, इससे पता चलता है। शाहों-बादशाहों की तवारीख में लोगों की कहानियाँ नहीं हैं। वे सारे समाजी सच लिटरेचर में हैं। साहित्य ही है जो अपने वक़्त का इतिहास दर्ज करता है। आप भी वही

करते हैं, जब लिख पाते हैं—
घिसते-घिसते फट जाते हैं जूतों जैसे लोग बेचारे
पैरों में पहने जाते हैं, जलसों और जुलूसों में !

मेरी एक नज़्म है
पार्लियामेंट कसीनो में

फिर से बांटो ताश के पत्ते
फिर से कट फॉर सीट करो
एक ने गुल्ला खींचा
एक ने पान का बादशा फेंक दिया
एक ने चिड़िया के पत्तों पर
ईंट की बेगम रक्खी है।

इक्के सारे बँटे हुए हैं
जोकर है बेजोड़ अभी
सारे एम.पी. बँटे हुए हैं
बाजी कौन बनाएगा।
फिर से बांटो ताश के पत्ते
फिर से 'कट फॉर सीट' करो
रम्मी का एक खेल चला है
पार्लियामेंट कसीनो में।

यह सियासी हालात पर सीधा कमेन्ट है। आपकी पहली फ़िल्म 'मेरे अपने' में भी हालचाल ठीक-ठाक हैं कहते हुए नौजवान गा रहे थे—
गोल-गोल रोटी का पहिया चला
पीछे-पीछे चाँदी का रुपैया चला
रोटी को बेचारी को चील ले गई
चाँदी लेके मुँह काला कव्वा चला...

और ‘मेरे अपने’ से ‘हु तू तू’ तक पहुँचते-पहुँचते भी हालात कहाँ तक पहुँचे?
कैम छे मत बोल भाई, स्कैम छे स्कैम छे !
रोटी और चाँदी किसके हिस्से में है? एक चील के हाथ पड़ी, दूसरी कौए के।

‘नमकहराम’ के जगन सेठ ने समझाया था, मजदूरों से काम लेने के लिए यह ज़रूरी है कि उनकी एकता को तोड़ के रखो। उन्हें कभी यह महसूस ही न होने दो कि वो हिन्दुस्तानी हैं, बल्कि कहो—तुम मद्रासी हो, तुम बंगाली हो, तुम पंजाबी हो, तुम बिहारी हो। बेटा, बात है काम निकालने की।...अरसे तक हम हिंदू-मुसलमानों में झगड़ा कराके काम निकालते रहे, अब एक नया गुर मिला है—बॉर्डर का झगड़ा। इधर के लोगों से कह दो कि उधर के लोग तुम्हारी ज़मीन में कमा के खा रहे हैं। बस काफी है। आपस में लड़ते रहेंगे, जान दे देंगे। समझते हैं, ज़मीन का उतना-सा टुकड़ा उनके प्रांत में आ गया तो राजा हो जाएँगे। राज तो हम करेंगे बेटे, उन्हें तो वही रोटी और प्याज मिलेगा, जो मिलता रहा है।’

हाल वही का वही है।

जैसे प्रेमचंद की कहानियों का वरक है कोई, चिपक गया है। समय पलटता नहीं है, कहानी आगे बढ़ी नहीं है। जब मैं निर्मला की शूटिंग के लिए (‘तहरीर मुंशी प्रेमचंद की’ सीरियल की कड़ी) स्टूडियो से बाहर लोकेशन खोजने निकला तो महाराष्ट्र-गुजरात की सीमा पर एक गाँव मिला। मैं यह देखकर हैरान रह गया कि साठ साल बाद भी गाँवों की हालत वैसी की वैसी है।
प्रेमचंद को मानवीय रिश्तों के चित्रण में महारत हासिल थी। ज़िन्दगी में प्रेमचंद से मेरी तीन बार मुलाकात हुई। पहली तब जब मैंने ‘हज-ए-अकबर’ और ‘ईदगाह’ पढ़ी, जिनके सच को ज़िन्दगी से मिलाकर महसूस किया। फिर कॉलेज की उम्र में जब उसके सोशियो पॉलिटिकल मायने समझ में आए और तीसरी बार तब, जब उन पर फ़िल्में बनाईं।

माहौल, लोग, रिश्ते, संवेदनाएँ-सब पर उनकी कैसी पैनी पकड़ थी। उन्हें पढ़कर मैंने जमींदारी प्रथा और अमीर-गरीब के बीच की खाई को बहुत शुरू में जाना। बाद में फ़िल्में बनाते वक़्त मैं महसूस कर सकता था कि प्रेमचंद की नज़र कितनी बारीक थी; उन्होंने जानवरों तक की मूवमेंट्स और कैरेक्टर को बहुत विस्तार से लिखा है। अभी भी लगता है घीसू-माधव के दिन कहाँ बदल गए?

वो जिसके मरने पर, दो लाख घर वालों ने पाए हैं
उसे गर ये ख़बर होती,
कि उसकी मौत की अब इतनी कीमत है
तो अपने वास्ते मरता !

यह भी तो सीधा पॉलिटिकल कमेंट हुआ...।

सच्ची शायरी और सच्चा संगीत इस अर्थ में अनिवार्यतः पॉलिटिकल होता है। हम जिन राजनीतिक परिस्थितियों में रहते हैं उनकी अपनी सीमाएँ हो सकती हैं। एक शायर के तौर पर आप अपने वक़्त की चेतना को ज़िन्दा रखते हैं। हम समाज को कैसे देखते हैं, सामाजिक मूल्यों में हो रहे बदलावों को कैसे अंकित करते हैं—यह अपने आप में सच के क़रीब ले जाता है।

पॉलिटिकल, कोई पार्टी की विचारधारा नहीं होती। मूल्य कैसे बनें, वैल्यूज़ की रक्षा कैसे हो, मनुष्य नाम का जो प्राणी है उसकी ज़िन्दगी को मायने कैसे मिलें—यह सब आख़िरकार सोसायटी की सामूहिक चेतना ही तो तय करती है। आंतरिक चेतना को जगाए रखना आपकी ज़िम्मेदारी है। अभिव्यक्ति के तरीकों से इसे राह मिलती है। एक्सप्रेशन और क्या है?

मुम्बई महानगर की चक्की जो कि बिना थके, लगातार निर्मम तरीके से चल रही है, इसमें फंसा हुआ एक अकेला आदमी कैसे ख़ुद को एक्स्प्रेस करेगा—'एक अकेला इस शहर में, रात में या दोपहर में,

आबोदाना ढूँढ़ता है, आशियाना ढूँढ़ता है...।'
एक बेरोजगार नौजवान बताएगा कि हालचाल असल में कैसे ठीक-ठाक हैं। तिड़का हुआ कप बताएगा कि दलित क्या होता है।

पहले आप ख़ुद से बात करते हैं, फिर आस-पास से और फिर हालात से। इसीलिए, कहते हैं ना कि इनसानी पुतला अपने आप में सबसे ज़्यादा चमत्कारिक है। सच-झूठ, ऊँचा-नीचा, हर परत में एक नया रंग, हर गहराई में एक नई ऊँचाई...!

आपने एक जगह कहा है कि अदब के रास्ते में फ़िल्में तो सिर्फ़ एक मैख़ाना थीं। फिर हमें आपकी एक कविता जवाब में हाथ लगी—

मैं अपनी फ़िल्मों में सब जगह हूँ
सजावटें और बनावटें सारी मुझसे उतरी हैं, मैंने दी हैं

वो ढलते सूरज की शान-ओ-शौकत, गुरूर मैं हूँ
वो दिन भी मेरी ही सल्तनत था जो लुट गया है
वो सुबह जो पत्तियों के पीछे नहाके तैयार हो रही है
उसे भी मैंने ही उस जगह पे खड़ा किया है
कहानियों से बहुत से किरदार हैं जो मैं हूँ
सभी में से कोई न कोई हिस्सा है मेरी अपनी जिन्दगी का

किसी अपाहिज के दस्त-ओ-बाज़ू उतारके मैंने रख लिए हैं
कहीं पे मैं अपनी जात पर रहम खा रहा हूँ
कहीं पे अपनी ही जात से इंतेक़ाम लेकर, हरीफ पर चोट कर रहा हूँ
वो शौक मेरे, ख़ौफ़ मेरे
अधूरे पूरे, जो मेरे अन्दर बसे हुए हैं
ग्लेशियर की तरह खड़े हैं

मेरी उम्मीदें भी, पस-मंज़र अलाप करती सुनाई देंगी
मेरी ये फ़िल्में हैं और मैं हूँ

अब देखिए, ये बात तो सच है कि हर आदमी अपनी शख़्सीयत का हिस्सा ही अपनी रचना में एक्सटेंड करता है लेकिन आपके फिल्मी काम में तो रंगत ही ऐसी है कि जैसे एक नायाब थान के जुदा-जुदा हिस्से हों ।

जाने-अनजाने वह मूड ही आप पहनाते हैं, देते हैं अपने काम में। जहाँ से मेरी वाइब्स आती हैं, उसी से मैं अपने अनुभव कैरेक्टर्स के जरिए दे सकता हूँ। यह बड़ी नैचुरल सी बात है। मैंने तय करके नहीं किया, पर अगर उस मूड को आप पहचान पाते हैं, तो मेरे भरोसे पर मुहर लग जाती है। मैंने बिमल दा से फ़िल्म की तालीम ली थी और उनसे सीखा था कि लिटरेचर का फ़िल्म से रिश्ता कितना गहरा होता है। सिनेमा को कैसे बरतना चाहिए। सेंसिटिविटी क्या होती है। इनसानी रिश्ते कितनी ऊँची चीज़ होते हैं। जैसे बसते हैं, जैसे रचते हैं, वैसे रचते-बसते हैं।

ख़्वाजा अहमद अब्बास साहब ने आपके लिए कहा है—बिमल राय बहुत मतीन और संजीदा आदमी थे। उनकी फ़िल्मों में लिखना कोई आसान काम नहीं था। लेकिन गुलज़ार ऐसा फिट बैठा, जैसे अंगूठी में नगीना।

बिमल दा ने ही मुझे हाथ पकड़कर उस राह पर डाला। बहुत स्नेहशील, धीरज वाले, हार्ड टास्क मास्टर और मेरिड टू फिल्म्स—उनका ब्याह

ही जैसे फ़िल्मों से हुआ था। हम कहते थे उनके तकिये में सिनेमा की रीलें भर दो तो उन्हें ठीक से नींद आए। छिपकली का साउंड तक यदि मनमाफिक मिलेगा तो देर रात घर पर रिकॉर्ड करके एडिटिंग रूम में फोन करके कहेंगे—इसे डालना है।

वह पढ़ते बहुत थे। सीन लिखकर लाते थे नवेंदु दा। तो डिस्कस करते थे, रिएक्शन देते थे जैसे 'बंदिनी' में कहा कि लड़की जिस परिवेश की है, पारंपरिक वैष्णव परिवार की, वह बाहर जाकर प्रेमगीत नहीं गा सकती—'मोहे श्याम रंग देई दे...' तो इस पर काफी बात हुई। किसी चित्रकार, संगीतकार, लेखक या दार्शनिक अथवा रचनाकार की शख़्सीयत इन चीज़ों से झलकती है। डायरेक्टर जहाज का कप्तान होता है। कैप्टन हर चीज़ ख़ुद नहीं करता, उसके पास टैक्नीशियन और एक्टर होते हैं। मगर वह तय करता है कि जहाज किधर मोड़ा जाए, कहाँ लंगर डाला जाए, कौनसी दिशा में क्या हो? जब रिजल्ट आता है तो तमाम अच्छे-बुरे का ज़िम्मेदार वही होता है। वे चीज़ों में डूबते थे और रैशनलिटी के साथ क्रिएशन में इन्वॉल्व होते थे। इसलिए उनकी फ़िल्में दिल को छूती हैं। वे क्या करना है तय कर लें तो कब, कैसे और क्या नहीं सोचते थे। होना है तो होगा, उनमें धीरज था-पैशन्स और प्रिज़र्वेन्स।

हुआ यूँ कि जब सचिन दा से किसी बात पर शैलेन्द्र का तनाव हो गया तो उन्होंने 'बंदिनी' से ख़ुद को अलग कर लिया। जब हमारे दोस्त देबू सेन मुझे बिमल दा के पास ले जा रहे थे तो मेरे मन में बड़ी उलझन थी। ख़ुद शैलेन्द्र ने डांटकर कहा, कि तुम क्या समझते हो फ़िल्मों में पढ़े-लिखे लोग नहीं होते? जाओ! मैंने गीत लिखा और तब तक शैलेन्द्र जी की सचिन दा से दुबारा दोस्ती हो गई। तो बाकी गीत फिर उन्हीं के हिस्से में। हमारा काम ख़त्म।

कुछ चीज़ें हैं जो जेहन में घूमती रहती हैं। यह ज़रूरी नहीं कि हमें पता हो कि क्या सच है और क्या ग़लत, मगर हम किसी को सच्चाई को ढूँढ़ने के लिए आमादा कर दें तो यह बात भी ख़ुद में एक अच्छाई बन जाती है।

बिमल दा को यह कहीं बुरा लगा। मेरे लिए उनके मन में कोई जगह थी।

फ़िल्मों में जाने का मुझे कोई आकर्षण न था। अपने तौर पर मुझे ये व्यवसाय बड़ा बँटा-बँटा-सा लगता था। एक कहानी जो किसी और ने लिखी है—उसमें फिट करने के लिए एक गीत आप लिखेंगे, उस संगीत की धुन पर जिसे कोई और कंपोज़ कर रहा है, उसे गाएगा कोई तीसरा और फ़िल्म में गाता दिखेगा कोई और।

बिमलदा ने मुझे समझाया, फ़िल्म डायरेक्टर का मीडियम है। तुम हमारे साथ डायरेक्टर्स मीटिंग में बैठो। तुम्हारी जगह वहाँ ग़ैराज में नहीं है। तुम्हें यहाँ आना चाहिए। उन्होंने हाथ पकड़ के खींच लिया!

पहले शख़्स थे जिन्होंने कहा, तुम्हारी जगह वहाँ नहीं, यहाँ है।

बिमल दा का ही एक स्कूल था उस समय या अमिय चक्रवर्ती थे जिनकी कोई अच्छी फ़िल्म आ जाती थी कभी-कभी। वरना बिमल दा बहुत प्रॉमीनेंट और डॉमीनेंट थे उस समय। जिस तरह का यथार्थ उनकी फ़िल्मों में था वह दूसरों की फ़िल्मों में महसूस नहीं होता था। वे बहुत पोयटिक फ़िल्में बनाते थे। छोटे-छोटे लम्हों को पकड़ना और बनाना। यह बिमल दा के ट्रीटमेंट का अपना स्टाइल था। 'दो बीघा जमीन', 'बंदिनी' और 'काबुलीवाला' जैसा रिएलिज्म उस जमाने में और कहीं नहीं दिखाई देता था। एक शायर के तौर पर मुझे उनकी शैली बहुत क़रीब जान पड़ती थी। मेरे उस्ताद थे वो, उन्हीं के यहाँ काम

किया। यही वजह थी कि उनका इन्फ्लुएँस था। मेरा ख़याल है कि मेरी फ़िल्में उनके मूड का, उस स्टाइल का एक्सटेंशन है।

तरतीब देते-देते इस लेखक को इस्मत चुग़ताई की एक बात याद आई है, यहाँ मौजूं है, जो पाठकों को बताता चलूँ। वे लिखती हैं—'गुलज़ार की पहली फ़िल्म 'मेरे अपने' बग़ैर धूम-धड़ाके के रिलीज़ हुई, तो बड़ी नाउम्मीदी हुई। मीना कुमारी को लेकर फ़िल्म बनाई। उसके हुस्न-ओ-जमाल से दाम खरे करने के बजाय उस मनचले ने उसे बूढ़ी दादी का रोल दे दिया, और फ़िल्म में तालिबे इल्म लड़कों की इश्कबाजियों की चटपटी मसालेदार भेलपूरी बनाने के बजाय निहायत तल्ख़ हक़ीक़तों को नंगा कर दिया। हम हिन्दुस्तानी हक़ीक़तों से बहुत घबराते हैं। कदम-कदम पर रेखाएँ खिंची हुई हैं, उनको पार करना जोखिम में पड़ना है। फ़िल्म लाइन में एक रेखा है—पब्लिक टेस्ट। जो अपने ध्यान में न रखे, दिवालिया हो जाता है और फ़िल्म बनाकर लखपति न बनना मूर्खता ही नहीं गुनाहे अज़ीम है।'

'फ़िल्म देखकर पता चला कि लो भाई, ये भी गए काम से। उन्हें भी अब 'न्यू थिएटर' की फ़िल्मों की फेहरिस्त में डालना पड़ेगा। बिमल राय, हृषिकेश मुखर्जी, सत्यजित रे के कबीले में एक और इज़ाफ़ा हो गया। तब तक श्याम बेनेगल, गिरीश करनाड, बासु चटर्जी और गोविंद निहलानी नहीं खिले थे। 'आदमी' वाले शांताराम की संध्या हो गई थी। उनकी फ़िल्मों की हीरोइन कम रह गई थी; सजावट, जेवर, कपड़ा और फूं-फां एकदम फ़िल्मों पर छा गई थी। बनावट और भोंडी अदाकारी दिमाग पर ठोकरें मारने लगीं थी।'

'गुलज़ार की खरी-खरी बात दिल में बस गई। उनकी हर फ़िल्म के बाद लगता है कि ये आखरी न हो क्योंकि गुलज़ार को बॉक्स ऑफ़िस में कोई दिलचस्पी नहीं है। गुलज़ार दीये जलाते हैं, झाड़फानूस नहीं। कुछ भी हो, उनकी फ़िल्म सोचने पर मजबूर करती है और जहाँ अंधियारे हैं, वहाँ ट्यूबलाइट नहीं पहुँच पाती, न झाड़फानूस। छोटे-छोटे चिराग़ों से अनगिनत कोठरियाँ जाग उठती हैं।'

इस्मत चुग़ताई की इस लाइन पर मैंने अगला सवाल खड़ा किया।

तो बताइए, कोई खरी-खरी, कोई सार्थक फ़िल्म कैसी हो सकती है?

कुछ चीज़ें हैं जो जेहन में घूमती रहती हैं। यह ज़रूरी नहीं कि हमें पता हो कि क्या सच है और क्या ग़लत, मगर हम किसी को सच्चाई को ढूँढ़ने के लिए आमादा कर दें तो यह बात ख़ुद में एक अच्छाई बन जाती है। सही-ग़लत की तलाश की प्रोसेस में भी मानीख़ेज़ फ़िल्म बन जाती है। एक सवाल उठाना या ज़िन्दगी का एक टुकड़ा सामने रख देना जिसमें कुछ कड़वे सच हों या कि आप ज़िन्दगी के मानी ढूँढ़ने पर मजबूर हो जाएँ—तो यह अपने आप में एक अर्थपूर्ण रचना हो सकती है।

मैं थोड़ी सीधी-सादी फ़िल्में बनाने वाला आदमी हूँ। आर्ट फ़िल्म के नाम पर या प्योर सिनेमा के नाम पर जो कुछ बातें होती रहीं, वे मेरी समझ से बाहर की चीज़ हैं। प्योर सिनेमा वग़ैरह की बात में नारेबाजी बहुत थी—यह मेरी समझ में कभी नहीं आ सका। किसी फ़िल्म को आप पाठ की तरह समझ सकते हैं, विश्लेषण कर सकते हैं, अर्थ निकाल सकते हैं, लेकिन फ़िल्म देखने का यह कोई तरीक़ा नहीं है। फ़िल्म देखना कोई व्याख्या करने बैठने जैसा तो नहीं है।

फ़िल्म कोई गणित का सवाल नहीं है कि उसे हल किया जाए।

एस्थेटिक्स, मनुष्य, रिश्ते और आपकी सहज टिप्पणी, जो उसी कृति के भीतर से कम्युनिकेट हो जाए तो फ़िल्म अपने इरादे की ईमानदारी को एस्टेब्लिश कर देती है। सिनेमा कोई इकहरा मीडियम नहीं है। इसका दायरा सोसाइटी के लिहाज़ से बड़ा विस्तृत है। यह जादुई भी है, यथार्थ भी। मुझे मनुष्य नामक प्राणी से बेइंतहा प्यार है। इनसानी रिश्तों की पड़ताल मेरी फ़िल्मों का फोकस रहा है। ज़िन्दगी के क़रीब—और क़रीब जाने की ख्वाहिश ही मेरे क्रिएशन की वजह है।

फ़िल्म कैसी बने—यह तो आपके और दर्शक के बीच का 'कॉम्प्लेक्स' मसला है।

हमारे यहाँ दो चीज़ों पर सब एक्सपर्ट हैं—फ़िल्म और क्रिकेट। हर एक अपनी तरह फ़िल्म बनाता है—इसमें ये होता तो यूँ होता—ये बेहतर होता। वह ग़लत खड़ा था, बॉल ऐसे करता तो ये न होता।

फ़िल्म पर बात करना सबसे आसान काम है। आर्मचेयर पर बैठा शख़्स पॉपकॉर्न खाता है और कहता है, दिखाओ तुम्हारे पास क्या है? दर्शक जमींदार की तरह बैठा है। कोई इल्म, कोई एफर्ट, कोई अनिवार्यता नहीं। लेखक, निर्देशक, प्रोड्यूसर, एक्टर सब मिल-मिलाकर एक चीज बनाकर लाए हैं और दर्शक ऐसे बैठा है जैसे मुजरा देख रहा हो। कोई फ़िल्म कोई बात करने की कोशिश कर रही है, उसे जब तक हथेली पर लाकर आँख के सामने न लाकर रखो, वह समझने को तैयार नहीं है। तो उसकी सेंसिटिविटी को कैसे एड्रेस किया जाए? उसमें भी अलग-अलग कैटेगरी है।

फिर आप क्या करते हैं?
आप अपना दर्शक चुनते हैं।

फ़िल्में थॉट्स को, विचारों को, अनुभूतियों को और दृष्टिकोण को प्रकट करने का जबर्दस्त माध्यम उपलब्ध कराती हैं। इस मीडियम में दिलो-दिमाग को झकझोरने की ताक़त है। यह मस्तिष्क को हिला सकता है और आत्मा को छू सकता है। इतने ताक़तवर मीडियम का इस्तेमाल करना हो तो एक ख़ास क़िस्म की जवाबदारी उसके साथ आती है। यही वजह है कि मैं वही फ़िल्में करता हूँ, जिनमें मैं यकीन करता हूँ।

फ़िल्मों से कोई समाजी बदलाव भी आता है?

मेरी फ़िल्में इस बात को सिम्बोलाइज करती हैं कि मैं जिन्दगी को किस तरह देखता हूँ। मेरा मक़सद सिर्फ़ मेरे प्वॉइंट ऑफ़ व्यू या मेरी समझ

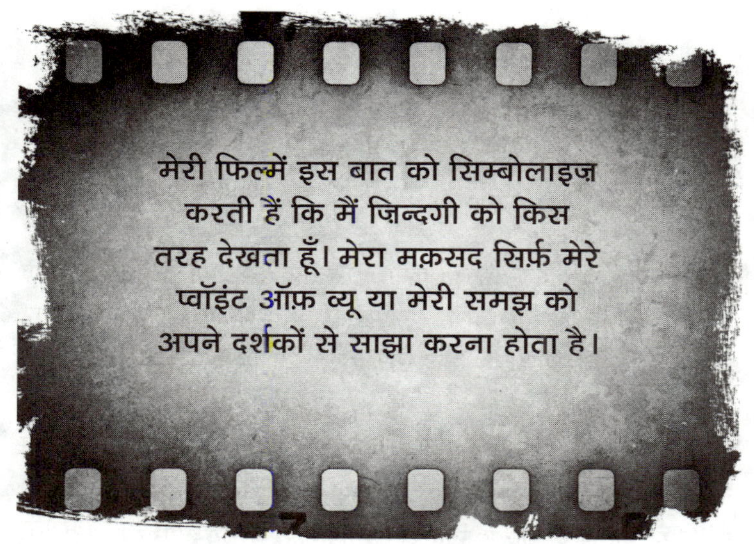

को अपने दर्शकों से साझा करना होता है। मैंने कभी किसी समाज सुधार या बदलाव का दावा नहीं किया। फ़िल्में यह करती भी नहीं है। वे समाज को रिफ्लेक्ट करती हैं। बस उसकी टोन थोड़ा बदल देती हैं। आवाज़ को एम्प्लीफाई कर देती हैं।

आप फ़िल्मों के अपराध और अपने आस-पास घटते अपराधों का स्तर देखिए। फ़िल्मों में संगीत के साथ थोड़ी हिंसा, नकली ख़ून दिखेगा, फ़िल्मों के बाहर बिना संगीत असली ख़ून देखिए। बस होता यह है कि यह एक साथ कई को सामूहिक रूप से कम्युनिकेट करता है। एक आवाज़, जो एक ही है, लाउड स्पीकर पर हो तो बड़ी दूर तक जाती है—ज़्यादा लोगों को सुनाई देता है। इसलिए लार्जर देन लाइफ हो जाता है, टोन बदल जाती है।
फ़िल्में और गाने अपनी सोसाइटी की रंगत से अलग नहीं हैं। वे वहीं से आते हैं। फास्ट फूड की तरह मनोरंजन की माँग है तो वह तैयार होने लगेगा। आज के दर्शक मनोरंजन के लिए फ़िल्म देखना चाहते हैं, वे बैठें और सोचें-यह प्रायोरिटी नहीं है। मैंने 'हुतूतू' बनाई तो कुछ दर्शकों की प्रतिक्रिया थी कि वे थिएटर में अखबार पढ़ने थोड़े ही गए थे। दूसरी तरफ़ 'कजरारे' की कामयाबी के बारे में पूछा जाता है। सीधी सी बात है, वह जो मैसेज खोज रहा है, वह उसे मिल गया तो उसने हिट कर दिया।

आज यह डिमाँड एँड सप्लाई का मामला है। एक बहुत बड़े ऑडियंस को थके हारे वीकेंड में वक़्त गुज़ारने के लिए 'कुछ चाहिए'। वह आमतौर पर फ़िल्में देखने इसलिए नहीं जाता कि आत्मनिरीक्षण के लिए बैठ जाए—या कि कोई दर्द भरा मूड लेकर लौटे। हर वक़्त की सोसाइटी की मुख्यधारा का एक मिज़ाज होता है। आप उसमें से ही कोशिशें करते हुए अपना काम कर सकते हैं। हर क्रिएटिव आदमी यही करता है।

आप लिखते हैं तो सीधे सीन लिखते हैं या पहले पूरी कहानी...क्योंकि आप एक साथ डायरेक्टर भी होते हैं और स्क्रिप्ट राइटर भी?

कहानी का स्केच तो निश्चित ही पहले बना लेते हैं। उससे फायदा यह होता है कि कोई चीज़ चूकती नहीं है। जब आप कहानी बना लेते हैं तो किरदार भी सामने आ जाते हैं। उन चरित्रों की विशेषताएँ और विस्तार, डिटेल्स पता लगने लगते हैं। उनका गुण तथा चारित्रिक व्यवहार पता चलने लगता है। जब स्क्रीन-प्ले लिखते हैं तो कई बार और कैरेक्टर्स भी निकल आते हैं, कुछ जुड़ते जाते हैं, कुछ दो मिलकर एक हो जाते हैं या एक के दो बन जाते हैं, कभी-कभी एक ही कैरेक्टर में कई विशेषताएँ मिल जाती हैं। इस तरह दृश्यों की मदद से कहानी की सशक्त प्रस्तुति के अनुरूप स्क्रीन-प्ले आकार लेता है। मैं पूरी स्क्रिप्ट पहले लिख लेता हूँ। यहाँ तक कि उसमें पूरी मूवमेंट तक लिखी होती है कि कहाँ कैरेक्टर साँस लेता है। कहाँ से कौनसी चीज़ उठाकर वह कहाँ रखता है। मैं इस टोटल स्क्रिप्ट के बग़ैर सैट पर नहीं जाता।

यह स्क्रिप्ट क्या होती है?

मूलतः स्क्रिप्ट या पटकथा वह है जिसमें किसी कहानी को दृश्य-दर-दृश्य ब्रेकडाउन किया जाता है। जैसे आपने तो कह दिया 'वह बाज़ार गया और वहाँ से कुछ सब्ज़ियाँ ले आया। बाज़ार में अरुण से मुलाकात हुई। उसने कहा, 'शाम को घर आ जाना।' मगर बाज़ार में जब वह सब्जी खरीद रहा था तो अरुण क्या कर रहा था? कैसे मिला? इस सबको दृश्यगत दिलचस्पी के साथ लिखना होगा, क्योंकि सीन के रेफरेंस होंगे, यह सिर्फ़ सूचना नहीं है कि आपने कह दिया और हो गया। ऐसा कुछ होना चाहिए कि चरित्र और घटना का पारस्परिक सम्बन्ध और पृष्ठभूमि भी मालूम हो जाए। दृश्य से दृश्य का रिश्ता बने और आप सीन बना लें तो उसे बैकग्राउंड भी दें...ये स्क्रीन-प्ले हुआ। शूटिंग स्क्रिप्ट उसके बाद शॉट-दर-शॉट डायरेक्टर बनाता है। प्रोडक्शन स्क्रिप्ट अलग होती है। तमाम फ़िल्मों में ऐसा होता है।

आपने स्क्रिप्ट को मंज़रनामा कहते हुए अपनी कुछ फ़िल्मों के मंज़रनामे किताब की शक्ल में भी दिए हैं।

जो नज़र आता है, उसे मंज़र कहते हैं और मनाज़िर में कही गई कहानी का नाम मंज़रनामा है। अंग्रेज़ी में स्क्रीन-प्ले और सिनेरियो—दो शब्द हैं। लेकिन स्क्रीन-प्ले में डिज़ॉल्व, कट, वक्त की तफ़सील वग़ैरह भी लिखी जाती है। इस लिहाज़ से सिनेरियो को एक नॉवल की तरह पढ़ा जा सकता है। एलिया कज़ान का मंज़रनामा 'अमरीका, अमरीका'... मुकम्मल फॉर्म था। उन्होंने मंज़रनामा पहले लिखा, छपाया और बाद में फ़िल्म बनाई।

मंज़रनामा ओरिजिनल कहानी से अलग हो जाता है क्योंकि उसका अन्दाज़े बयाँ दूसरा हो सकता है। एक ही ओरिजिनल कहानी से दो अलग चीज़ों भी बन सकती हैं। जैसे एक ही ड्रामे से दो मशहूर फ़िल्में निकलीं—'अनारकली' और 'मुगले आज़म'। 'देवदास' जितनी बार बनी, मंज़रनामा बदलता गया।

कहानी का नैरेशन और सिनेमा में किसी चीज़ को घटा देना अलग होता है। उसके कैरेक्टर का उभार, उसका फैलाव मीडियम की ज़रूरतों

के हिसाब से बदल जाता है। यह अपने आप में अलग पूरा क्रिएटिव काम है।

जैसे आपने कोई कथा चुनी, उसका कैरेक्टर आपको छू गया, उसके लिए फ़िल्म की कास्टिंग भी तो महत्त्वपूर्ण होगी। आपने ख़ुशबू के लिए हेमामालिनी ही चुनीं और मीरा के लिए भी...तो क्या कैरेक्टर को ट्रीट करते वक़्त ही उसकी कास्टिंग भी दिमाग में आ जाती है?

अपनी फ़िल्मों को मैं रिलेशनशिप ड्रिवन कहूँगा। वे रिश्ते हैं जिनकी बिना पर कैरेक्टर बनते हैं इसलिए वे कैरेक्टर के इर्द-गिर्द घूमती लगती हैं। मेरे कैरेक्टर ऑब्ज़र्वेशन से, पढ़ने से, अनुभव से आकार लेते हैं, कास्टिंग उसके बाद की चीज़ है।

मैं हमेशा स्क्रिप्ट पूरी करने के बाद कास्टिंग करता हूँ। हालाँकि अमूमन इंडस्ट्री में तरीक़ा यही है कि कास्टिंग पहले कर लेते हैं क्योंकि वे ज़्यादातर कास्ट पे बेचते हैं। मगर, 'मीरा' में दो चीज़ें पहले से आ गई थीं। जिस वक़्त निर्माता प्रेम जी 'मीरा' बनाना चाह रहे थे तब वे हेमा से बात कर चुके थे। दूसरे, लक्ष्मीकान्त-प्यारेलाल से भी। यानी जब ये पूरा प्रोजेक्ट मेरे पास आया तब उसमें ये दोनों चीज़ें पहले से थीं। फ़िल्म मुझे बनानी थी और हेमा की स्टार वेल्यू के आधार पर उन्हें फाइनेंस मिल रहा था। बात ये तय हुई कि पहले स्क्रिप्ट बनाकर देखें। बनी तो लगा कि या तो कोई नया चेहरा लो, वरना हेमा ठीक है। हेमा के व्यक्तित्व में जो शाही, रीगल स्टेचर है वो कैरेक्टर को सूट करता है क्योंकि 'मीरा' एक शहजादी से कैसे संत बनीं इसकी कहानी है। कहानी ही है कि एक प्रिंसेस के हाथ में एकतारा कैसे पहुँचा? इस सारी पृष्ठभूमि को देखा तो हेमा ही ठीक लगीं।

बाकी जो कैरेक्टर थे जैसे भोजराज...?

इसकी भी दिलचस्प कथा है। भोजराज की भूमिका का डोला सबसे पहले अमिताभ के यहाँ गया था। स्क्रिप्ट पूरी होते ही उनसे बात हुई थी।

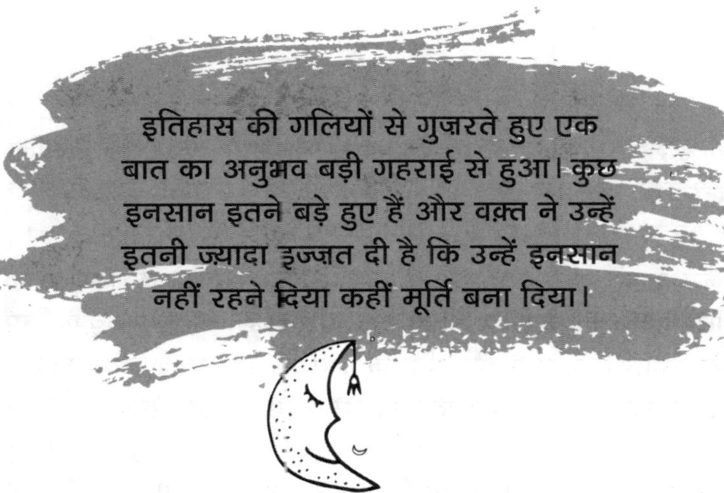

लेकिन, बाद में शायद उन्होंने सोचा हो कि कहानी तो जाहिर है मीरा की है, टाइटल रोल उनका नहीं है और चूँकि उस समय वे शिखर पर थे तो सोचा हो कि शायद राणा का ऐसा रोल उन्हें सूट न करे। उन्होंने मुझसे तो नहीं कहा, मगर शायद प्रेम जी से बात कर ली। क्योंकि प्रेम जी ने मुझसे कहा, उन्हें रहने दीजिए, उनकी कोई प्रॉब्लम होगी। हम किसी और को देखते हैं।

स्क्रिप्ट जब बनी तो जेहन में सिर्फ़ उन्हीं का नाम था?

नहीं! स्क्रिप्ट करने के बाद सोचा था कि किसी नए चेहरे को लेना है। लेकिन, यदि ऐसा न हो सके तो ऐसा आदमी लेंगे तो पूरे सैटअप में फिट हो और उसकी उपस्थिति फ़िल्म को बेच भी सके। प्रेम जी की समस्या यह थी कि उन्हें जो फाइनेंस मिल रहा था वह नए चेहरे पर नहीं मिलता। फ़िल्मों में इस तरह की बहुत सी सीमाएँ होती हैं। फ़िल्म बनाना इतना आसान नहीं है जितना दिखाई देता है। एक फ़िल्म के पीछे कई तत्व काम करते हैं। आपको उनमें से अपना चुनाव करना होता है। बाद में मैंने विनोद खन्ना से बात की। विनोद तैयार हुए। वे तो यह कहते थे, 'मैं मीरा की भावनाओं के साथ ज़्यादा अच्छा न्याय कर सकता हूँ क्योंकि मैं उस कैरेक्टर की गहराई को महसूस करता हूँ। मैं जानता हूँ कि मीरा को लांछित करना अनुचित था लेकिन वो जो भी दौर था उसमें हुआ।'...विनोद चूँकि उस वक़्त आचार्य रजनीश के सम्पर्क

मे थे इसलिए भी उनका झुकाव अलग था। उनके भीतर कहीं गहरे में इस तरह की प्रकृति थी तभी वे एक दार्शनिक भावना के साथ मीरा के चरित्र में इतनी गहराई से स्वाभाविक ही उतरने को उत्सुक हो सके।

संगीतकार भी तो 'मीरा' में आसानी से नहीं आए?

यह बात भी फ़िल्म आर्ट की जटिल बुनावट को बयान करती है। मुश्किलें एक नहीं, कई तरह की होती हैं। जैसा मैंने कहा, प्रेम जी जो प्रोजेक्ट लाए थे उसमें दो चीजें पहले से तय थीं—हेमामालिनी और लक्ष्मीकान्त-प्यारेलाल! जब 'मीरा' की योजना बन रही थी, ख़याल में मीरा के भजनों को गाने के लिए लताजी के अलावा कोई नाम नहीं था। इस बीच लता मंगेशकर का मीरा के भजनों पर एलबम आ गया जिसे उनके भाई हृदयनाथ मंगेशकर ने कंपोज किया था। उन्हें लगा कि फ़िल्म 'मीरा' के लिए भजन गाना ठीक नहीं होगा। जब लताजी ने हाथ खींचा तो लक्ष्मीकान्त-प्यारेलाल हट गए। इंडस्ट्री का चलन ऐसा है कि (लताजी से नाराज़गी मोल लेने के) डर की वजह से कोई दूसरा भी प्रोजेक्ट में शामिल होने को राजी नहीं था।

फिर मैंने पंडित रविशंकर जी को एप्रोच किया। वे न्यूयॉर्क के टूर पर थे। उनकी शर्त थी कि स्क्रिप्ट पसन्द आनी चाहिए, तब तय करेंगे। मैंने न्यूयॉर्क जाकर उनसे बात की, कंसर्ट के दौरान साथ-साथ रहते हुए 'मीरा' पर काम किया। फिर पंडित जी ने भारत आकर पूरा साउंडट्रैक, गीत वग़ैरह रिकॉर्ड किए। इस तरह अपने वक़्त के सबसे बड़े क्लासिकल उस्तादों में से एक मीरा के साथ हुए।

'मीरा' अनूठा चरित्र है। उसमें इतिहास, मिथ, अध्यात्म सब शामिल है।

इतिहास की गलियों से गुज़रते हुए एक बात का अनुभव बड़ी गहराई से हुआ। कुछ इनसान इतने बड़े हुए हैं और वक़्त ने उन्हें इतनी ज़्यादा इज्ज़त दी है कि उन्हें इनसान नहीं रहने दिया कहीं मूर्ति बना दिया,

कहीं ग्रंथ, कहीं सिर्फ़ एक शब्द, या बस एक नाम—जैसे कृष्ण।

पहले तो मानिए कि थे। और होंगे ज़रूर, क्योंकि प्रमाण मिलते हैं। हालाँकि वक़्त निश्चित करने में बड़ी कठिनाई होती है। और अगर थे तो ज़ाहिर है कि इनसान की जाति से थे। हर इनसान की तरह हाड़-माँस के बने होंगे। दो हाथ, दो पाँव होंगे। पाँव की पाँच उंगलियाँ होंगी, उँगलियों के नाख़ून होंगे। नाख़ून बढ़ते भी होंगे और काटे भी जाते होंगे...लेकिन वहाँ तक लोग जाने नहीं देते—'छुओ मत वे भगवान हैं।' उनकी महानता से इंकार नहीं—लेकिन इनसान की तरह आप उनके चरण भी नहीं छू सकते, मना है।

इतिहास की ऐसी हस्तियों को देखना और छूना मुश्किल हो जाता है। मीरा के साथ भी कुछ ऐसा ही हुआ। अपने जमाने की बहुत बड़ी कवयित्री और एक भरपूर-महान इनसान थीं।

लेकिन लोग अपने विश्वास की वजह से उन्हें इनसान की तरह देखने को तैयार नहीं होते। हालाँकि ऐसे होने से उनकी हस्ती किसी तरह छोटी नहीं होती, बल्कि वह जो असंभव है, संभव होने लगता है।

आपने मीरा को कैसे समझा?

हैरत है कि बहुत से लोग अब भी मीरा को कृष्ण के वक़्त का समझते हैं। चार सौ साल और पाँच हज़ार साल में बहुत फ़र्क है। यह भ्रम भी शायद इसीलिए है कि लोग मीरा को इनसान नहीं, सिर्फ़ भगवान ही समझते हैं, और सोचते हैं कि वह देवी-देवताओं के सतयुग में पैदा हुई होंगी—कलियुग में ऐसी आत्मा काहे को मिलने लगी? कृष्ण को

चाहने वाली एक राधा थी—वहाँ एक मीरा भी होगी। तुलसीदास को भी बहुत-से लोग रामचंद्रजी का समकालीन समझते हैं, हालाँकि मीरा और तुलसीदास का वक़्त भी वही है जो अकबर और तानसेन का वक़्त है। यानी आज से मुश्किल से चार सौ-साढ़े चार सौ साल पीछे। बल्कि आम लोगों को समझाने के लिए उस तारीख़ को और आसान करके यूँ कहा जा सकता है कि मीरा के जमाने में भी कुतुबमीनार वहीं पर था जहाँ आज है...लाल किला और ताजमहल भी अभी नहीं बने थे, लेकिन हिन्दुस्तान में बेशुमार मस्जिदें बन चुकी थीं। मथुरा में द्वारकाधीश का मन्दिर इसी प्रकार था और बनारस का दशाश्वमेघ घाट आज की तरह ही प्रसिद्ध था। जमुना नदी इसी तरह कदम्ब के वृक्षों को छूकर गुज़रती थी—और यह कि वहाँ, जहाँ आप खड़े हैं, कभी मीरा खड़ी थी। आप बिल्कुल उसके पैरों के निशान के ऊपर खड़े हैं।

क्या आप सोच सकते हैं कि मीरा जमुना की गीली रेत पर खड़ी थी और जब चलने के लिए मुड़ी तो पैर की जूती वहीं अटकी रह गई? पैर रेत पर पड़ा और सन गया। मीरा ने हाथ से जूती निकाली और चल के पानी तक आई, पैर धोया और जूती पहन ली। जमुना-तट पर आने तक जूती मीरा के हाथ में थी...।

यह कहीं लिखा नहीं है। किसी इतिहास में दर्ज नहीं है, और न कोई दर्ज की जाने वाली बात ही है। मीरा की जीवनी लिखते हुए कोई इतिहासकार इस बात का जिक्र भी नहीं करेगा। लेकिन मीरा के जीवन पर फ़िल्म बनाते हुए अगर ऐसा दिखाई दे जाए तो उसके लिए मुझसे इतिहास का हवाला माँगना बहुत बेजा होगा, क्योंकि रेत पर चलते हुए ऐसा हो जाना स्वाभाविक है, और ज्यादा सही लगता है।

वह जो ज़हर के प्याले वाला मसला है...?

एक सवाल जो आमतौर पर मुझसे पूछा गया, वह यह है कि—

'मीरा को आपने ज़हर का प्याला पिलाया है?'

'जी हाँ।'

'वह मरी?'

'नहीं।'

बड़ी हैरत से पूछा गया :

'क्यों?'

अगली बार जब वही सवाल पूछा गया तो मैंने जवाब दिया :

'मर गई।'

फिर उतनी ही हैरत से पूछा गया :

'क्यों? मीरा तो नहीं मरी थी।'

इस सवाल के गिर्द आप बरसों घूमते रहिए, लोगों को किसी भी एक जवाब से संतोष नहीं होगा। वजह यह है कि लोग ख़ुद भी इसी दुविधा का शिकार हैं। 'चमत्कार' में विश्वास करना चाहते हैं, लेकिन उसके लिए उन्हें वैज्ञानिक तर्क चाहिए। और जब वैज्ञानिक तर्क मिल जाता है तो कहते हैं 'भावना' निकल गई। यह मसला हर आम हिन्दुस्तानी का है। अंधविश्वास रखना भी नहीं चाहते और छोडऩा भी नहीं चाहते।

आपने चमत्कार और भावना की इस दुविधा का क्या हल निकाला?

'मीरा' फ़िल्म में मैंने कोई चमत्कार नहीं रखा। लेकिन ऐसी किसी दलील का इस्तेमाल भी नहीं किया कि 'मीरा' की 'भावना' मन से निकल जाए। इसलिए कि प्रेम की उस भावना में मैं ख़ुद विश्वास रखता हूँ, जिसने मीरा को 'मीरा' बना दिया था, और जिस 'मीरा' के लिए मैंने यह फ़िल्म बनाई है। मीरा कमाल की प्रेमिका थी और कमाल की कवयित्री।

अगर मैं कहूँ कि मीरा के जीवन से प्रेरणा लेकर, उसे मैंने ख़ुद अपनी धुन में सुरबंद किया है तो क्या बहुत ग़लत होगा?

फ़िल्म' का अन्त मीरा के व्यक्तित्व की एक 'ड्रामेटिक' छाप है। उसे एक प्रतीक मान लें, एक मेटाफ़र समझ लें...और मीरा का संदेश समझें...वह असलियत जरूर है, असल-नुमा बेशक न हो। वह 'रीयल' है, 'रियलिस्टिक' नहीं—क्योंकि 'रियलिस्टिक' बनाने के लिए अगर मीरा का सारा विधवा-जीवन दिखाता और 83 या 97 वर्ष की उम्र तक, जो वह ज़िन्दा रही, वह सब दिखाता, तो शायद मीरा की 'उम्र' होती,

अगर आप कारगिल पर फिल्म बनाते हैं तो किस स्तर का यथार्थ दिखा पाएँगे? जवान वहाँ किस हाल में रहते हैं? और यह मत भूलिए कि सच्चाई कारगिल में नहीं रावलपिंडी और दिल्ली में है।

उसकी 'ज़िन्दगी' नहीं।

इतिहास के चरित्रों को फिल्माते वक़्त हम लोग कितने ईमानदार होते हैं?

हमारे यहाँ इतिहास की फ़िल्मों के नाम पर रुमानियत ज़्यादा है। इतिहास उस वक़्त को रि.फ्लेक्ट करना चाहिए। 'मीरा' बनाते वक़्त मुझे यह समस्या आई हालाँकि थीम महज कुछ सौ साल पुरानी है। मीरा की कहानी राजपूत और मुगल दोनों से जुड़ी हुई है और सिर्फ़ भजन गाने में ही उसका व्यक्तित्व ख़त्म नहीं हो जाता। हम इस चीज़ को लीजेंड की तरह लें, मिथ की तरह या इतिहास के अंग की तरह? मेरी फ़िल्म ऐतिहासिक थी और किसी मिथ पर आधारित नहीं थी। ठीक वैसे ही जैसे ग़ालिब पर बनाया गया टीवी सीरियल इतिहास आधारित था, जबकि पहले उन पर बनी कुछ फ़िल्मों में उन्हें मिथ की तरह दर्शाया है।

हमारे यहाँ इतिहास के साथ बरतने में मुश्किल होती है।

जी, लिखित इतिहास कुछ सौ साल पुराना है। पहले सिर्फ़ ब्रिटिश दृष्टि से लिखी गई हिस्ट्री ही मिलती है। यहाँ तक कि आज भी टॉड की लिखी हिस्ट्री से मुझे किसी भी और भारतीय किताब के मुकाबले ज़्यादा तथ्य मिले। मुझे लगता है कि इतिहास को लेकर हममें कोई लगाव नहीं

है। हम राजा-रानी की कहानियाँ लिखते हैं, वह कोई इतिहास नहीं है। हमारी फ़िल्में इतिहास से न्याय नहीं करतीं। राष्ट्रीय आंदोलन पर कोई सम्पूर्ण अधिकारिक फ़िल्म नहीं मिलती। 'आनंदमठ' जैसी फ़िल्में थीं तो काल्पनिक घटनाओं का मिश्रण थीं।
हमारी देशभक्ति की फ़िल्में भी लाउड होती हैं क्योंकि कोई पूरी रिसर्च नहीं करता। भगतसिंह के संवाद सुभाष बोस के मुँह में डाल दिए या बोस के डायलॉग भगतसिंह के खाते में। एक अंगरेज़ रिचर्ड एटनबरो ने गांधी पर अच्छी फ़िल्म बनाई। हमने सरदार पटेल और अंबेडकर पर कोशिश की तो वे महज डॉक्यूमेंटरी बनकर रह गईं।
पॉलिटिकल कमेंट वाली, टोन वाली फ़िल्में भी उस वक़्त के इतिहास को दर्ज करने के लिहाज़ से, सोसाइटी से कम्युनिकेट करने का एक ज़िम्मेदार जरिया होती हैं। मेरी फ़िल्म 'मेरे अपने' में पॉलीटिकल ओवरटोन थी, बंगाल में जो सियासी हालात थे, उसके चलते नौजवानों का फ्रस्ट्रेशन उसमें आया था। हमारे यहाँ 'गरम हवा' और 'तमस' जैसी दो लाज़वाब फ़िल्में बनी हैं, दोनों पार्टीशन की सेंसिटिव थीम पर हैं। पर यह काफी नहीं है। ऐतिहासिक घटनाओं पर बड़ी फ़िल्में बननी चाहिए—जलियाँवाला बाग हत्याकांड, कलकत्ता के ब्लैक होल पर, चौरी-चौरा कांड पर जिसके बाद गांधीजी ने हिंसा को देखते हुए अपना आंदोलन वापस ले लिया था। हमारा राष्ट्रीय आंदोलन ऐसी घटनाओं से भरा पड़ा है।

अगर आप कारगिल पर फ़िल्म बनाते हैं तो किस स्तर का यथार्थ दिखा पाएँगे? जवान वहाँ किस हाल में रहते हैं? और यह मत भूलिए कि सच्चाई कारगिल में नहीं रावलपिंडी और दिल्ली में है।

आपके साथ ख़ास बात यह है कि आप स्क्रिप्ट भी लिखते हैं और डायरेक्ट भी करते हैं। कभी आप अपनी ही स्क्रिप्ट के डायरेक्टर होते हैं तो कभी किसी डायरेक्टर के लिए स्क्रिप्ट भी लिखते हैं।...एक ही आदमी अपने लिए और दूसरे के लिए इन दो भूमिकाओं में कैसे काम करता है?
देखिए, आप डायरेक्ट कर रहे होते हैं तो अपने कन्सेप्ट पर बने किसी

सीन को निर्देशित करते हैं। जब एक कंसेप्ट पर, विचार पर लिखते हैं तब आप लेखक होते हैं। एक डायरेक्टर के तौर पर की गई कल्पना को सीन में बदलते हैं। झगड़ा तब होता है जब एक अपना कंसेप्ट दूसरे तक न पहुँचा पाए और दूसरा आपको वह दे ही न सके जो आप चाहते हैं। कई बार एक लेखक निर्देशक को वह देने में विफल रहता है जिसे निर्देशक ने चाहा था। मेरा निर्देशक मेरे लेखक से जो माँग करता है उसके हिसाब से उसे मैं रि-राइट करता हूँ। एक डायरेक्टर के तौर पर जो मैंने कन्सीव किया है, बीज उठाया है, वह कंसेप्ट तक न पहुँचे तो दुबारा लिखना है। इसमें झगड़े वाली बात नहीं है, चुनौती वाली बात है। एक लेखक के तौर पर आपने अच्छा सीन लिखा और डायरेक्टर को उसमें थोड़ी संभावनाएँ लग रही हैं तो निभाया जा सकता है लेकिन एक निर्देशक के रूप में आपकी दूसरी कई सीमाएँ होती हैं। आपको तय करना होता है कि आप पूरे प्रोजेक्ट के स्तर पर उसे कहाँ तक निभा सकते हैं। इसमें कास्टिंग, आर्थिक सीमाएँ भी एक हद तक प्रभाव डाल सकती हैं।

एक डायरेक्टर साहब का बयान पढ़ा था कि लेखक कोई चीज़ नहीं होती। जो करता है वह डायरेक्टर ही करता है।

नहीं, थोड़ा भ्रम है कि फ़िल्म का पूरा कंसेप्ट डायरेक्टर का ही है क्योंकि यह माध्यम डायरेक्टर का है। अगर डायरेक्टर की खूबी है तो लेखक की भी खूबी है। यदि मैं किसी दूसरे डायरेक्टर के लिए लिख रहा हूँ तो उसका कंसेप्ट लेना, विचार बीज को अपनाना, पूरी तरह आत्मसात करना, फिर उसको क्रिएट करना...इसके बाद डायरेक्टर को देना है। तो फिर आप कहेंगे ना कि बीज कहाँ से आया? डायरेक्टर से। लेकिन मैं उसे ग्रहण करके, पूरा पका कर फिर रेफरेन्सेज़ के साथ एक दृश्य बनाकर देता हूँ। क्योंकि, वो काम एक डायरेक्टर नहीं कर सकता, वरना फिर वो ख़ुद ही क्यों नहीं लिख लेता? इतनी सी मगर बहुत बारीक बात है कि डायरेक्टर का जो कंसेप्ट है उसे वो लिख नहीं पाता इसलिए आपको कहा जाता है। और, आपकी क्षमता और संवेदनशीलता पर है कि एक लेखक के तौर पर आप उसमें किस तरह फ़र्क़ ला देते हैं। एक

ही निर्देशक के साथ अलग-अलग लेखकों ने पटकथाएँ लिखी हैं और समान गुणवत्ता पर नहीं पहुँची है। मिसाल के तौर पर कहूँ कि इतनी फ़िल्में श्याम बेनेगल ने विजय तेंदुलकर के साथ की हैं उनकी पटकथा का स्तर कुछ और है। और अब, वही विषय हैं, उनके डायरेक्टर भी वहीं हैं लेकिन स्क्रिप्ट की ऊँचाई में फ़र्क़ महसूस होता है। यानी वह माध्यम डायरेक्टर का है इसमें कोई शक नहीं लेकिन इसके कंसेप्ट को उतारने का काम लेखक का है इसमें भी कोई शक नहीं।

सलीम-जावेद की पटकथाओं को लेकर एक साहब कहा करते थे, एक ख़ास डायरेक्टर के बारे में, कि सब कुछ तो स्क्रिप्ट में लिखा था, डायरेक्टर कोई भी होता तो क्या फ़र्क पड़ जाता? दावा है कि एक-दो डायरेक्टर तो उनकी स्क्रिप्ट की बिना पर ही चल गए क्योंकि हर चीज़ स्क्रिप्ट में लिखी थी...और बाद में डूब भी गए।

ये तो निर्भर करता है कि उस डायरेक्टर को कितना आता है। लेखक अच्छा लिखता है या निर्देशक अच्छा निर्देशित करता है। दोनों का ही मतलब है कि वे अपना-अपना काम कितनी अच्छी तरह जानते हैं। डायरेक्टर तकनीकी तौर पर बेशक डायरेक्टर है लेकिन लेखक यदि अपने सीन को निर्देशित कर रहा है तो साफ़ बात है कि सिर्फ़ नाम बदल गया है। यानी दरअसल जो लेखक है वही डायरेक्ट भी कर रहा है। कंसेप्ट भी उसका है। हर कैरेक्टर की, हर दृश्य की डिटेल भी उसने दी है और दूसरा कोई तकनीकी आदमी है जिसे आप डायरेक्टर कह रहे हैं। आप और हम एक आदर्श निर्देशक को लेकर चर्चा करते हैं या आदर्श लेखक को लेकर। लेकिन सारे निर्देशक आदर्श नहीं हैं और सारे लेखक भी आदर्श नहीं हैं। श्रेष्ठ स्थिति यह है कि डायरेक्टर डायरेक्टर हो और लेखक लेखक जो एक-दूसरे को गहरे से समझते हों।

यानी मीडियम की ज़रूरतें न समझी जाए तो मामला हाथ से निकल जाता है?

बिल्कुल ! फ़िल्म लेखन के लिए मीडियम की पकड़ बहुत ज़रूरी है।

इसलिए आपने देखा होगा कि साहित्य के बहुत अच्छे, बड़े रचनाकार फ़िल्मों में आकर लौट गए। प्रेमचंद कोई मामूली लेखक नहीं थे लेकिन फ़िल्म उनका मीडियम नहीं था। इसलिए माध्यम को जाने बग़ैर आप डायरेक्टर की तलब को भी नहीं जान सकते कि वो क्या चाहता है। दोनों के बीच अगर द्वंद्व होता है तो मीडियम के रेफरेंसेज़ भी साथ होंगे। अगर आप एक नाटक लिख रहे हैं और नाटक का माध्यम नहीं मालूम है कि यह आकाशवाणी पर जाएगा या स्टेज पर आँखों के सामने खेला जाएगा, तो लेखक की सफलता संदिग्ध हो जाएगी। रेडियो के लिए आपने लिख दिया कि सरपट दौड़ता हुआ तांगा सड़क पर चला गया। तांगा जा रहा है, रास्ते में घोड़े की लगाम थामी और रोक लिया।...यह काम रेडियो पर आवाज़ से होगा और स्टेज के लिए लिखना होगा तो आपको लिखना पड़ेगा कि सीन की शक्ल और सूरत क्या है? कौन-सी ध्वनियाँ सुनाई दे रही हैं, कौनसे इफेक्ट इस्तेमाल किए जाएँगे। वरना डायरेक्टर बताएगा कि यहाँ यों करते हैं कि सीन सड़क का है, घोड़े की आवाज़ हो और स्टेज पर घोड़े की आहट इस तरह महसूस हो। ये सब चीजें मीडियम के फ़र्क से लिखने में बदल जाती हैं। जैसे आपने लिख दिया, 'उसने सोचा कि कल घर चला जाऊँगा।' क्या आप वहाँ सब-टाइटल लिखेंगे कि वह सोच रहा है?...आपको दृश्य में बताना पड़ेगा ना कि मन में विचार किस तरह आ रहा है। सोचने की फीलिंग आपको देनी पड़ेगी। यह विजुअल से पैदा करना होगा। दर्शकों तक कैरेक्टर के दिमाग में चल रही बात पहुँचाने के लिए सीन में वो चीज़ पैदा करनी पड़ेगी।

आप मीडियम के हिसाब से दर्शक को या पाठक को कैरेक्टर की सूचनाएँ देते हैं। अच्छे डायरेक्टर की खूबी यह होती है कि उस माध्यम का इस्तेमाल करके आपकी बात दर्शकों तक इस तरह पहुँचा दे कि वाह निकल जाए। एक डायरेक्टर से दूसरे डायरेक्टर के बीच यही फ़र्क होता है। ये सिर्फ़ मीडियम का ट्रांसलेशन, यानी कोरा अनुवाद नहीं है कि लेखक ने लिखा और डायरेक्टर ने उसका तकनीकी अनुवाद कर दिया या डायरेक्टर ने विचार दिया और उसे लेखक ने सिर्फ़ सीन में अनुवाद कर डाला। दोनों का क्रिएटिव कॉन्ट्रीब्यूशन क्या है यह मिलकर ही पूरी

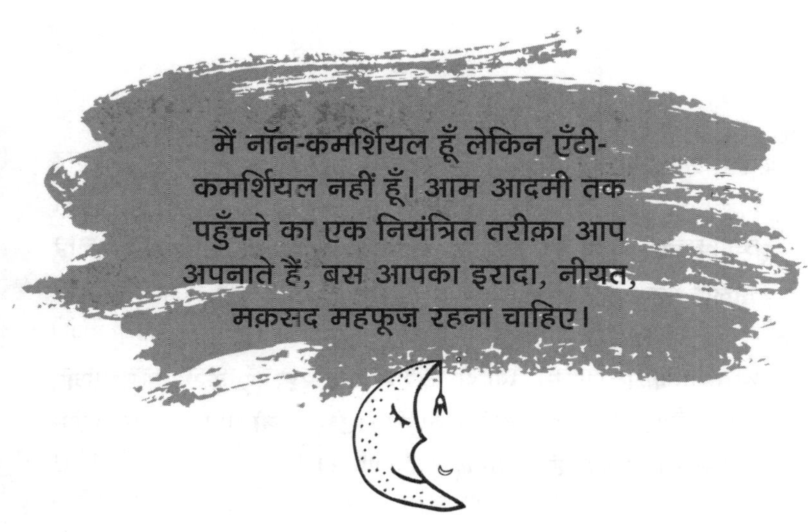

मैं नॉन-कमर्शियल हूँ लेकिन एँटी-कमर्शियल नहीं हूँ। आम आदमी तक पहुँचने का एक नियंत्रित तरीक़ा आप अपनाते हैं, बस आपका इरादा, नीयत, मक़सद महफ़ूज़ रहना चाहिए।

चीज़ बनती है।

और डायलॉग जो स्क्रिप्ट में आते हैं, ख़ासतौर पर सामाजिक फ़िल्मों में तो आपको टिप्पणियाँ करनी होती हैं, संदेश मिलाना पड़ता है। ये कौन, कैसे मिलाता है?

सामाजिक फ़िल्मों में पता लगना नहीं चाहिए कि कोई मैसेज देने वाला डायलॉग बोला जा रहा है वर्ना तो भाषण हो जाएगा। एकदम सहज लगना चाहिए। मैं अपनी कहूँ तो, ऐसे लिखता हूँ जैसे आम लोग बोलते हैं। वाक्यों में कंस्ट्रक्शन बदल देता हूँ। स्वाभाविक पॉज़ (विराम) डालता हूँ। आम बोलचाल की जबान रखता हूँ तब डायलॉग पता नहीं चलता। चिपकाया हुआ नहीं होता। और, कभी ज़्यादा नहीं कहता। ज़्यादा लफ़्फ़ाज़ी असर कम कर देती है। हमारी ज़िन्दगी में कुछ ही मोड़ या पल ऐसे होते हैं जिनमें सचमुच नाटकीयता घटित होती है। उन पलों में जितना ड्रामा ज़रूरी है, वही है। बाकी तो ग़ैरज़रूरी ही है।

हम 'नमक हराम' के डायलॉग लेते हैं। विक्की (अमिताभ) और सोमू (राजेश खन्ना) के बीच की बातचीत है—

विक्की : रुपया पेड़ों पर नहीं उगता कि जितना माँगो मिल जाएगा।
सोमू : और हाथ भी पेड़ों पर नहीं उगते सेठजी कि एक कट जाए तो

दूसरा लग जाए।

इसी में एक प्रसंग है। जब सेठ जगन्नाथ अपने बेटे को माफी माँगने के लिए भेज रहे हैं।

सेठ जगन्नाथ : जाओ, जाओ, जो मैं कह रहा हूँ, करो। और सुनो, माफी माँगते वक़्त तुम्हारा जो ह्यूमिलिएशन, जो अपमान होगा उसे कभी मत भूलना। वही होगी तुम्हारी शक्ति।

इन संवादों को बारीकी से देखें तो मज़दूर-मालिक के बीच के संघर्ष को पढ़ा जा सकता है। पूँजीपति की असली शक्ति कहाँ से आती है यह सिर्फ़ एक संवाद में प्रकट हो जाता है। फ़िल्म हृषिकेश मुखर्जी की थी और आप संवाद लिख रहे थे। जाहिर है कैरेक्टर का चुनाव डायरेक्टर का था। लेकिन इन संवादों में जो अंडर करंट डाला गया है वह प्रोग्रेसिव है। बिना लाउड हुए इसका रास्ता कोई संवाद लेखक कैसे निकाल सकता है?

कैरेक्टर को खड़ा करते वक़्त डायरेक्टर पूरा बैकग्राउंड आपके साथ शेयर करता है। आपकी अपनी आइडियोलॉजी हो सकती है। अगर वह कहीं बैकग्राउंड को शक्ति देती है तो आप उन कैरेक्टर्स में उसे पिरो सकते हैं। तब वह थोपी हुई नहीं लगती। उल्टे उसकी ताक़त को खोल देती है। चरित्र एकदम आकार ले लेते हैं। सेठ जगन्नाथ जब कहते हैं 'उस अपमान को याद रखना' तो वे प्रतिशोध का पत्थर रख रहे होते हैं। आपको सारी भावना समझ में आ जाती है, माफी के पीछे की राजनीति समझ में उतर जाती है। मैंने जो फ़िल्में कीं उनमें अनुकूल स्थितियाँ आईं तो मेरे अपने ऐसे लफ़्ज़ भी उनमें गए जो स्क्रिप्ट के इरादे से नहीं लिखे गए थे। उपयुक्त स्थितियाँ थीं तो ख़ुद-ब-ख़ुद स्क्रिप्ट में उतर गए।

'आशीर्वाद' में नायक मेरी नज़्म ही पढ़ता है। वह मूड को सूट करती थी। डायरेक्टर को अपने प्लॉट के अनुकूल लगती थी। 'पलकों की छाँव

में' नायक अखबार डालने जाता है तो जो पंक्ति बोलता है, आपको याद होगा, मेरी एक कविता की पंक्ति से ही आई है। संवाद कैरेक्टर्स को एक-दूसरे के पारस्परिक रिश्तों में गूंथते हैं। उससे कहानी आगे बढ़ती है। कुछ शब्द या वाक्य कैरेक्टर की विशेषता बन जाते हैं जो कहीं अचानक बहुत पीछे छूट गए सूत्र को जोड़ देते हैं। इस तरह कथा में मोड़ डालने में भी संवाद बहुत अहम भूमिका निभाते हैं। फ़र्ज़ कीजिए किसी सिलसिले में हीरोइन ने कहा था—तुम्हारा सफ़ेद रुमाल अक्सर गिर जाता है। वो देखो भीग गया है। फ़िल्म में किसी लम्बे अन्तराल के बाद जबकि सारी स्थितियाँ बदल गई हैं। हीरो-हीरोइन के बीच बरसों की दूरियाँ आ चुकी हैं। किसी एक सीन में किसी पान की दुकान पर रुमाल गिरता है और कोई कैरेक्टर वही संवाद उसी अंदाज में अनायास कह उठता है तो हीरो फिर से कई रील पहले के सीन से अचानक जुड़ जाता है और कथा में सिर्फ़ एक डायलॉग की वजह से नए मोड़ का ऐलान हो जाता है।

सीन, सीक्वेंस और संवाद एक-दूसरे से इसी तरह घुले-मिले होते हैं। दर्शकों के दिलों में पात्र तभी उतर पाते हैं। डायरेक्टर, रायटर के बीच

एक ट्यूनिंग बन जाती है जिससे पूरा सीन, पूरी फ़िल्म एक मूड में चलती है और अपने मक़सद में कामयाब भी होती है।

ऐसा कहते हैं, आपने मीडियम में एक चतुराई चुनी कि आप पिटी-पिटाई रूढ़ियों को एक किनारे रख देते हैं मगर एक कमर्शियल फ़िल्म का तत्व भी डाल देते हैं। जैसे म्युज़िक और स्टार!

चलिए आपने पहली बात तो मानी कि मैं क्लीशे तोड़ने की कोशिश करता हूँ। आप यह मानें या वह मानें, ऐसा भी मेरा कोई आग्रह नहीं है। इंडस्ट्री का रवैया कुछ ऐसा रहा है कि बिना स्टार की फ़िल्मों में प्रोड्यूसर का ज़्यादा पैसा लगता है बनिस्बत स्टार भरी फ़िल्मों के। उनमें स्टार के नाम से फाइनेंसर जुट जाते हैं। उन्हें सिर्फ़ स्टार के नाम से मतलब होता है। उन्हें लगता है कि पैसों की गारंटी उनके नाम में है।

हाँ, सिनेमा सबसे महंगा आर्ट फॉर्म है। इस मीडियम में बाकी आर्ट फॉर्म के मुकाबले भारी संसाधनों की ज़रूरत होती है। मैं नॉन-कमर्शियल हूँ लेकिन एँटी-कमर्शियल नहीं हूँ। आम आदमी तक पहुँचने का एक नियंत्रित तरीक़ा आप अपनाते हैं, बस आपका इरादा, नीयत, मक़सद महफ़ूज़ रहना चाहिए।

यह ठीक है कि एक्स्ट्रा चमक के साथ अभिनेता का होना, फ़िल्म की कमर्शियल वैल्यू बढ़ा देता है। मगर आप देखेंगे कि हम उनकी प्रतिभा का इस्तेमाल कैसे करते हैं। क्या उनकी पॉपुलर इमेज़ की कमाई काटी गई है? 'मेरे अपने' की मीनाजी या 'कोशिश' के संजीव कुमार जो 'कोशिश' में जया के पति हैं, 'परिचय' में जया के पिता हैं, अपनी पॉपुलर इमेज़ से कितने अलग हैं? जितेन्द्र ने 'परिचय', 'ख़ुशबू' या 'किनारा' में जो काम किया, उनकी टाइपकास्ट, जंपिंग जैक की छवि से कितना अलग था। एक टाइपकास्ट एक्टर की छवि से हटकर नया कैरेक्टर गढ़ना बहुत जोखिम का काम है। मैंने कभी उनकी लोकप्रिय छवि के हिस्से भुनाने की कोशिश नहीं की। यह करना तो ऐसा होता कि किसी और की बोई फसल आप काट रहे हैं। वही इमेज़ इस्तेमाल

करनी है तो वही फॉर्मूला इस्तेमाल करना है। वही फ़िल्म बनानी है। कोई भी कल्पनाशील निर्देशक ऐसा क्यों करेगा?

विनोद खन्ना जैसे खलनायक को सेंसिटिव हीरो के तौर पर पेश करना तो एक चुनौती है, उस कलाकार के भीतर का छुपा पक्ष सामने लाने की। आपको याद होगा, विनोद खन्ना जब टॉप पर थे, तब उन्होंने संन्यास पर जाने का फ़ैसला किया। सबने समझाया कि अभी तो मार्केट से सब कमाई खींच लेने का वक़्त है। कल को जब लौटें, तब ना मालूम क्या स्थिति हो। मगर उन्होंने कहा, कल को लौटना हुआ तो लौटूंगा। मुझे अपने कल की चिन्ता नहीं है, आप क्यों कर रहे हैं? वे यहाँ की चमक-दमक छोड़कर चले गए और एक आश्रम में माली का काम करने लगे। फ़िल्म इंडस्ट्री में कितने ऐसे लोग हैं, जो यह साहस कर सकते हैं? 'मीरा के भोज की पीड़ा से गुजर कर मैंने देखा है।' यह व्यक्ति के रूप में विनोद ही कह सकते थे। किसी व्यक्ति में यह पक्ष छुपा हुआ है और आप उसे सामने लाने की कोशिश करते हैं, तो यह काम मुश्किल जरूर है लेकिन सुकून देने वाला भी।

हर स्टार की शख़्सीयत में कई तहें होती हैं। यह फिल्ममेकर पर है कि वह कौनसी तह निकालता है और अपने कैरेक्टर के लिए जरूरी चीज़ के मुताबिक उसके भीतर से प्रकट करने की कोशिश करता है।

यानी आप स्टार के एक्टर को निकालने का ज़िम्मा निभाते हैं?

दरअसल फ़िल्म का 'कन्टेन्ट' मैटर करता है, एक्टर नहीं। वे स्टार हैं या नहीं, इससे कन्टेंट नहीं बदलता। मुझे लगता है कि मेरी स्क्रिप्ट में स्ट्राँग सब्जेक्ट मैटर की वजह से स्टार भी सैट पर ट्रेडीशनल तरीके से बरतने से बचते हैं। वे भी चाहते हैं कि कुछ अलग करें। गहरे से उतरकर करें। हालाँकि 'बड़ों' की बजाय 'बच्चों' से मैं ज़्यादा ठीक रैपो बना लेता हूँ मगर बड़ों की प्रॉब्लम वो नहीं है जिसे इगो प्रॉब्लम कहकर प्रचारित किया गया है। दरअसल फ़िल्म के सैट पर एक्टिंग का पैटर्न ही वह बन जाता है कि वह सुबह से शाम तक एक ही क़िस्म की भूमिका में

उतरता और निकलता रहता है। हर स्क्रिप्ट की हर सिचुएशन में एक जैसा रिएक्ट करने का क्रम ऐसा चलता है कि कैसे चीखना है, चांटा खाने पर आँखें चौड़ी करके कैसे सीन देना है—सब मशीनी हो जाता है। 'बेनज़ीर' की शूटिंग के वक़्त का एक वाकया याद आता है। निरुपा रॉय जो कि यों बड़ी टैलेंटेड एक्टर रही हैं, अनजाने में ही वे लाइनें चीखते हुए बोलने लगीं जो स्क्रिप्ट में थी ही नहीं—'ये तुम्हारे पिता समान हैं...'/'मुझे आज से माँ मत कहना'...वग़ैरह!

ये है फिक्सेशन।
जब दर्जनों फ़िल्मों में एक साथ स्टार काम करते हैं तो ऐसा कैरेक्टर फिक्सेशन हो जाता है और डायरेक्टर ज़रा कमज़ोर हो तो वही-वही होता रहता है। उसे लगातार सतर्क रहना होता है ताकि बाकी फ़िल्मों के कैरेक्टर्स का फिक्सेशन उसकी फ़िल्म में न उतर आए। इसके अलावा स्टार कोई दिक्कत नहीं खड़ी करते। स्टार में अगर मेधा हो तो बात गज़ब की बन जाती है। सिर्फ़ एक लेबल की वजह से आप स्टार को डिस्कार्ड नहीं कर सकते। मेरा अनुभव है कि स्टार बड़े को-ऑपरेटिव होते हैं और ऑफ़बीट काम के लिए डायरेक्टर से ज़्यादा जान देने को तैयार रहते हैं।

स्टार ताक़त भी हैं और कमज़ोरी भी...।

कई नए डायरेक्टर टॉप स्टार के साथ काम करने की इच्छा से बड़े परेशान रहते हैं, साथ आ गए तो उनके बोझ से दब जाते हैं। यह डर ख़त्म होना चाहिए।

अगर मेरे काम में कोई स्टार दखल दे तो मैं फ़िल्म छोड़ना पसन्द करूँगा। मेरे इन्स्ट्रूमेन्ट्स उसके हाथ में जाएँ, इससे बेहतर है, वही ख़ुद फ़िल्म बनाए। दूसरी तरफ़ उसका टैलेन्ट मेरे नाम पर जाए यह उसके साथ अन्याय है। और जहाँ डायरेक्टर के तौर पर मेरा नाम जा रहा हो वहाँ डायरेक्शन का काम मैं स्टार के हवाले कैसे कर सकता हूँ? मैं ख़ुद का सामना भी नहीं कर सकूंगा, दूसरों की तो बात छोड़ दीजिए।

डायरेक्टर स्पाइनलेस हो तो स्टार की दखलंदाजी परंपरा बन जाती है। मेरी फ़िल्मों की विषय वस्तु कलाकार से जो चाहती है, वही मुझे सामने लाना है। विषय वस्तु की शक्ति से ही सितारे या अभिनेता नियंत्रित होते हैं। सितारे अन्ततः अभिनेता हैं और अभिनेता को कन्टेंट के हिसाब से काम करना है—मेरा मक़सद साफ़ है।

फ़िल्म का कंटेंट जब सबसे बड़ी चीज़ है तो बाकी क्या है जो कन्ट्रोल करता है?

चैलेंज है—फ़िल्म इंडस्ट्री का पूरा ताना-बाना, जो इस तरह है कि इसमें बहुत से लोगों का भविष्य इन्वॉल्व होता है। यह एक क़िस्म का भिन्न व्यावसायिक, जोखिम से भरा अर्थशास्त्र साथ लेकर चलता है। उसमें मैं अपने तरीके से काम की कोशिश करता हूँ। स्क्रिप्ट की पवित्रता दरअसल मीडियम और उसके कंट्रोलर की पवित्रता भी है और यह सच्ची कामयाबी का पहला आधार है। कोई भी अच्छा निर्देशक इसकी रक्षा करेगा। कोई स्टार फिर फिल्ममेकर के मक़सद से बाहर नहीं जा सकता।

एक साहब बहुत कहने लगे थे, आपकी फ़िल्में अच्छे लोगों से क्यों भरी रहती हैं?

ऐसा नहीं है कि मेरा बुरे लोगों से साबका नहीं पड़ा। पर मैं अच्छे लोगों से भी बहुत मिला हूँ। ख्वाब में बुरों से डरता हूँ, उनका सामना मुझसे नहीं होता। मैं इस क़िस्म के बँटवारे में भरोसा नहीं करता कि लोग या तो पूरे शैतान होते हैं या पूरे देवता। मेरी फ़िल्मों में ये नहीं मिलेंगे। मुझे चीखते विलेन पसन्द नहीं हैं, मैं तुम्हें मार डालूँगा-खोपड़ी तोड़ दूँगा—ये शब्द अब तो असर भी नहीं करते, मजाकिया लगते हैं। ज़िन्दगी में आम चरित्र कोई ब्लैक एँड व्हाइट में नहीं हो सकते। मुकम्मिल इनसान, मुकम्मिल रिश्ते में भी कई रंग होते हैं।

एक्टर से आप क्या उम्मीद करते हैं?

एक्टर से आप एक इन्वॉल्वमेंट की उम्मीद करते हैं। किसी भी कैरेक्टर की एक तह नहीं होती। वह मल्टीलेयर्ड होता है। डायरेक्टर के तौर पर मैं जानता हूँ कि मुझे क्या चाहिए। तो मैं डायलॉग बोलकर, आवाज़ के उतार-चढ़ाव के साथ एक्टर्स को बताता हूँ। यह मेरी ज़िम्मेदारी है कि ज़रूरत हो तो मेरे एक्टर की आँखों में आँसू छलक आएँ। उन्हें सही क्षण में भीतर से बाहर लाना मेरी ज़िम्मेदारी है। एक्टर को भीतर से काम करना होता है, बाहर से नहीं। उसके चलने-फिरने, उठने-बोलने सबमें उसके भीतर से कैरेक्टर का रंग आता है। मैं अभिनेताओं को साथी मानता हूँ, उनके स्वाभाविक मैनेरि.ज्म का उपयोग भी करता हूँ मगर मैं उनमें कुछ कांट-छाँट भी कर देता हूँ। जैसे जब हम 'परिचय' की शूटिंग कर रहे थे तो उन दिनों भारत-पाकिस्तान जंग चल रही थी। मास्टर राजू ब्लैकआउट सायरन की तरह आवाज़ बनाया करता था। मैंने उसे एक सीन में उपयोग करने को कहा, फिर गीतों में भी। और, 'मौसम' तथा 'नमकीन' में मुझे शर्मिला को कुछ कांट-छाँट करने को कहना पड़ा। उनकी कुछ ख़ास अदाएँ थीं-बोलने और चलने की, मुझे वे नहीं चाहिए थीं। मेरा अनुभव है कि मेरे एक्टर भी कैरेक्टर में डूब जाते हैं। 'आँधी' में 'तुम जो कह दो तो आज की रात चाँद डूबेगा नहीं' लाइन के आते ही सुचित्रा की आँखें भर आती थीं।

यों भी बहुत कम फ़िल्में प्रतिभाशाली अभिनेताओं को बमुश्किल पूरी प्रतिभा दिखाने का अवसर दे पाती हैं। तत्काल पैसा और सैट बॉक्स ऑफ़िस पैटर्न, इंडस्ट्री का एक अलग सच है। ऐसे में अच्छे काम का मक़सद बनाए रखना बड़ा अहम हो जाता है।

कलाकार भी आख़िरकार मक़सद के लिए आए होते हैं। वे निर्देशक के बनाए वातावरण में ढल जाते हैं। वे अपनी सीमाओं को तोड़कर सबसे अच्छा देने के लिए प्रेरित हो सकते हैं।

मैंने कभी कोरियोग्राफर का इस्तेमाल नहीं किया। सिवाय 'किनारा' की कथक डांस सीक्वेंस के। बिमल दा ने कभी डांस मास्टर का इस्तेमाल नहीं किया और फ़िल्म मेकिंग मैंने उनसे सीखी थी। 'ख़ुशबू' में 'घर

जाएगी' गीत के लिए जीतू-हेमा दोनों सोचते थे कि कुछ मूवमेंट्स कोरियोग्राफ होनी चाहिए। मैंने कहा, मैं शॉट्स से काम लूँगा। पर उनका जोर था कुछ मूवमेंट्स के लिए। मैंने कहा—ठीक है—पर कुछ ही स्टेप होंगी, एकदम डांस जैसा कुछ नहीं। हेमा को मैंने कहा कि कोरियोग्राफी करो। आख़िरकार वो प्रोफेशनल डांसर हैं। उन्होंने मटके को उठाने-रखने की कुछ स्टेप बनाईं। हो गया। और मैं सोचता हूँ, अच्छा ही हो गया। यह कन्ट्रीब्यूशन ही है, जो कई तरीक़ों से सबको एक प्रोजेक्ट में शामिल कर देता है।

व्यक्तिगत अनुभवों की छाया किसी फ़िल्म को बनाते हुए कैसे प्रभावित करती है? जैसे 'किताब' आपकी एक प्रिय फ़िल्म है। उसमें बचपन के अनुभवों की गहरी छाप दिखती है।

'किताब' को मैं अपनी एक अहम फ़िल्म समझता हूँ और इसलिए कि वो एक मोन्ताज है—एक बच्चे की आब्जर्वेशंस का, और यही बात उस कहानी में ख़ूबसूरत लगी थी। जो कुछ आपके आसपास घटता है उसकी छाया यक़ीनन आपकी कृति में होती है। यदि आप संवेदनशील हैं तो उनकी छाप से अपने कहन को गहराई दे सकते हैं। यह सिर्फ़ अपने आपसे और विषय से बराबर जुडने की कोशिश से होता होगा। मेरे साथ ही नहीं, सबके साथ यह सच है। बाबला की कहानी कहते-कहते मेरी अपनी कहानी हो गई। समरेश दा का नॉवल था : पोथक। ये सारे किरदार उनके हैं। लेकिन बाबला के किरदार में मुझे अपना वजूद नज़र आ गया। अपना बचपन दिखाई देने लगा। इसलिए उसके नाज़िर

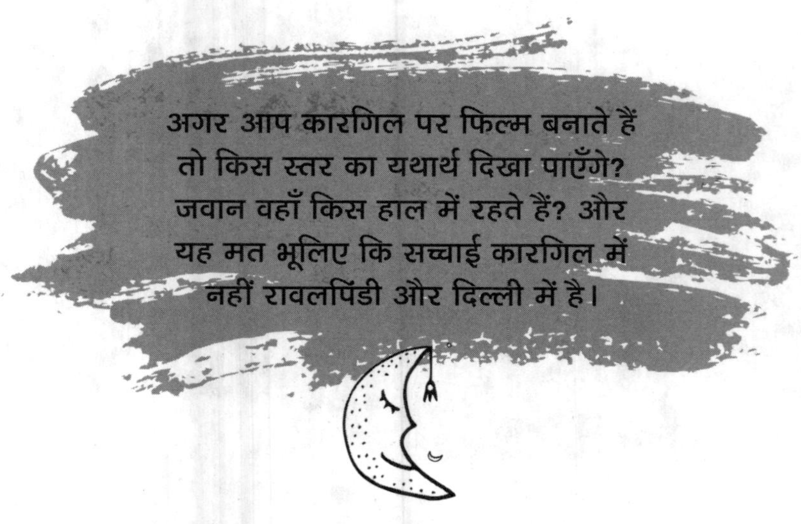

नॉवल के कलकत्ते से बदल गए और पुरानी दिल्ली के हो गए, जहाँ मेरा बचपन गुज़रा था। ताँगा, बग्घी, हलवाई, मदारी, सब्ज़ी मंडी—सब दिल्ली के हैं। दोनों अंधे भी—बैजू और ख़ैमा। और हिन्दू-मुस्लिम परिवार वहीं की गंगा-जमनी तहज़ीब का हिस्सा हैं।

उस फ़िल्म के बारे में कुछ शंका ही नहीं थी। उसके निर्माण में मैं ख़ुद हिस्सेदार था। पर न जाने क्यों, वह फ़िल्म चली नहीं।

'किताब' के बाद से मैंने विजुअल को ठीक से पकडऩा जाना। फ़िल्मों की आम धारा यह है कि सीने पर रिवॉल्वर रखा है और कोई कहता है—गोली मार दूँगा। मैं समझता हूँ कि—अब रिवॉल्वर रखा है तो तय है कि गोली मार देगा। कहने की ज़रूरत नहीं है। अब इस बात का क्या मतलब है कि 'मेरे रिवॉल्वर में पाँच गोलियाँ हैं और पाँच की पाँच सीने में उतार दूँगा।' गोली एक उतरेगी तो भी आदमी मर जाएगा। ऐसा थोड़े ही है कि पाँच में ज़्यादा मरेगा।

आपकी फ़िल्मों में अतीत की स्मृतियों और फ़्लैशबैक की अपनी ख़ास जगह लगती है।

अतीत के बिना कोई वर्तमान नहीं है। कोई भी दर्द, भाव या कैफ़ियत अतीत के बग़ैर नहीं है। अतीत मेरे लिए हमेशा ही बहुत रहस्यमय रहा है। अब तक की बनाई तमाम फ़िल्मों में यह अंग बहुत उभरकर सामने आया है। 'अचानक' में सबसे ज़्यादा था यह अंग, और सबसे

कम 'मीरा' में—शायद इसलिए भी कि 'मीरा' की पूरी की पूरी कहानी ही 'फ़्लैशबैक' है...! अतीत शायद सभी को मोहता है—मैं कहना चाहता हूँ 'फ़ैसिनेट' करता है...अतीत को देखने और छूने की इच्छा हर साधारण आदमी में रहती है...ज़रा ग़ौर से देखें तो पसन्द का सफ़र हमेशा पीछे की तरफ़ चलता है। लगता है, जैसे-जैसे आदमी का क़द ऊँचा होता जाता है, क्षितिज की रेखा और दूर होती जाती है और नज़र की हदें फैलती जाती हैं।...उम्र के साथ-साथ आदमी बहुत दूर-दूर तक निकल जाता है और फिर उन वक़्तों को ढूँढ़ता, देखता और छूने की कोशिश करता है।' फ़्लैशबैक ज़रूरी नहीं है, पर हर फ़िल्म मेकर का एक तरीक़ा होता है कि किस क्षण किस महत्त्वपूर्ण चीज़ को वह कैसे कहे। फ़्लैशबैक अपने आप आ जाते हैं। 'अचानक' में 28 से 30 फ़्लैशबैक थे- लिबास में कहाँ थे? फ़्लैशबैक को लेकर इतना पूर्वाग्रह भी नहीं होना चाहिए। हमारी रोज़मर्रा की ज़िन्दगी में हमारे बीते कल की कितनी स्मृतियाँ शामिल रहती हैं। हम लगातार उन पलों में आते-जाते रहते हैं जो हमने बिताए हैं। उनकी आज के दिनों से रब्त-जब्त चलती रहती है। आप ट्रेन में जा रहे हैं। अच्छे दिनों की बात सोचते हैं तो माँ के साथ के स्नेह भरे पल याद आते हैं, आँखें

नम हो जाती हैं। दृश्य वैसा का वैसा आ खड़ा होता है। आख़िरकार, हर इमोशन का अपना बैकग्राउंड होता है। यह निरन्तरता का हिस्सा है। ज़िन्दगी इसी का जोड़ है।

आपके अपने ऑब्ज़र्वेशन कैसे शक्ति बन जाते हैं?

यह 'किताब' में मैं महसूस कर सकता था। बच्चे बड़े होते हुए क्या महसूस करते हैं, क्या ऑब्ज़र्व करते हैं? जब मैं ख़ुद बड़ा हो रहा था तो बड़ों का 'बड़ापन' मैंने देखा, वह फ़िल्म में भी स्वाभाविक तौर पर आ गया। यह वैसा ही है जैसे कोई आपको महंगा पेन गिफ़्ट में दे और उसे अलमारी में तालाबंद करके रख दे। कहे कि यह ऐसे नहीं ऐसे काम में लेना। मुझे इस पर बड़ा गुस्सा आता था, क्योंकि चाहे कितना ख़ूबसूरत गिफ़्ट हो, अगर मैं उसका इस्तेमाल अपने मन से न कर सकूं तो वह गिफ़्ट किस काम का? बाबला, पप्पू को अपना महंगा पेन नहीं दे सकता क्योंकि वह आपने दिया है, उस गिफ़्ट का कैसे उपयोग हो—वह भी आप बताएँगे। तो गिफ़्ट का क्या मतलब रह गया? वह तो आपकी ही चीज़ हुई।

मैं अपने ऑब्ज़र्वेशन को उसी दृष्टि से देखता हूँ। मैं जो नहीं हूँ, वह होने का अभिनय नहीं कर सकता। एक बेसिक ऑनेस्टी तो आपमें होनी ही चाहिए। आपकी सेंसिटिविटी, कैरेक्टर की मनःस्थिति में उतरने की ताक़त देती है। उसका माइंड-सैट समझ में आता है।

ज़रूरी तो नहीं है कि आप हर कैरेक्टर को अनुभव से निकालकर डालें। पर यह कैसे होता है कि आप किसी भी कैरेक्टर या घटना की बुनावट को पकड़ लें, उसे फ़िल्म के जरिए क्रिएट भी कर दें?

देखिए, एक बेसिक सेंसिटिविटी होती है। मैं अपनी बेटी के लिए एक अच्छी 'माँ' हूँ और उसे मैंने बड़ा किया है। अब मैं आपको एक फ़िल्म से सिचुएशन बताता हूँ। फ़िल्म 'एक पल' में शबाना आज़मी के गर्भ में एक नाजायज़ बच्चा पल रहा है। तब एक गीत है जिसे भूपेन हजारिका ने संगीत दिया है और गाया है भूपेन्द्र ने। यह गीत कुछ इस तरह से

है—जाने क्या है, डर लगता है, जी डरता है, मेरे हाड़ मास का ये टुकड़ा है, सब कुछ आधा-आधा बांटा हुआ लगता है। जब यह गीत मैं लिख रहा होऊँगा, बिना 'प्रेग्नेंट' होने की अनुभूति के लिखना संभव नहीं हो सकता। अनुभूति तो चाहिए। आपके भीतर एक बेसिक सेंसिटिविटी होनी चाहिए, दूसरे की अनुभूति अपने भीतर महसूस करने के लिए। सच तो यह है कि अगर सेंसिटिविटी का वह स्तर नहीं पकड़ पाए तो जिस परिस्थिति से आप गुज़र चुके हों ठीक वैसी सिचुएशन के लिए भी लिखना हो तब भी लिमिटेशन्स आ खड़ी होंगी, एक्सप्रेस करने में सीमाएँ आ जाएँगी। आपको अपनी संवेदनशीलता से, दूसरे की परिस्थिति महसूस करने के लिए उससे रिएक्ट करना पड़ेगा। प्रतिकृत होना पड़ेगा। यही दरअसल किसी भी लेखक की सामाजिक ज़िम्मेदारी भी है। यही लेखक होने की ख़ासियत भी है। इसी से आप कितने लोगों की भावनाओं को अभिव्यक्ति दे सकते हैं। हर आदमी, हर चीज़ से नहीं गुज़रता, पर लेखक कितनों के बीच कैसे गुज़र कर निकल जाता है—यही सेंसिटिविटी है। यही तो ख़ास बात है।

'हू तू तू' में शिक्षक के कमरे में एक तस्वीर लटकी बताई गई है। एक क्रांतिकारी नेता की तस्वीर है। उससे सीन में बिना कहे एक ख़ास राजनीतिक विचारधारा का रेफरेंस चला जाता है। दृश्य में यह सिंबल या प्रतीक किसका योगदान है डायरेक्टर का या स्क्रिप्ट राइटर का?

जिसका भी कंसेप्ट है, वो चुन रहा है। अगर यह लेखक ने दिया है तो उसने निर्देशक को इसका कारण समझाने की कोशिश की होगा और अगर निर्देशक ने चुना है है तो वो लेखक को कहेगा कि मैं इस सीन में दो पीढ़ियों की बात कर रहा हूँ। इस वक़्त इस सीन के जरिए यह ख़ास बात कहना चाहता हूँ। इस विचार के आधार पर सीन और सिंबल जुड़ते हैं। लेखक को डायरेक्टर के विचार को प्रोजेक्ट करने के लिए प्रतीक देने होते हैं। निर्देशक सीन का केंद्रीय तत्व बताता है, तब लेखक प्रतीक सुझाता है। अक्सर लिखे सीन को करने के दौरान डायरेक्टर की कल्पनाशीलता से प्रतीक प्रवेश करते हैं। 'हू तू तू' में जो तस्वीर है उसके पीछे विचारधाराओं का द्वंद्व है। जिसको यह सूझी, उसने तलब

किया। डायरेक्टर ने लेखक से माँगा या लेखक ने डायरेक्टर के विचार के आधार पर उसे सुझाया, यह दोनों पर अलग-अलग निर्भर करता है। चूँकि 'हू तू तू' में दोनों भूमिकाएँ मेरी हैं इसलिए दोनों के बीच ट्यूनिंग हो गई।

आपकी फ़िल्म थी 'ख़ुशबू'। यह एक सुप्रसिद्ध रचना पर आधारित थी। ऐसी स्थितियों में जबकि मूल कथा कृति मशहूर हो, स्क्रीन-प्ले लिखते हुए क्या चुनौतियाँ होती हैं?

प्रसिद्ध रचनाओं का जो लेखक होता है वह पूरा वातावरण लिखित कृति के अनुरूप रचता है। उसे फ़िल्म के रूप में जब ले जाते हैं तो माध्यम की अनिवार्यताओं के अनुरूप कुछ परिवर्तन करने पड़ सकते हैं क्योंकि यह हो सकता है कि निर्देशक ने किसी पात्र को किस तरह ग्रहण किया है और पटकथा लेखक उन भावनाओं को किस तरह दृश्यों में ढाल रहा है। मूल कथा के दृश्यों को नई रंगत भी मिल सकती है। ज़रूरी नहीं है कि मूल कृति के दृश्य को ज्यों का त्यों लिया गया हो, उसमें दृश्य के स्तर पर कोई सिम्बल, कोई इशारा, कोई संकेत डालकर संप्रेषण की शक्ति ही बदली जा सकती है। यह कल्पनाशक्ति और इरादे पर बहुत निर्भर करता है।

'मेरे अपने' तपन सिन्हा की 'आपनजन' पर आधारित थी। 'माचिस' मेरी अपनी कहानी थी। 'अचानक' ख़्वाजा अहमद अब्बास की कहानी थी, जिसकी स्क्रिप्ट साझी थी। 'इजाज़त' तपन सिन्हा की 'जातुगृहा' से एडॉप्ट की गई जो ख़ुद सुबोध घोष की मूलकथा पर आधारित थी। 'किताब' समरेश बसु के लघु उपन्यास पर थी। 'नमकीन' का आधार भी समरेश बसु की रचना थी। 'ख़ुशबू' शरत बाबू को मेरी ट्रिब्यूट थी—जिनके उपन्यास पंडित मोशाय के दो हिस्सों से मैंने फ़िल्म को खड़ा किया। मेरी 'परिचय', 'रंगीन उत्तरैन' पर आधारित थी जो 'साउंड ऑफ़ म्युज़िक' की ठीक उलट थी। यह एक घर की कहानी थी जहाँ म्युज़िक बैन है। मगर सिचुएशन्स के बीच ख़ास तरह का हल्का-फुल्कापन था। 'अंगूर' शेक्सपीयर की कॉमेडी ऑफ़ एरर्स का अपना

संस्करण था। यह इन्टरप्रेटेशन और इमेजिनेशन के साथ है कि चीज़ उस व्यक्ति के हिसाब से दिखने लगती है। नई दिशाएँ खुल जाती हैं।

बेसिकली, जिस कहानी पर फ़िल्म बनना है, वह फ़िल्म' के लिए 'रॉ-मटेरियल' बन जाती है। जैसी है, वह कहानी उसी तरह से नहीं बनाई जा सकती। वह तो स्क्रीन-प्ले और डायरेक्शन का हिस्सा है। उस कहानी की 'थीम' को 'कैरेक्टर्स' को एक्सप्रेस करने के लिए उसमें तब्दीली जरूरी होती है। इसीलिए कहानीकार और फ़िल्म' का राइटर—दोनों अलग हैं। कहानियाँ हैं, लेकिन उसके आगे जब वह 'स्क्रिप्ट' हो जाती है, तो वह फ़िल्म 'राइटिंग' का हिस्सा हो जाता है—वह मैं 'ओन' करता हूँ और करना भी चाहिए। 'स्क्रिप्ट राइटिंग' भी डायरेक्शन का एक हिस्सा है। तो पहले मैं पूरी 'स्क्रिप्ट' लिख लेता हूँ। यहाँ तक कि उसमें पूरी 'मूवमेंट' लिखी होती है कि कहाँ 'कैरेक्टर' साँस लेता है, कहाँ हाथ से कौन-सी चीज़ उठाकर वो किस तरफ़ रखता है। इसको 'टोटल स्क्रिप्ट' कहते हैं। इसके बाद जब फ़िल्म' शूट हो जाती है तो 'एडिटिंग टेबल' पर जाकर फिर एक नए सिरे से सारे का सारा 'रॉ मटेरियल' हो जाता है। वहाँ फिर उसको नए सिरे से 'क्रिएट' करना पड़ता है।

आपने ख्वाज़ा अहमद अब्बास की छोटी सी कहानी 'थर्टीन्थ विक्टिम' को विस्तार देकर थोड़ा बदलकर ख़ूबसूरत फ़िल्म 'अचानक' में बदल दिया। इस तरह जब आप छोटे कथासूत्र को स्क्रीन-प्ले में बदलते हैं तो किन-किन चीजों से गुजरते हैं?

नॉवल से ज़्यादा शॉर्ट स्टोरीज़ अनुकूल जान पड़ती हैं। उपन्यास में माजी और नैरेशन लगातार डॉमिनेट करता है। उसे काटना और छोटा करना मुश्किल होता है। लेखक का बहुत कुछ हिस्सा उसमें रह जाता है। स्क्रिप्ट को उस रिद्म पर लाना बहुत मुश्किल है जिस पर नॉवेल लिखा गया हो। क्योंकि वह जस का तस पूरा का पूरा नहीं बन सकता। नॉवेल को छोटा करना एक अलग, बड़ा काम है। कहानियाँ इसलिए अच्छी लगती हैं क्योंकि सूत्र के हिसाब से वे टू द प्वॉइंट होती हैं। बिल्कुल

उतने ही ज़रूरी किरदार होते हैं जो अपनी बात को कह सकें। उनमें जो स्पेसेज हैं, साइलेंसेज हैं, जो कहकर भी अनकहा है, वो सिनेमा है। खामोशियाँ सुनना और उसे अभिव्यक्त करना सिनेमा बनाना है। बिटविन द लाइंस, लेखक जो कहता है वो उजागर होना सिनेमा है। इसमें आपको विस्तार लेने का चांस है। जो आलाप लेना है, जो पलटे देना है, उसकी जगह वहाँ मिलती है। एक डायरेक्टर के तौर पर मुझे पता है कि किस प्वॉइंट पर हिट करना है। लिखित कहानी में लेखक ने तो एक बात कही है, जितने डायरेक्टर उस कहानी को लेंगे अपनी-अपनी तरह से उन स्पेसेज को देखेंगे। उन साइलेंसेज को अपनी-अपनी तरह से सुनेंगे। यही वो चीज़ है जो एक से दूसरे को अलग करती है। यही वो चीज़ है कि ' काबुलीवाला' बिमल दा बनाते हैं और तपन दा बनाते हैं तो दो अलग चीज़ें बन जाती हैं जबकि कहानी वही की वही है। कहानी में कोई अन्तर नहीं है लेकिन फ़िल्म बदल गई है।

लोग कहते हैं कि साहित्यिक कृतियों पर बनी फ़िल्में अक्सर मूल भावनाओं को नष्ट करती नज़र आती हैं। लेखक की कृतियों से न्याय नहीं होता, उल्टे क़द छोटा हो जाता है।

इससे लेखक का क़द ना बड़ा होता है न छोटा। टैगोर टैगोर ही रहेंगे। फ़िल्म में जो कुछ नया बना है वह 'काबुलीवाला' में छुपी ध्वनियों और अदृश्य जगहों को नए सिरे से जानने की वजह से बना है। देवदास चार अलग लोग बनाएँगे तो चारों की व्याख्या आप अलग कर सकते हैं लेकिन शरतचंद्र की जगह वही रहेगी। दरअसल लेखक की कृति में उपलब्ध साइलेंसेज, स्पेसेज से तारतम्य और उसकी अभिव्यक्ति का मामला एक व्यक्ति से दूसरे के बीच अलग-अलग होता है। गुणवत्ता इससे तय होनी चाहिए।

फ़िल्म लिखना एक बात है और कहानी लिखना दूसरी। मैं एक ऑथर की थीम ले लेता हूँ, अगर मैं बहुत खराब फ़िल्म भी बना लूँ तो वह मूल लेखक के लिए शर्मिंदगी का बायस नहीं होगा। फ़िल्म की जो स्क्रिप्ट है वह बिल्कुल स्वतंत्र होती है। वह खराब हुई तब भी मूल लेखक को

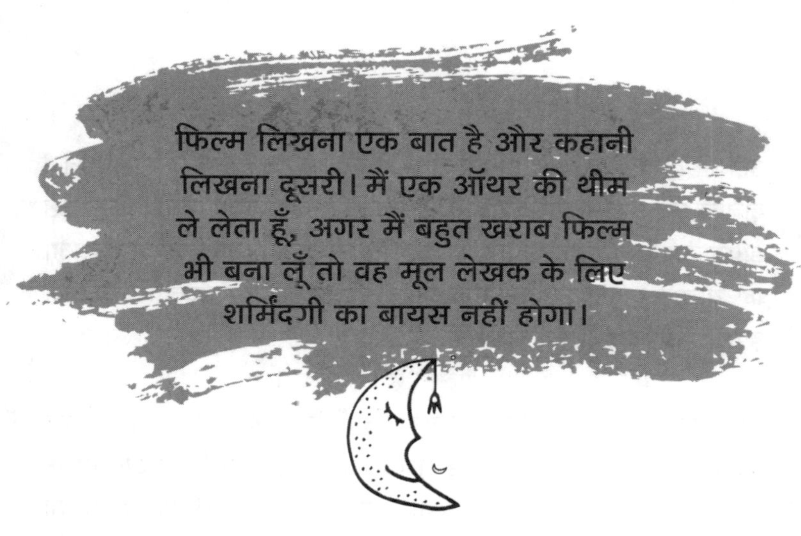

नहीं मुझे दोष जाएगा। क्या आप जानते हैं कि प्रोड्यूसर-डायरेक्टर शक्ति सामंत की बंगाली में बनाई 'देवदास' जो ओरिजिनल के क़रीब थी बंगाल में नहीं चली, यहाँ भंसाली की 'देवदास' जबर्दस्त हिट हुई। साहित्यिक विश्लेषण जुदा चीज़ है, सिनेमा और उसकी कामयाबी अलग। सवाल इतना सा है कि आप उसे इन्टरप्रेट कैसे करते हैं। अच्छा या बुरा, वक़्त फ़ैसला करेगा।

एक चीज़ जो बार-बार उठा करती है— ओरिजिनैलिटी। ये विवाद बनता रहता है। मौलिकता क्या चीज़ होती है? ख़ासतौर से फ़िल्म के माध्यम में प्रेरणा और असर अलग-अलग तरीके से कैसे काम करते हैं।

प्रेरणा लेना, कथा सूत्र लेना और उसे फ़िल्म में ढालना अलग-अलग चीजें हैं। मेरी कुछ शुरुआती फ़िल्मों को लेकर कुछेक लोगों ने यह बात उठाई थी। उनका ख़याल था कि वह विदेशी फ़िल्मों का चरबा है। तो मैंने कहा था कि, मुझे तो वे सरासर हिन्दुस्तानी लगती हैं। कुछ लोग जो ओरिजनलिटी ढूँढ़ते हैं वह सिर्फ़ वही ढूँढ़ा करते हैं। किसी ख़याल, किसी वैल्यू को उन्हें देखने की फुर्सत ही नहीं। आधारभूत चीज़ है वैल्यू। मेरी अधिकांश फ़िल्में बड़े लेखकों की सुपरिचित कृतियों पर तैयार हुई हैं। उनका अपना मूड है, वे अच्छी या बुरी हर हद तक अपनी तरह की हो सकती हैं। जीवन का हर अनुभव अद्वितीय या मौलिक होता है, अनुभूति के स्तर अलग-अलग होते हैं। हर फ़िल्म एक कहानी का

आधार लेती है लेकिन अपने आप में स्वतंत्र कलाकृति बन जाती है। दुनिया के महान फिल्ममेकर्स हैं जिन्होंने कहानियाँ चुनीं और उन्हें अपने रंग में बनाया। कुरासोवा की 'रशोमन' में लेखक की दो कथाओं का आधार है। पर जो फ़िल्म कुरासोवा ने बनाई है वह आज भी मिसाल है। और भी कई मिसालें हैं।

एक ही चीज़ दो लोगों के साथ घट सकती है, एक ही तरह-जैसे सूरज की रोशनी, मगर उसकी किरणों का अहसास आदमी से आदमी में बदल जाएगा। एक ही घटना पर दो लोगों के अनुभव नितांत अलग हो सकते हैं। यह जीने और महसूस करने की शक्ति ही है जो मौलिक है। सच भी और झूठ भी, कई बार पक्ष बदलते ही सच बदल दिए जाते हैं।

फिर फ़िल्म मेकिंग अलग क्रिएशन है। लोग अपने हिसाब से इंटरप्रेट कर लेते हैं, एक धारणा बनाकर उसे चला भी दिया जाता है क्योंकि लिटरेचर की अपनी सेंक्टिटी है और सिनेमा मीडियम की ज़रूरतों का मनोविज्ञान अलग है।

दूसरी चाय पर बात चलते-चलते मेरा तार सत्यजित रे के एक अनुभव से जुड़ जाता है।

सत्यजित रे लिखते हैं, ''जब मैं अपनी कहानी लिखता हूँ, तो उन चरित्रों और पृष्ठभूमि को लेता हूँ जिनसे मैं अच्छे से वाकिफ़ हूँ। जिसे मैं नहीं जानता उसे किसी जानने वाले की मदद से हैंडल कर सकता हूँ—जैसे विभूतिभूषण के गाँव, ताराशंकर की जमींदारों की दुनिया या टैगोर का पुनर्जाग्रत बंगाल। जब मैं किसी और की कहानी इस्तेमाल कर रहा होता हूँ तो इसका सीधा-सीधा मतलब है कि उस कहानी के कुछ कोण मुझे बहुत आकर्षक लगे हैं। जिन हिस्सों को मैं अपनी तसल्ली लायक नहीं समझता या तो उन्हें छोड़ देता हूँ या अपनी ज़रूरतों के मुताबिक ढाल देता हूँ। वह बदलाव मूल कहानी से बाहर जा रहा है या उसमें है नहीं, इन सवालों की मैं परवाह नहीं करता।

असल बात यह है कि मूल कथाकारों को कोई समस्या नहीं होती। परशुराम ज़िन्दा थे जब मैंने उनकी दस पेज की कहानी पर 'पारस पत्थर' बनाई। उन्होंने स्क्रिप्ट पढ़ी और जो भी लिबर्टी मैंने ली थी, उसे दिल से एप्रूव कर दिया। यही बात प्रेमेन्द्र मित्र (कापुरुष) और नरेन्द्र मित्र (महानगर) के साथ थी। आलोचकों ने भी कहानी में बदलावों पर

कोई शोर नहीं मचाया क्योंकि उन्हें डर था कि ऐसी स्थिति में लेखक मेरा ही साथ देंगे।"

कहानी का तत्व ख़ास होता है, बाकी सृष्टि उससे जुड़ी होती है।

रे महाशय की बात पढ़कर, 'साउंड ऑफ़ म्युज़िक' और 'परिचय' अगर साथ-साथ देखें तो मसला एकदम समझ में आ जाएगा। 'परिचय' में मूलतः 'रंगीन उत्तरैन' का साझा है। वह साउन्ड ऑफ़ म्युज़िक नहीं ही है। 'कोशिश' की प्रेरणा जेन्ज़ो मात्सुयामा की जापानी फ़िल्म 'हैप्पीनेस ऑफ़ अस अलोन' ज़रूर थी जिसे गुलज़ार ने एक फ़िल्म फेस्टिवल में देखा था। मगर विश्वयुद्ध के बाद गूंगे-बहरे नायक-नायिका की उस मर्मस्पर्शी फ़िल्म की आधारभूत स्थापना से ही उनकी असहमति थी। उनकी नज़र में शारीरिक अक्षमताओं के साथ उन्हें उनके संसार में छोड़ देने का विचार ही रिएक्शनरी है। 'कोशिश' इस नए विचार और भाव-भूमि पर खड़ी हुई।

'कोशिश' सुनने-बोलने की क्षमताओं से विहीन आरती-हरि को तमाम मुश्किलों के बीच संघर्ष तथा जीवन के असीम उत्साह में विश्वास की शक्ति पर खड़ा करती है। वे सामान्य इनसानों से बेहतर संसार रचते हैं। जब क्लाइमेक्स में हरि का सामान्य बेटा शादी के लिए प्रस्तावित लड़की के सुनने-बोलने की क्षमता पर सवाल उठाता है तो हरि-संजीव कुमार का क्रोध किसी भी चीख़, तमाचे या फटकार से ज़्यादा ताक़तवर और हिला देने वाला होता है।

दर्शक पहले स्तब्ध, फिर सहानुभूति और दया से बाहर निकलते हुए, इनसानी ज़िन्दगी की आस्था से भर जाते हैं। जब इस फ़िल्म की स्क्रिप्ट पूरी हुई तो निर्माता सिप्पी साहब संदेह में बोले थे—क्या इसमें वॉइस ओवर डाल दें? या और कुछ नहीं तो सब-टाइटल ही डाल दो वर्ना लोग कैसे समझेंगे कि हीरो-हीरोइन कह क्या रहे हैं?

गुलज़ार ने कहा, अगर संगीत, कैमरा, स्क्रिप्ट, एक्टर—इन तमाम

साधनों के साथ भी अगर मैं दर्शकों को नहीं बता सकता कि वे क्या कह रहे हैं तो मेरे फिल्ममेकर बने रहने का मतलब ही क्या रह जाता है? और सिप्पी बोले, तुम्हें जब शक नहीं है, तो मैं क्यों करने लगा?

'कोशिश' रिलीज़ हुई और मील का पत्थर बन गई।
वह ज़िन्दगी में अदम्य विश्वास की कथा थी जो शरीर के अंगों से नहीं, भीतर के रंगों से विजय लिखती थी।

गुलज़ार इसी तरह इनसान की सूरत बनाना चाहते हैं।

ज़रा पैलेट संभालो रंगोबू का
मैं कैनवस आसमाँ का खोलता हूँ
बनाओ फिर से सूरत आदमी की।

तो सवाल आगे बढ़ाएँ।

कुछ साहित्यिक हल्कों में 'आँधी' के नाम पर भी विवाद चलाने की कोशिश हुई थी...।

हाँ ये ख़ामख़्वाह का मसला खड़ा किया जाता है। कमलेश्वर जी ख़ुद जानते थे और कहते भी थे। दरअसल, 'आँधी' -'काली आँधी' साथ-साथ लिखी गई थी। मैं स्क्रिप्ट लिख रहा था, कमलेश्वर जी उपन्यास लिख रहे थे। कमलेश्वर जी से जिस वक़्त मुलाकात हुई, उस वक़्त कहानी का आइडिया था मेरे पास। मैंने उनसे कहा, आप कहानी लिखिए मुझे उसमें से कुछ तथ्य मिल जाएगा। मैं स्क्रिप्ट लिखता हूँ।

अब पूरा किस्सा ये है कि एक्चुअली 'काली आँधी' वाज रिटन आफ्टर

'आँधी' एँड नॉट बिफोर 'आँधी'...'आँधी' वाज नॉट बेस्ड ऑन 'काली आँधी'...'काली आँधी' वाज बेस्ड ऑन 'आँधी'। कमलेश्वर जी हमारे साथ थे, हम एक फ़िल्म के लिए चेन्नई गए थे। ढूंडी साहब के पास, मल्ली साहब जो 'मौसम' के प्रोड्यूसर थे, वे लेकर गए थे। कमलेश्वर थे, मेरे सहायक भूषण बनमाली थे। उस वक़्त मैं 'आँधी' पर काम कर रहा था। मैंने सोचा चेन्नई में वहाँ ढूंडी साहब से मिलना है, वहाँ से महाबलीपुरम जाएँगे। इस बीच मैं स्क्रिप्ट का पहला ड्राफ्ट पूरा कर लूँगा। उस समय ऐसा हुआ कि ढूंडी साहब को कमलेश्वर जी की कहानी पसन्द नहीं आई। कमलेश्वर बहुत बड़े लेखक हैं, साहित्य में उनका बहुत बड़ा मुक़ाम है। हम तो उनसे बहुत जूनियर हैं। ख़ासतौर पर उस वक़्त तो...हमारे लिए बहुत मुश्किल हो गई... कमलेश्वर जी फराख़ दिल...वे जानते थे मुझे 'सारिका' के दिनों से...वे मुझे भाई कहते थे, मैं उन्हें भाई कहता था। उन्होंने दूसरी और कहानियाँ शुरू कर दीं कि कोई कहानी पसन्द आए तो प्रोजेक्ट फाइनल कर दें। (भूषण ने एक कहानी सुनाई -शायद ए.जे. क्रॉनिन के किसी उपन्यास पर आधारित थी। शायद आधारित नहीं...उससे प्रेरित थे वे...वो कहानी पसन्द आ गई। वह 'मौसम' बनी।) फिर बड़ी समस्या हुई। हम महाबलीपुरम जा रहे थे। हमने कमलेश्वर जी को साथ ले लिया। मुम्बई में उनसे मुलाकातें होती रहती थीं। उठना-बैठना था। ओम शिवपुरी हमारे कॉमन दोस्त थे। तब तय हो गया कि कमलेश्वरजी 'मौसम' की कहानी लिखेंगे, जिसे भूषण ने वहाँ सुनाया था, इसलिए मैंने सुझाव दिया कि ड्राफ्ट साथ रख लें और हम इस प्रोजेक्ट पर काम करेंगे।

फ़िल्म स्क्रिप्ट राइटिंग एक अलग काम है। वह एक टीम वर्क होता है। मैं, कमलेश्वर और भूषण थे और साथ में प्रोड्यूसर मल्ली साहब थे। 'मौसम' डिस्कस करते-करते 'आँधी' की बात चलती और 'आँधी' की बात में 'मौसम' याद आ जाती। फिर यह तय हुआ कि 'आँधी' और 'मौसम' का स्क्रीन-प्ले हम बनाएँगे और कमलेश्वर जी इन दोनों पर उपन्यास लिखेंगे। वे कहानीकार थे, इसलिए इन दोनों पर उन्हें उपन्यास लिखने के लिए कहा...बल्कि 'मौसम' पर लिखे जाने वाले

उपन्यास का नाम मैंने दिया था—'आगामी अतीत'...इस तरह ये दोनों उपन्यास लिखे गए।

फ़िल्म के लिए एक निश्चित समय के भीतर स्क्रिप्ट तैयार करना पड़ता है। मुझे अपनी स्क्रिप्ट पूरी करनी थी। हम तीनों भोपाल चले गए। फिर वे कार से दिल्ली तक। दिल्ली से कमलेश्वर जी इलाहाबाद चले गए और भूषण मुम्बई। मैंने कहा, मैं तो 'आँधी' का फाइनल ड्राफ्ट पूरा करके ही होटल से बाहर जाऊँगा...उस होटल के वेटर का नाम था—जे.के.। उसने बहुत ख़िदमत की, मैंने कहा, 'मैं तुम्हें और तो कुछ दे नहीं सकता, बस हमारी फ़िल्म का हीरो जो मैनेजर है, उसका नाम रख देते हैं-जे.के.'। इस तरह मैंने उसे वेटर से मैनेजर बना दिया।

सिनेमा में अफ़साने के आदमी की सूरत बनाना बड़ा मुश्किल काम है। बड़ा कॉम्प्लेक्स, मुश्किल मीडियम है। टैगोर की कहानी पर 'काबुलीवाला' इतनी प्रभावी बनती है कि 'बलराज साहनी' एक्टर ध्यान नहीं रहता, काबुलीवाला ध्यान रहता है। लेकिन प्रेमचंद की कहानी पर बनी 'हीरा-मोती' फेल हो जाती है। अच्छी कहानी के बावजूद डायरेक्टर से भी कभी-कभी वैसी फ़िल्म नहीं बनती जैसी उम्मीद की जाती है। तो क्या वो डायरेक्टर कहानी के भीतर की स्पेसेज को नहीं समझता या साइलेंसेज को नहीं सुन पाता?

नहीं, आपका उस रचना से कम्युनिकेशन कितना हुआ है, यह महत्त्वपूर्ण है। और, जो आप तक कम्युनिकेट हुआ वो अपने दर्शकों के साथ आप कितना कम्युनिकेट कर पाए? क्योंकि अकेले में कहानी पढ़ लेना और ख़ुद तक कम्युनिकेट कर लेना अलग बात है। उसे नए माध्यम में लाखों के विशाल दर्शक समूह से कम्युनिकेट कर पाना अलग बात है। उनकी पूरी साइकी अलग है। उन्होंने पैसे दिए हैं आपको बर्दाश्त करने के लिए। जिस लिटरेरी लेवल पर आपने अकेले बैठकर टैगोर या प्रेमचंद के साथ कम्युनिकेट करती कहानी पढ़ी थी ये वो साइकी नहीं है। आपने जो अनुभव किया था उसमें जो बात अच्छी लगी तो कहा कि इस पर फ़िल्म बननी चाहिए। क्या वही

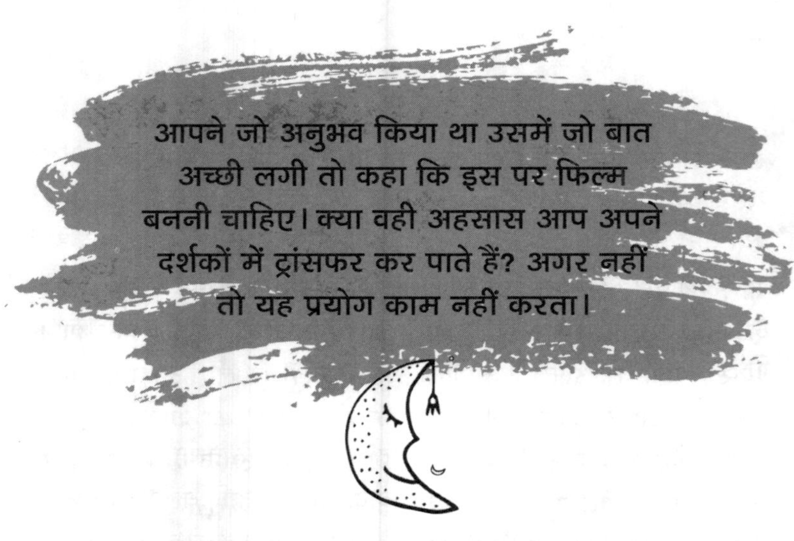

अहसास आप अपने दर्शकों में ट्रांसफर कर पाते हैं? अगर नहीं तो यह प्रयोग काम नहीं करता। कम्युनिकेशन के लिए आपको लगातार सतर्क रहना होता है। कभी ठीक नोट पर बात पहुँच जाती है। एक राग जिसके सारे सुर मालूम हैं वो भी हर बार नहीं जमता। वही कल्याण या मालकौंस सुनाया। वही तोड़े हैं, वही पलटे हैं, सुर हैं तो भी जो ताल जुड़ते हैं उनसे हर बार एक जैसा नैरेशन नहीं बनता। कभी हो सकता है, कोई बात मिस हो जाती है। आप उसी स्तर पर कम्युनिकेट नहीं कर पाते जिस स्तर पर ग्रहण किया था। फ़िल्म में वो मिस इसलिए हो जाती है कि आपको जो बात पसन्द आई, छूट गई, उसकी बजाय प्लॉट में फंस गए। आपको याद नहीं रहा कि वो रिएक्शन क्या था, वो कौनसा रसायन था जो आपको छू गया था। मगर आप कथा के जाल में रह जाते हैं। इसलिए जो चीज़ आपके भीतर अटकी रह गई थी वो भी कम्युनिकेट नहीं हो पाती।

कुछ सीन याद आते हैं जब 'प्लॉट' और 'सीन' की कशमकश महसूस हुई हो?

'गुड्डी' फ़िल्म में मोहन स्टूडियो वाला वाकया याद होगा? उसमें वो शॉट है जिसमें एक स्टिल फोटोग्राफर तस्वीर खींचने के पीछे पड़ता है। हृषि दा को वो इस्तेमाल करना था। तो कहा कि एक सीन बनाओ। वो सीन है कि स्टिल फोटोग्राफर कहता है कि ये तस्वीर नहीं बिकती है,

आपकी शक्ल बिकती है। मैंने सीन लिखा, पर कहा कि दादा ख़ामख़ाह ग्लोरीफाई कर रहे हैं। कोई मतलब तो नहीं बन रहा इस सीन का। ये क्या बात हुई? दिस इज टू मच...। ओवर सेंटीमेंटल...। पर दादा ने कहा कि देखो तुम सीन लिखो, टकराने की कोशिश मत करो। मुझे पता है कि क्या होगा। तुम तो बस सीन लिख के दे दो। हमने सीन लिखा, फ़िल्म ख़त्म होने तक भी वो सीन बोर ही लगा।

फ़िल्म रिलीज़ हुई तो पहले शो में दर्शकों की प्रतिक्रिया देखने गए। तो क्या देखते हैं कि सीन के ठीक बाद हाल में तालियाँ ही तालियाँ बज रही हैं। यानी जो हमें लेक्चर लग रहा था वो दर्शकों तक बात को मुक़म्मिल तरीके से पहुँचाने का माध्यम बन गया। हृषि दा जानते थे कि कम्युनिकेशन का प्वॉइंट क्या है। उनका विवेक इस बात को गहरे से समझता था और आप जानते ही हैं कि यही तो वह बात है जो हृषिकेश मुखर्जी को हृषिकेश मुखर्जी बनाती है। हृषि दा डायरेक्टर होने से पहले बेहतरीन एडीटर रहे थे, वे स्क्रिप्ट की चुस्ती, इकॉनॉमी को बड़ा ध्यान में रखते थे। बिमल दा मेरे गुरु थे और हृषि दा मास्टर जी।

आप कैरेक्टर को ख़ास पहचान देने के लिए कौनसे औजार अपनाते हैं?

वो लेखक की अपनी क्षमता है कि कितना कैसे डिलीवर कर सकता है। हृषि दा की 'आनंद' थी। एक कैरेक्टर को देखकर हीरो जब हॉस्पिटल में दाखिल होता है तो 'मोटे' कहते हुए निकल जाता है। मुझे लगा था, एक लेखक के तौर पर कि, ये कैरेक्टर जब हॉस्पिटल से निकलेगा तो यूँ ही पास नहीं हो जाएगा। इसके सामने कोई आएगा और ये जरूर कुछ रिएक्ट करेगा। तो आप एक संवाद दे देते हैं और वह चरित्रगत विशेषता बन जाता है। हृषि दा ने हमसे लिखवाया तो ये जानकर कि ये कैरेक्टर की डिटेल्स निकालता है। छह कैरेक्टर बोल रहे हैं तो छह अलग-अलग ज़बानें बोलेंगे। जैसे 'चुपके-चुपके' में अमिताभ हैं। उन्हें जो स्टाइल मिली है वो जावेद साहब की है। जैसे डायलॉग में...'वो तो मैं बोल ही दूँगा ना...।' ये जावेद साहब का स्टाइल है। बस, अमित को क्लू मिल गया और उन्होंने इसे बहुत ख़ूबसूरत अंजाम दिया। अमित

अकेले कलाकार हैं जो एक साथ एक्टर भी हैं और स्टार भी।

पर 'चुपके-चुपके' में ही धर्मेन्द्र का जो स्टाइल है वो?

धर्मेन्द्र की ख़ासियत है कि वे बहुत निश्छल इनसान हैं। वे आज भी वैसे ही हैं। उनमें एक मासूमियत है जो हर वक़्त चेहरे पर आ जाती है। इसी वजह से उनकी कॉमेडी जब भी होती है शानदार होती है।

मैंने 'देवदास' बनाने का सोचा था। उसके लिए जब धर्मेन्द्र को चुना तो यही मासूमियत उसकी वजह थी। चंद्रमुखी मेच्योर है और पारो भी बड़ी हो गई। मगर देवदास को न चंद्रमुखी भुला पाई, न पारो।

स्क्रिप्ट लिखते वक़्त कई परेशानियाँ भी आती होंगी। किसी थीम को लेकर आप पज़ेसिव होंगे, किसी कैरेक्टर को लेकर बड़ा मन किया होगा मगर उसे हटाना पड़ा।

मैं सैद्धांतिक रूप से बहुत निर्मम हूँ। मेरी दो-तीन स्टेजेज़ होती हैं। तीनों क्रिएटिव। एक तो वो जब मैं स्क्रिप्ट लिख रहा होता हूँ, बहुत सा मैटर, तमाम क़िस्म के विचार, सब डालता जाता हूँ। जिस वक़्त उसका स्क्रीन-प्ले बनता है बहुत सारे ख़ूबसूरत सीन और घटनाएँ मेरे सामने होती हैं। उसमें से मुझे कई को छोड़ना होता है क्योंकि वे स्क्रीन-प्ले का हिस्सा नहीं होंगे। उसके बाद शूटिंग शुरू करते हैं। शूटिंग स्क्रिप्ट में मैं कोशिश करता हूँ कि जितना लिखा है उसमें से अधिकांश बना रहे। मगर इंप्रोवाइज तो होगा ही। ये क्रिएटिव प्रोसेस होता है। स्मृतियों में जितनी चीज़ें होती हैं वे भी टकराती हैं। दूसरी स्टेज में स्मृतियाँ और विचार एकसाथ आते रहते हैं। तीसरी जब एडिटिंग टेबल पर बैठते हैं तो पिछला सारा का सारा भूल जाते हैं। सोचते हैं कि अब जो कुछ है ये एकदम नया स्टॉक है। ये फिर एक सामग्री है जिसमें से आप स्क्रिप्ट बनाते हैं, फ़िल्म बनाते हैं। तो जो छंटाई होती है उसमें, जैसे पहली बार सीन निकाले, उसी में से फिर और आगे कटने शुरू होते हैं।
आपको तो कई घटनाएँ पता हैं लेकिन अब जब एक साथ देख रहे हैं तो

वो उस तरीके से आपको पकड़ नहीं रहीं। कहीं लगा कि गति को कोई चीज़ डिस्टर्ब कर रही है। ऐसे में कई सीन ही कटकर निकल गए। कहा भी जाता है कि फ़िल्म हमेशा दो टेबल पर बनती हैं एक राइटिंग टेबल पर और दूसरे, एडिटिंग टेबल पर।

तो कोई ख़ास सीन याद आते हैं जिन्हें न चाहते हुए भी स्क्रीन-प्ले की चुस्ती की खातिर निकालना पड़ा।

'माचिस' में एक सीन है। चंद्रचूड़ दोस्त के घर बैठा है। उस प्रोफ़ेसर के पास जाने से पहले वह अखबार देख रहा है। दोस्त पूछता है कोई ख़बर मिली...? आज उन्नीस मारे गए कल छब्बीस थे। सीन के लेवल पर इसमें बात थी लेकिन वो हिस्सा निकालना पड़ा। जो होल्ड चाहिए था वो नहीं बनता था।

सीन दूसरों की मर्ज़ी से भी निकाले, जोड़े जाते हैं?

यह सब फ़िल्म मीडियम का हिस्सा है। इस माध्यम की सबसे बड़ी तकलीफ़ यही है कि ये पूरी तरह आपका नहीं है। इसमें हर आदमी का दखल है। जैसे क्रिकेट सब खेलते हैं ना, हर आदमी अपनी तरह से खेलता है। फ़िल्म भी हर आदमी अपनी तरह से करता है। वहाँ आप हर खिलाड़ी को रिप्लेस नहीं कर पाते। यहाँ भी वही हाल है। पहले प्रोड्यूसर कुछ करता है, फिर डिस्ट्रीब्यूटर करता है, फिर एक्जीबिटर करता है। सीन लिखते कुछ हैं, हो जाते कुछ हैं। हर आदमी के पास अपनी एक फ़िल्म होती है। हालाँकि कहने को कुल मिलाकर एक फ़िल्म बन रही है।

लेकिन आप पर किसी प्रोड्यूसर का दबाव रहा हो ऐसा लगता नहीं है। आपकी फ़िल्में कुछ अलग तरह की फ़िल्में हैं और वे अपनी तरह से बनकर दर्शकों तक पहुँची और वे सफल भी हुई हैं।

वजह यह है कि मैं पहले स्क्रिप्ट पूरी लिखकर सुना देता हूँ कि साहब

हम ये बनाएँगे। लेकिन इसका मतलब यह नही कि इसके बाद कुछ होता ही नहीं। कुछ न कुछ हो जाता है। जैसे 'हू तू तू' में बहुत ज़्यादा हुआ। उसके कुछ रेफरेंसेज़ ही निकल गए। पहले जो फ़िल्म बनाकर दी थी उसमें से 'ये निकाल दीजिए, वो निकाल दीजिए...' चला। वो काफी खराब अनुभव था। फ़िल्म देखकर ऐसा लगता है कि कहीं जोड़ टूटे हुए हैं। क्योंकि सुहासिनी मुले का जो कैरेक्टर है, उसका आधार गहरा है। वह एक टीचर है गाँव में। उसके कैरक्टर की ग्रोथ कैसे हुई? उसे कैसे सत्ता का चस्का लगा...? लेकिन वो सारे डिटेल निकल गए। वो ठीक एक्सपीरियंस नहीं था।

'मौसम' में शर्मिला टैगोर और संजीव कुमार का एक सीन है। एक 'वेश्या' को घर में लाया गया है। लेकिन यह कोई ग्राहक नहीं लाया है। एक पिता लाया है उसके लिए यह 'वेश्या' नहीं उसकी प्रेमिका की बेटी है। गा रही है—बलम जरा हटके...। सीन में जबर्दस्त तनाव है कि लड़की अपने पेशे के लिहाज़ से व्यवहार कर रही है और नायक पिता के भाव में एक गहन पीड़ा से गुज़र रहा है। इस तनाव को आप कैसे लाते हैं?

जिस तनाव की आप बात कर रहे हैं वह सचमुच एक फ़िल्मकार के स्तर पर चुनौती थी। मुझे लगता था कि आपने जरा सा भी 'ओवर' किया तो सीन खराब हो जाएगा। सबसे बड़ी करामात जो करनी थी वो यह कि दर्शक को आप विश्वास में लें। तो, तीनों पत्ते दिखा दिए कि भई, 'ये' आदमी है, ये 'इसे' घर पर लेकर आया है। वरना 'वो' तो उससे बात तक करने के तैयार नहीं थी। लेकिन जब लाया है तो बेटी की तरह लाया है। ये बात आपने दर्शकों को बता दी कि ये उसकी बेटी नहीं है पर बेटी की तरह है और ये असलियत लड़की जानती नहीं है, उस पर चिढ़ी हुई है। आपको दोनों तरह के व्यवहार, 'बिहेवियरल पैटर्न' दिखाने हैं। जो नौकर पीछे से देख रहा है कि मालिक क्या कर रहा है, वो दर्शक है। इस दर्शक की जो उत्सुकता है वो ये है कि अब ये करेंगे क्या? कहीं एक लेवल पर आपने आइडेंटीफाई किया होगा उस नौकर में कि वो क्या देखता है। सिर्फ़ नौकर को ही पता है अपने कोण

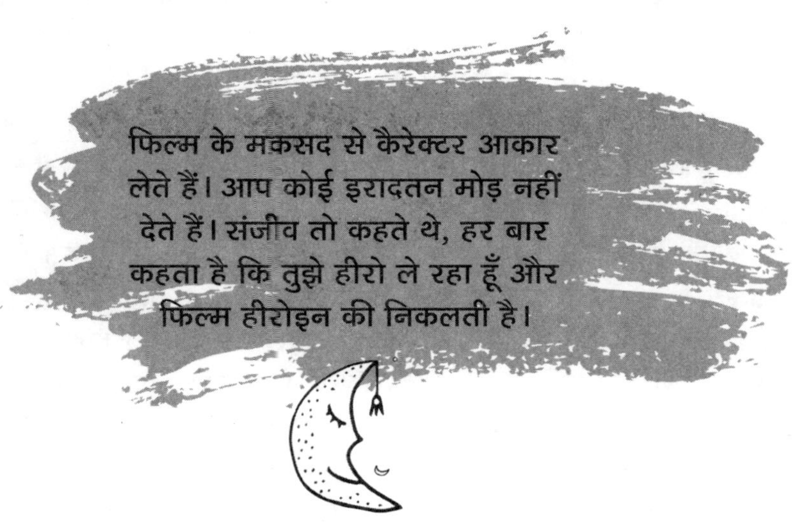

से कि इनका रिश्ता क्या है। जो दर्शकों को पता है, जिसके भरोसे मैं बाँध के रखता हूँ, वो टें है कि देखें अब इस सीन का अन्त क्या होगा? उस जगह मैं हूँ कि मैं बता नहीं रहा दर्शकों को, कि इसमें होने वाला क्या है? मेरे हाथ में चार धागे हैं, एक भी ज़्यादा खिंच जाए तो गड़बड़ हो जाए। मेरे ख़याल में असली काम यही है कि आप किस अनुपात में और कितनी नजाकत से इसे निकाल ले जाते हैं। लड़की की जबान देखिए...साला के बग़ैर कोई बात ही नहीं करती। किसी बात पर वो वादा करती है कि गाली, चलो तुम्हारे सामने तो नहीं बोलूँगी। इतना जटिल किरदार है। इसलिए आसान नहीं था उस सीन से गुजरना।

'आँधी' में भी ऐसे कई सांकेतिक दृश्य हैं। जैसे संजीव होटल में बरसों बाद नायिका से मिल रहे हैं। उस जगह के लोगों के सामने उनका रिश्ता खुला नहीं है। वे पास से गुजरते हैं। पैर से गिलास गिरता है। बड़ी विचित्र सिचुएशन है। पति-पत्नी हैं...पत्नी के पास का, शराब का खाली गिलास गिरता है। वो सीन डालने का ख़याल कैसे आया?

फ़िल्म में शुरू में जो लड़की सिगरेट पीती है, शराब पीती है वो गाली भी देती है। ये जो सारे सिंबल हैं हमारी वास्तविक ज़िन्दगी में अच्छी लड़की के सिंबल नहीं हैं। मेरा ख़याल था कि किसी लेवल पर मैं इसमें से निकल जाऊँ। क्योंकि असलियत वह नहीं है जो हम एक सख़्त आदर्श के रूप में देखते हैं। कुछ निश्चित सामाजिक व्यवहार के

स्तर हैं। सोश्यल बिहेवियर पैटर्न हैं। आप वाइन तो ले रहे हैं। लेकिन भद्रता उस कैरेक्टर में ये है कि पति के आने पर वो ग्लास एक तरफ़ रख देती है। ये उस चरित्र की ख़ूबी है। उस सीन की ख़ूबसूरती बस इतनी सी है। पीने की बात बड़ी नहीं है, लेकिन सिर्फ़ इस बात से अर्थ निकलता है कि यही वो लड़की है जिसे सबसे पहले आपने चाहना शुरू किया और इसी तरह पाया। आज वो एक मुक़ाम पर बैठकर काम कर रही है। सीन में एक ऐश ट्रे भी थी लेकिन वो सीन कटवा दिया गया। सामान्य रूप से देखें तो स्त्री ऐसा क्यों नहीं कर सकती? अगर वो लेखक है तो, यदि पुरुष लेखक को लिखने के लिए एक सिगरेट चाहिए तो स्त्री लेखक सिगरेट क्यों नहीं माँग सकती ? मगर यहाँ सवाल ट्रीटमेंट का है। बल्कि कहना चाहिए कि यह ट्रीटमेंट से भी ज़्यादा का है। सेंसर वालों ने सिगरेट वाले सीन को पास नहीं किया। मैं समझता हूँ कि 'आँधी' में एक पॉलिटिकल कमेन्ट भी देखा जा सकता है और वह कैरेक्टर के साथ कैरेक्टराइजेशन के एक हिस्से की तरह प्रकट भी होता है। लेकिन बेसिकली वह एक पति और पत्नी के बीच अटूट भावनात्मक सम्बन्धों को प्रदर्शित करती है। रिश्ते जो इतने भीतर तक जुड़े हुए हैं, अपनी इम्पोर्टेंस को साबित करते हैं। बरसों बाद भी जब वह लौट रही थी तो उसे अपने कमरे में हर चीज़ वैसे ही मिलती है, जैसी उसे पसन्द है। वहाँ मन के अन्दरूनी तूफ़ान, स्वाभिमान की ऊँचाई और इन सबसे ऊपर रिश्तों की गर्माहट चित्रित करने की कोशिश की हमने। अन्त में जब आरती जीत के बाद भी राजनीति में जाने से मना करती है तो अशोक क्या कहता है? 'मैं तुम्हें हारते हुए कैसे देख सकता हूँ?' यही चीज़ है जो बताती है कि सामान्य मीटर से दो लोगों के बीच के रिश्तों के रहस्य आदि को आप माप नहीं सकते।

इस फ़िल्म में ही एक गीत है—'तेरे बिना ज़िन्दगी से कोई शिकवा तो नहीं।' आमतौर पर एक आवाज़ में पार्श्व में कोई गीत चलता रहे और सीन में कैरेक्टर किसी ख़ास स्थिति को दर्शा रहे हों, यह तो होता है लेकिन यहाँ 'डुएट' है। कैरेक्टर गा नहीं रहे लेकिन अन्तरा पूरा हुआ तो आपस में संवाद से जैसे उसी भाव की कड़ी को आगे

बढ़ा देते हैं- ये जो बेलें देख रही हो ना- ये बेलें नहीं, अरबी में आयतें लिखी हुई हैं...

जो पूरा बोलकर कहते तो बड़ा ड्रामेटिक और उथला हो जाता। दोनों के भीतर कहीं एक ही बात चल रही है और दोनों चुप हैं मगर एक फ्रीक्वेंसी पर भीतर ही बात भी कर रहे हैं। ये जो ख़ामोशी है, वो बोल रही है। वह कन्टीन्यूटी, अन्तरे के बीच कही गई कुछ लाइनों से पूरी हो जाती है। यह खूबसूरती है, इन्टेंसिटी की, रिश्ते की, जज्बात की।

फ़िल्म देखकर कई लोगों को इंदिरा गांधी की याद आती है। संजीव कुमार का कैरेक्टर बहुत ऊपर जाकर खुलता है। उसका गुस्सा लगातार बना हुआ है, लेकिन प्रेम के बीच पकता है। यह एँगर आप कैसे पकड़ पाते हैं?

ये सच्चाइयाँ हैं, हर जीवन में होती हैं। रिश्तों की कहानियों में यह अक्सर होता है। 'मेरे अपने' में भी एक एँगर थी, लेकिन उस पर अन्ततः प्रेम छाता है। रिश्तों को जानने के लिए उतरेंगे तो यह बात अपने-आप उभर आएगी। जहाँ तक इंदिरा गांधी का सवाल है, हमने एक पॉलिटिकल बैकग्राउंड चुना था, वो इंदिरा गांधी की कहानी नहीं थी पर जो रोल मॉडल मौजूद थे, मजबूत महिला पॉलिटिकल लीडर के, उनमें इंदिरा गांधी को तब एक इंस्पीरेशन के तौर पर देखते थे। सीधे इंदिराजी का कोई लेना-देना न था। पर इसी हवा में 'आँधी' को बैन का सामना करना पड़ा था।

आपकी फ़िल्म में स्त्रियाँ हमेशा अलग तरह से क्यों आती हैं?

इसलिए कि वो जिन्दगी का मरकज़ हैं। 'ख़ुशबू' में कुसुम का कैरेक्टर बहुत अच्छा है। पंडित मोशाय-नॉवेल में जो उसका स्वाभिमान है, आत्मसम्मान है एकदम उठकर आता है। एक तरफ़ स्वाभिमान है। एक बेटा है जो गले में सलाख की तरह फंसा हुआ है। कहती है, पति मानती हूँ मैं, मगर क्या तुमने उस अधिकार को माना? कैरेक्टर्स

अपना दायरा, अपना स्वाभिमान माँगते हैं लेकिन रिश्तों की डोर से भीतर तक बंधे भी हैं। उस ऊँचाई को, प्रेम की गहनता को देखिए। 'आँधी' में ऐसा नहीं है कि सिर्फ़ हीरोइन अन्ततः पॉलिटिक्स छोड़कर हीरो से आ मिली है। हीरो भी कहता है, 'जाओ, मैं तुम्हें हारते हुए नहीं देखना चाहता।' ज़िन्दगी में बार-बार हैरत में डाल देने वाला कोई नया पहलू खुलता है, यही तो इनसानी रिश्तों की अनूठी खूबसूरती है। 'हू तू तू' में सुहासिनी का कैरेक्टर बहुत जटिल है। 'गुड्डी' की गुड्डी मेरी प्रिय पात्र है। स्त्रियाँ रिश्तों की धुरी होती हैं, वे हमेशा ही अलग होंगी। माँ, पत्नी या बेटी—जो भी हों। 'नमकीन' से लेकर 'इजाज़त' और 'लिबास' तक उनकी उपस्थिति आप महसूस कर सकते हैं।

फ़िल्म के मक़सद से कैरेक्टर आकार लेते हैं। आप कोई इरादतन मोड़ नहीं देते हैं। संजीव तो कहते थे, हर बार कहता है कि तुझे हीरो ले रहा हूँ और फ़िल्म हीरोइन की निकलती है। यह कहानी के मिज़ाज से आता है। अभी जो लिबरल या नई स्त्री की बात फिल्मवालों के बीच की जाने लगी है उसे असल ज़िन्दगी से मिलाकर देखिए।

असल ज़िन्दगी में औरतें कहीं ज़्यादा बदल चुकी हैं—फ़िल्मों में तो यह परिवर्तन धीमी गति से दिखाई दिया। वास्तविकता में स्त्रियों ने अपना सशक्तिकरण ख़ुद पाया है। वे नए व्यवहार कर रही हैं, उनकी जीवनशैली और रिश्तों से अपेक्षाएँ मुखर हुई हैं। मगर लोग फ़िल्मों में बड़ी मुश्किल से बदलते हैं। या फिर कुछ सतही, अल्ट्रा-चेंज जैसा होता है। 'फिलहाल' की स्क्रिप्ट जब बोसकी लेकर गई तो दो मशहूर सितारों ने उसे कई दिन इंतज़ार करवाया। दोनों बड़े सेंसेटिव, मॉडर्न और कामयाब कहे जाते हैं मगर उन्होंने यह कहकर इन्कार कर दिया कि यह कहानी नहीं करेंगे। यह नहीं होता। यह नहीं चलता। सरोगेसी उन्हें ऑडियंस के हिसाब से रिस्की, बहुत आगे की, परंपरा टूटने के डर वाली लगी। हालाँकि दोनों ही पर्सनल लाइफ में इसी तकनीक से बाद में पिता बने। प्रोग्रेसिव दिखाई देते रहना और अपने पेशे में कलात्मक साहस दिखाना—दो बातें हैं। इंडस्ट्री और बाजार में कई क़िस्म की

मुश्किलें, हदें और दोहरापन सामने आता है। आपका चुनाव क्या है, आपका मिज़ाज क्या है, यह आप पर निर्भर करता है।

आपने जितेंद्र को मूँछें लगा दी थीं। एकाध बार धर्मेन्द्र को भी लगी दी थीं। तो आप ये जो मूँछें लगाते हैं या कभी मोटे फ्रेम का चश्मा पहना देते हैं। तो इन्हें अपने जैसा बनाने का इरादा होता है या कुछ और।

'मूँछें नहीं तो आदमी नहीं।' 'गोलमाल' के उत्पल दत्त का डायलॉग है न। मूँछों के बग़ैर तो ब्लैंक लगता है चेहरा...। हाँ, लेकिन असल बात यह भी है कि उनकी जो बन चुकी एक इमेज है उससे हटाने की कोशिश होती है। वरना देखने वाले को तो वही जितेंद्र लगेगा, वही नसीर लगेगा। आप मूँछों के जरिए हल्के से उन्हें पहले से अलग कर देते हैं।

ऐसा लगता है कि आपको प्रौढ़ और मैच्योर लोग पसन्द हैं। आपकी प्रेम कहानियाँ भी बड़ों की प्रेम कहानियाँ हैं। क्या इसलिए कि वे रिश्तों की जटिलताएँ समझते हैं।

जो आप एटीज (80) की टीनएज़ की प्रेम कहानियाँ देखते हैं उनमें टीन कहीं होते हैं? राज साहब ने बनाई थी 'बॉबी'। उसके कैरेक्टर टीन लगते थे। दरअसल टीनएज का एक बिहेवियरल पैटर्न भी है। उसमें भी कोई वैरिएशन नहीं आया। कोई नई बात नहीं आती। हर बार चीजें एक ही गली से गुजर जाती हैं। मैच्योर में रंग है, रिश्तों में जटिलताएँ हैं। उन जटिलताओं से जीवन के नए रंग दिखते हैं।

यानी, शाहरुख और ऋतिक रोशन के प्रेम के मुकाबले 'कोशिश' का प्रेम ज़्यादा इंटेसिव है। यानी सादा जीवन में भी आपको दुर्लभ चरित्र चाहिए?

यह कोई ज़िद नहीं है। लेकिन कोई अलग बात आपके पास होगी, तभी तो कहेंगे। जो सब में है, जो सामने है वही बात मैं दोहराऊँ तो कोई बात, कोई माने नहीं बनते।

आपकी फ़िल्मों में क्रांति, आदर्श, मर्यादाएँ, रिश्ते और सपने कहीं न कहीं ज़रूर उपस्थित रहते हैं। जहाँ भी संभव हो कुछ मूल्यों या मध्यवर्गीय आदर्शों के संकेत पकड़े जा सकते हैं।

मिडिल क्लास जिसमें मैं रहा हूँ उसकी वाइब्स, तौर-तरीके और समझ, मैं जानता हूँ बड़े स्वाभाविक रूप से। नीचे का तख्ता यानी निम्न मध्यवर्गीय अनुभव हैं मेरे। मैं जिस तरह के लोगों से मिला हूँ, जिस तरह के वातावरण और सच्चाइयों से रूबरू होता हूँ, जिन्हें मैं आसानी से अपनी संवेदनशीलताओं के साथ पकड़ सकता हूँ वो यही क्षेत्र है। मेरी कहानियाँ भी ज़्यादातर उसी वर्ग के बीच घूमती हैं। कभी-कभी उसमें कुछ फ़्लैशेज़ उच्च वर्ग के भी आ जाते हैं। कहीं निम्न वर्ग के भी आते हैं लेकिन कहानी का मुख्य क्षेत्र वो है जहाँ मैं बड़ा हुआ हूँ, जिसका मुझे तजुर्बा है।

इस वर्ग के लोगों में एक ख़ास तरह की ईमानदारी है और झूठ का एक मुलम्मा भी जिसे अपने ऊपर यों चढ़ाए रखते हैं कि उसके अन्दर अपनी इज़्ज़त, अपना लिहाज़ किसी तरह बनाए रखें। ये ईमानदारी भी है और एक वज़ादारी भी। लिहाज़, इज़्ज़त और सोसायटी में ईमानदारी से जीने का मॉरल दबाव उन्हें मुलम्मा चढ़ाने पर मजबूर करता है।

यही तबका है जो सबसे ज़्यादा चीज़ों का सामना करता है क्योंकि न गिर पाता है और न उठ पाता है। इसलिए मेरी कहानी और उसके किरदार मिडिल क्लास के हैं तो उनका सेंस ऑफ़ ह्यूमर भी वैसा ही है। बड़ी लज्जा रखते हुए, लिहाज़ के साथ, एक ख़ास हद में उनका हास्य होगा।

यह बात बड़ी दिलचस्प है और गौर करने काबिल भी कि उस तबके की पीड़ाएँ भी बहुत हैं। लिहाजा छोटी-छोटी बात से ख़ुश हो जाते हैं जैसे कोई आ रहा था तो माँ ने घी और गुड़ से कुछ बनाकर भेज दिया। कहा, हवाई जहाज से जा रहे हो खराब नहीं होगा। कभी बात करते, हँसते-हँसते रो पड़े। छोटी-छोटी खुशियाँ और छोटे-छोटे दुख। भावनाओं के ज्वार और विवशताओं के मुलम्मे। किसी और तबके में ये नहीं हो

सकता। 'बावर्ची' याद है आपको? एक घर है और सारे कैरेक्टर जिन्दा है, मगर खिंचे-खिंचे से। दोनों भाइयों के बीच कड़वाहट को वह ज़रा सी समझदारी से ठीक कर देता है। इसे यह दिया, उसे वह बताया। दोनों में प्रेम की मूल भावना फिर से जाग गई। बावर्ची (राजेश खन्ना) कहता है, मैंने कुछ नहीं किया। आप में प्रेम तो था ही, ज़रा सी धूल जम गई थी, वह मैंने हटा दी बस! 'बावर्ची' एक कामना है भीतर की। कभी लगता है कि छोटे से तबके में इतनी स्ट्रगल है कि इमोशन के लिए जगह ही नहीं है। ये कॉम्प्लेक्सिटीज़, ये जटिलताएँ मुझे आकर्षित करती हैं।

'नमक हराम' में रज़ा मुराद का कैरेक्टर है। वो मज़दूरों के प्रतीक से मध्यवर्गीय क्रांति का स्वप्न देखने वाला शायर है। उसके संवाद भी उस दौर की इच्छाओं से बड़े मेल खाते हैं।

हाँ, क्रांति के स्वप्न उस वक़्त के प्रिय स्वप्न थे। मज़दूरों के संगठन इसी ख़्वाब के हिस्से थे। पर सच्चाई यह है कि आपने देखा होगा, मिडिल क्लास राशन के लिए तीन दिन लाइन में खड़ा रहेगा लेकिन उससे गोदाम का ताला नहीं टूटेगा। वहाँ गुस्सा अपनी सीमाओं के साथ है। सिर्फ़ इसी वजह से इंकलाब नहीं आता इस मुल्क में, वरना नया रिवॉल्यूशन हो गया होता।

विपिन लाल का डायलॉग है—पता नहीं इंकलाब कब आएगा? कैसे आएगा? यहाँ के लोग भी तो शांतिपरस्त हैं, उन्हें खाने को न मिले तो खाने की दुकान के सामने बैठकर, भूख लिए शांति से मर जाते हैं।

उन दिनों ऐसे कैरेक्टर हाथोंहाथ मिल जाते थे। लेकिन अब तो मिडिल क्लास भी बदल रहा है। मुख्य धारा की फ़िल्म के मुख्य चरित्र भी तो समाज के साथ-साथ बदलते जाते हैं। अब तो झूठ को हथियार बनाकर काम निकाल ले जाने वाला 'दिलवाले दुल्हनिया' का शाहरुख खान है। आप जैसे डायरेक्टर वक़्त के साथ कैसे अपने को अलग करके देखते हैं? वरना आपने देखा होगा कि बहुत से लोग कितने ही आदर्श होंगे, इतिहास में रखने की चीज़ हो गए।

यहाँ इस दौर को भी डिफाइन करना पड़ेगा। अगर आप आगे निकल जाएँगे तो मुड़कर देखेंगे कि फ़िल्में तो बनीं लेकिन उनमें वास्तविकता नहीं है। जब यथार्थ नहीं है तो ये क्यों बन रही हैं और इतनी तादाद में क्यों बनी? और अगर वास्तविकता इनमें थी तो वो इस तरह नज़र क्यों नहीं आई जैसी होती है, वो थी कहाँ? इसे कैसे डिफाइन करें? ये जो दौर है उसमें तेजी लगती है। फास्टफूड ज्वाइंट्स हैं। तेज़ म्युज़िक है। तेज़ रफ्तार है। तेज़ परिवर्तन है। जो कुछ कथित रूप से जीवन में इतना तेज़ है वो सब फ़िल्मों में भी है तो इतनी तेजी में गहराई की जगह कहाँ है? इमोशंस कहाँ हैं? ना गीत में, ना पिटाई में। बाप-बेटे दोनों स्मगलर हैं। ये 'प्रॉक्सी आइडेंटिटी' है। लेकिन ये सिर्फ़ सिनेमा में नहीं है। ये समाज की पूरी अवस्था में है। आप भावनाओं से भागने की कोशिश कर रहे हैं। विचारों और जिम्मेदारी से पलायन कर रहे हैं कि सामना मत करो निकल चलो...। राजनीति, चुनाव, शिक्षा, मीडिया, बिजनेस, दुकानदारी जहाँ तक आप सोचते हैं, पूरी कोशिश है कि यथार्थ से भाग चलो। सिर्फ़ सिनेमा अकेला नहीं है...संगीत भी इतना जोर से बजाओ कि उसमें विचारों और भावनाओं की जगह न रहे।

मैं जब 'सत्या' में यह कहता हूँ कि 'गोली मार भेजे में, भेजा शोर करता है' तो उसकी परेशानी ये है कि भेजे की अगर सुनेंगे तो मरेंगे। सुनने का वक़्त नहीं है। कोई भी भाई उठकर आके कहता है ये कर डालो, वो कर डालो, इसको वहाँ पहुँचा दो। तो कौनसी स्पिरिट और वैल्यूज़ की बात कर रहे हैं ये? भावनाओं, मूल्यों की बात कहाँ से हो, सबके हाथ-पाँव फूले हुए हैं। हम सब भागने की कोशिश कर रहे हैं, यहाँ तक कि अपनी ज़िन्दगी से भी भाग रहे हैं और एक डर है भीतर कि कहीं रुक न जाएँ। वरना पड़ेगी ज़िन्दगी की एक मार। हम आत्मा को 'डॉज' दे रहे हैं। बस, यही सब है।

लेकिन आपको जौहर-चोपड़ा और बड़जात्या भी तो दिखते होंगे? वहाँ तो शानदार कपड़े हैं, गहनें हैं, खूब नाच -गाना है, इमोशन है, परिवार नाच-गा रहे हैं...

पहले प्रोड्यूसर और डायरेक्टर इकट्ठा होते थे इसलिए कि एक ऐसी फिल्म बनानी है, क्योंकि उस सब्जेक्ट में उनका पैशन साझा था। अब सब्जेक्ट की बाज़ार वैल्यू क्या है, पहले इस पर सेशन होता है।

उनसे पूछिए कि वो जो कह रहे हैं क्या वो सच है? क्या सचमुच में ऐसा हो रहा है या आपको बीच में एक सेलेबल सिचुएशन पकड़ में आ गई है, कि सारे शोर में एक नीम की छाँव पड़ी हुई है उसे बेच डालो। कहीं तो वो एरिया है ही, कुछ क्लास तो है, भले ही पूरे समाज में न हो। वो माँ की कटोरी में चूरी पड़ी हुई है। उसे इस वक़्त काम में ले डालो। कहीं आपकी ये कोशिश भी तो अवचेतन में होती है कि इस तूफान को गुज़र जाने दो। अवचेतन में रहता है कि चलो किसी तरह छत बचा लो बाकी बाद में बचा लेंगे। क्योंकि ये भी हाथ से निकल गया तो बचाने के लिए कुछ भी नहीं बचेगा। कहीं एक बेचारगी का भाव भी है। इसलिए किसी एक वक़्त क्लिक कर गए, दोबारा वही किया तो नहीं भी हुए। अगर कामयाबी का एक फार्मूला बन जाता और पता होता कि ये क्लिक कर जाएगा और ये नहीं होगा, तो सारे पीर हो गए होते। दुनिया रहने के काबिल न होती, यदि जीने के बारे में हर चीज़ की पहले से भविष्यवाणी हो जाती। लेकिन ये सब एक वक़्त में होता है। हम उसे स्थितियाँ कहते हैं। मैं जब यह कहता हूँ तो इसलिए नहीं कि मैं जानकार हूँ। ये सब एक मोटा सोच है मेरा, फ़िल्म बनाने के वक़्त यह पीछे-पीछे चलता रहता है।

रोमाँस से, लव अफेयर के हिसाब से नहीं, एक कन्सेप्ट के तौर पर, हमेशा एक आदर्श जुड़ा हुआ होता है। आज की दुनिया में वह आदर्श पिछली सीट पर चला गया है। व्यावहारिक यथार्थवाद, रूमानियत से

ऊपर खड़ा है। इतनी तेजी से सब घट रहा है कि उस आदर्श रोमाँस को भी थोड़े आराम की जरूरत है।

अच्छे सिनेमा और बुरे सिनेमा का प्रतिशत क्या मुख्य धारा में उलट नहीं गया है।

बात थोड़ी सब्जेटिव है। जैसे आप डायरेक्टर या राइटर की बात करते हैं तो एक आदर्श डायरेक्टर या राइटर की बात करते हैं। लेकिन हम अभी जो बात कर रहे हैं वो मास प्रोडक्ट—जनप्रिय चीज़ की है। इसलिए अच्छे और बुरे को उन्हीं अर्थों में देखना होगा।

दर्शक ग्रो करता है, समाज प्रोग्रेस करता है, कलाओं के रूप भी उसी तरह प्रयोगों से गुजरते हैं। एक वक़्त बामक़सद सिनेमा भी इंडिविजुअल कोशिशों का नतीजा था। उन्होंने अपने फॉलोअर तैयार किए। एक वर्ग तैयार हुआ जो उसे एप्रिशिएट कर सकता था। पर इनका एक डायरेक्टर, एक प्रोड्यूसर, एक रैपो था। जैसे लिटरेचर की किताब में बात करते हैं, वैसे फ़िल्म में किताब हो गई और लोगों में एक वर्ग को वह रुचने भी लगी। मगर इसकी सीमाएँ हैं। ये एक दायरे में, एक शख़्सीयत के इर्द-गिर्द रह जाती हैं।

कई फ़िल्में हैं जो हटकर थीं, उस दौर की, जिसे अलग सिनेमा कहा गया, जो मेरी समझ से याद रह जाती है और कामयाब भी रहती हैं। जैसे मोहन जोशी हाजिर हो, सारांश...।

'मोहन जोशी हाजिर हो' की थीम बड़ी ख़ूबसूरत थी, पर उसके फ़ॉर्मेट से मेरा थोड़ा इख़्तलाफ़ है। बात गम्भीर थी, मगर बीच में कहीं लगता रहा कि सईद साहब अपने ही कथ्य पर हास्य नाटक कर रहे हैं। हालाँकि कुल जमा फ़िल्म बेहद मीनिंगफुल थी और भीष्म साहनी साहब तो लाजवाब थे—सबकी एक्टिंग ने, फिल्मकार की ताक़त ने हमारे लीगल सिस्टम की हार्टलेसनेस, हृदयहीनता को हमारे अनुभव का हिस्सा बना दिया। मुझे जो थोड़ा सा अखरा वह यह कि इसमें कैरिकैचरिंग ने गुस्से

को उबाल तक आने न दिया। इसमें उठाई समस्याएँ तो असली हैं, मगर वकील जैसा व्यवहार करता है, वे नकली लगने लगती हैं। गुस्सा गायब हो जाता है, पिघल जाता है।

'होली' थी केतन मेहता की, सोचने पर मजबूर कर देती थी। 'सारांश' की थीम भी अच्छी थी, मगर वह अलग-अलग टुकड़ों में जीती है। कुछ हिस्से तो बेमानी हो जाते हैं। हो सकता है इसके कोई इंटैलेक्चुअल मीनिंग हों जो मुझे समझ न आए हों। मगर जिस सच्चाई को लेकर 'सारांश' का हीरो लड़ता है वह दो जगह आती है—एक बार मिनिस्टर के यहाँ, एक बार कस्टम वाले सीन में। दोनों जगह वह रोता है। यानी आप व्यवस्था के विरुद्ध आक्रोश लेकर चलते थे और दूसरी दुनिया की बातों पर पहुँच गए। इस तरह फ़िल्म का एक हिस्सा संगत हो गया, दूसरा असंगत। मगर यह कामयाब फ़िल्म थी। इसमें जनता का दबा हुआ गुस्सा अच्छी तरह उभर कर आया था। ख़ामख़्वाह का ग्लैमर भी नहीं था, सब सहज था, सादा था, कैरेक्टर्स से ऑडियन्स एक हो जाता था।

श्याम बेनेगल की कई फ़िल्में हैं। तिल-तिल कर के टूटती ज़िन्दगी को दिखाती थी मृणाल सेन की 'खंडहर'। पूरी टूटन को जिस खूबसूरती से घटित किया गया है, उससे फ़िल्म निहायत ऊँची बन गई है। अगर उसमें कुछ दोहराव कम होता और लम्बाई कम हो जाती तो और अच्छा होता।

आजकल नए विषय उठाए जा रहे हैं, प्रयोग भी हो रहे हैं और सिनेमा मीडियम के तौर पर मैच्योर होता दिखता है। तकनीकी तौर पर चीज़ें बहुत आगे की हो गई हैं। विषय भी नए खुले हैं। काल्पनिक कथाओं से लेकर बायोग्राफिकल तक, काफी कामयाब प्रयोग हो रहे हैं। नए, नौजवान बहुत ताज़ा हवाएँ लेकर आने की कोशिश कर रहे हैं।

अब तो कॉरपोरेट भी क़ायदे से मैदान में हैं।

आज जैसे वक़्त बदला है, सोसाइटी, पॉलिटिक्स, सिस्टम, जनता की समझ, सब कुछ बदला है। इकोनॉमी बदल रही है, इन्फॉर्मेशन टेक्नोलॉजी ने करिश्मा किया है तो सिनेमा के कारोबार में भी कुछ व्यवस्थित बदलाव आए हैं। ब्लैक मनी आती थी, पता ही नहीं चलता था कि तस्करी के जरिए या बिल्डरों के जरिए कौनसा धन कमाया गया है जोकि चैनलाइज होकर यहाँ आ रहा है। अब कॉरपोरेट बने तो बैंक इन्वॉल्व हुए, बैंक आए तो सीधे बिजनेस की बात हुई, फाइनेंस ऑर्गेनाइज्ड हुआ तो फ़िल्मों में पैसे लगाने का जो 'गैम्बलिंग एलीमेंट' था—वह छंटने लगा। अब गुंजाइश बनी की आप स्क्रिप्ट किसी कॉरपोरेट के पास ले जाइए, आपको प्रयोग करने का अवसर मिल सकता है। मल्टीप्लेक्स हैं। वितरक और प्रदर्शक का काम बदल गया है। बड़ा बिजनेस ओरिएँटेड सिस्टम खड़ा हो गया है। बुकिंग से लेकर कोल्ड ड्रिंक तक, मनोरंजन एक जबर्दस्त समान्तर व्यवसाय है। सबके लिए अवसर हैं, तकनीक है, छोटे-बड़े सभी विचारों के लिए इंटरनेट है। बड़ा रिवॉल्यूशनरी लगता है। पर एक चीज़ ज़रूर है, फ़िल्म को लेकर डायरेक्टर तथा प्रोड्यूसर के बीच जो पर्सनल पैशन था कि ऐसी फ़िल्म बनानी है, वह बात कहीं गायब हो गई है। आज यह काम कॉरपोरेट कर रहा है। उसमें पैकेजिंग का तत्व शामिल हो गया। आपको अपने पैशन की पैकेजिंग का पक्ष देखना पड़े तो यह थोड़ा मुश्किल काम हो जाता है।

इससे काम के नेचर में कितना फ़र्क आया है?

पहले प्रोड्यूसर और डायरेक्टर इकट्ठा होते थे इसलिए कि एक ऐसी फ़िल्म बनानी है, क्योंकि उस सब्जेक्ट में उनका पैशन साझा था। अब सब्जेक्ट की बाज़ार वैल्यू क्या है, पहले इस पर सेशन होता है। बाज़ार पहले आता है, पैशन बाद में। क्रिएशन उसके हिसाब से स्ट्रक्चर होता है इसलिए टेक्नोलॉजी और सामूहिक प्रयास खूब दिखता है, एक आदमी का निजी पैशन, उसकी क्रिएटिविटी कहीं पीछे रहती है। हल्की चीज़ का भी खूब प्रचार होता है और गहरी चीज़ें कई बार ध्यान आकर्षण के लिए तरस जाती हैं।

हालाँकि कई फिल्मेकर हैं जो अपने हिसाब से रास्ता निकालते हैं और खूब निकालते हैं। हर नई पीढ़ी की अपनी भाषा और नज़रिया होता है। हम सोचें कि हमने जो किया वो सबसे अच्छा था, उससे आगे कुछ नहीं तो आप बहुत गलती पर हैं। नए के बीच जाएँ, उनको समझें तो पता चलेगा कि कुछ चीज़ों वे एकदम अलग कर रहे हैं और वे छूने वाली हैं। आप लिखें, 'तुम्हारी हँसी से रोने की आवाज़ आती है।' वह लिखेगा—'व्हाई आर यू क्रिबिंग...' तो बात सीधी चली जाएगी। यह भी अपने आप में बात है। पिटे-पिटाए मुहावरों से तो बाहर आना ही चाहिए।

इन सालों में कहानी कहने का तरीक़ा मैच्योर हुआ है। 'शहरी बाबू' का मामला लगभग गायब हो गया है। हम विदेशी जगहों से बड़े परिचित हो गए हैं, सो कहानियों में भी वह उतर आया है। गीतों में एक तकनीक थी, एक मुखड़ा, दो लाइन का अन्तरा, फिर संगीत, फिर एक क्रॉस लाइन और फिर स्थायी लौटता था। हिन्दी-उर्दू के तमाम बड़े शायर इसी के हिस्से थे। यह ट्रेंड हो गया कि गाना ऐसे लिखना है। अब वह बदल रहा है।

नए बदलावों के साथ, नए सब्जेक्ट पर फ़िल्में बनती हैं तो सिनेमा रिच होता है। मेरी तकलीफ़ बस यही है कि स्पीड पर फोकस, गहराई की कीमत पर नहीं होना चाहिए।

नई धारा और मुख्य धारा के सिनेमा में बड़ी बहस होती है।

चुनौती यह है कि नई धारा को मुख्यधारा में हस्तक्षेप करने लायक बनाकर उसकी प्रकृति कैसे बदली जाए? एक जो लार्जर ऑडियन्स होता है, उसे मनोरंजन, तकनीक और जाती सच्चाइयों का एक अबूझ मिश्रण कैसे प्रिय लगेगा, इसका कोई रेडीमेड फॉर्मूला नहीं है। आप खराब मनोरंजन दे सकते हैं, या उसके भीतर सच्चाइयों के प्रति जमी आशाओं को राह दे सकते हैं। यह बारीक और इरादे वाला काम है। आप अपने समय की समस्याओं पर रिएक्ट करते हैं, सोसाइटी के बदलावों को रिकॉर्ड करते हैं। फिर सोचते हैं कि कला के लिए, रसिक हैं कि नहीं?

एस्केपिस्ट सिनेमा जिसे कहा जाता है, वो फ़िल्मों का एक पक्ष है, मगर उसमें भी कुछ तत्व तो होते हैं जो सच्चाई, प्रेम, करुणा या मानवीय रिश्तों की उलझन का रेफरेन्स लेते हों। हम दर्शक के भीतर बैठे आदमी को पहचानकर कम्युनिकेट कर सकें तो आपकी सिनेमाई भाषा की ताक़त बढ़ जाती है। फ़िल्में कोई एक अकेले आदमी का मीडियम नहीं है, मेज़ पर बैठे, लिखा-सुनाया-डाल दिया। उसके लिए टेक्नीशियन्स, एक्टर्स, डिजाइनर्स, राइटर्स, म्युजिशियन—सारी टीम की मदद चाहिए। उसका बजट उठाने वाला और उस आइडिया से इत्तफाक़ रखने वाला प्रोड्यूसर चाहिए। इतने सबके बाद दर्शकों से उसका रिटर्न चाहिए, जो कि अपने आप में एक बहुत बड़ा मक़सद है।

पैसा और रिटर्न जब इतना बड़ा कन्ट्रोलर है तो आर्ट कैसे संभलती है?

जो सिर्फ़ पैसा कमाना चाहते हैं, उनकी बात और है लेकिन जो इस आर्ट के पैशन की वजह से इस पेशे में आए हैं, वे आर्ट के प्रति अपनी जो जिम्मेदारी है उसे कायम रखते हुए इस मैदान में उतरते हैं। सब अपने तरीके से समाज को एड्रेस करते हैं। आप अपनी बात अगर ठीक से कम्युनिकेट करने में कामयाब हो जाते हैं तो राह खुल जाती है। बहुत सारे लोग कामयाबी को ही भरोसे का एक मीटर मानते हैं, इंडस्ट्री है तो उन्हें मुनाफा भी चाहिए और कहीं भी इन्वेस्ट करने के लिए भरोसा पहली शर्त है, कामयाबी के साथ जुड़ी यह एक सच्चाई है। वर्ना जब फ़िल्म शुरू होती है तो हर आदमी अपनी पिक्चर बना रहा होता है। इसमें यह हो, वह हो, ऐसा हो, वैसा हो। आप अपना तरीक़ा निकालते हैं कि यह करना है, यह ऐसे ही होगा और आप कभी कामयाब हो जाते हैं, कभी नहीं भी होते। शर्त यही है कि आप कहाँ तक अपने इरादे पर कायम रहते हैं।

बामक़सद फिल्मकारों को प्रोड्यूसर भी तो बामक़सद मिलते होंगे।

यक़ीनन! उनका होना बहुत जरूरी है। प्रयोग तभी किए जा सकते हैं। 'अचानक' की स्क्रिप्ट बहुत छोटी थी। उसमें गीत भी नहीं थे। लेकिन

कुछ चीज़ें चली आ रही हैं, विरासत से। जैसे—सदा सच बोलो। आप इससे सहमत भी रहते हैं। लेकिन अगर सवाल बने कि सदा सच क्यों बोलो, सिर्फ़ कभी-कभी क्यों न बोलो?

एन.सी. सिप्पी साहब कमाल के प्रोड्यूसर थे। कहने लगे, 'ये स्क्रिप्ट फीते में बाँधकर मुझे दे दो। जैसी लिखी है, वैसी फ़िल्म बना दो।' फ़िल्म अट्ठाईस दिन में बनी थी। हमें डर था कि सिनेमा हॉल में शो का टाइम कैसे पूरा होगा? सिप्पी साहब ने इंटरवल तक डॉक्यूमेंटरी चलाई और फिर फ़िल्म। एक्सपेरीमेंट कामयाब रहा।

यह ताक़त सिप्पी साहब में थी। वे एक बार मक़सद से, स्क्रिप्ट से, आइडिया से जुड़ जाते तो सारे रास्ते बना देते थे। ऐसे प्रोड्यूसर मिलना इंडस्ट्री के लिए बहुत बड़ी खुशक़िस्मती होती है। वे रेअर आदमी थे। वे 'कोशिश' के गूंगे-बहरे बैकग्राउंड पर मेरे विश्वास को साथ देने को तैयार हो गए। इसमें कोई शक नहीं है कि प्रयोगशीलता, संवेदनशीलता के लिए आपको संवेदनशील प्रोड्यूसर भी चाहिए जिसमें इतना विश्वास भरा हो। उसमें वही पैशन, वही दीवानगी चाहिए।

सिनेमा कितनी तरह का हो सकता है समाँतर, वैकल्पिक, कला सिनेमा या कमर्शियल सिनेमा...?

सिनेमा ज़िम्मेदार या ग़ैर ज़िम्मेदार—दो ही तरह का हो सकता है। बाकी परिभाषाएँ व्यक्तियों, समूहों, आलोचकों के स्तर पर जो बनाएँ, अन्ततः मीडियम की जो वास्तविकता है, वह ज़िम्मेदारी की चेतना पर ही टिकती है।

कोई बाज़ार ख़ुद होकर किसी से कहने नहीं जाता कि आप यह कीजिए। आपकी भी एक ज़िम्मेदारी है। ज़िम्मेदारी से गुरेज़ करना अच्छा नहीं लगता। आप तो क्रिएटर हैं, प्रभावित कर सकते हैं। अब मूल्य गिर गए हैं, लोग लातें मार रहे हैं तो आप भी जाते-जाते एक लात मार गए तो किस बात के 'क्रिएटर' हैं? जब सारी बस्ती का हाल यह हो तो किसी एक घर की तरफ़ उंगली उठाकर कैसे कहें कि यह गंदा है।

मैं ग़लत हो सकता हूँ यह बात और है लेकिन मैं अपनी सोच फ़िल्म में रखता हूँ—सही ग़लत का फ़ैसला करना दूसरी बात है। मैं जहाँ तक समझ पाता हूँ, वहीं तक रहता हूँ—नारेबाज़ी करूँ और कोई इन्टैलेक्चुअल बात बना दूँ—जो ख़ुद मेरी ही समझ में न आए—यह मैं नहीं कर सकता। यह ईमानदारी नहीं होगी।

'दामुल' अच्छे सिनेमा का उदाहरण कही गई थी। उसे बनाने वाले प्रकाश झा को मुख्य धारा की मसाला फ़िल्में क्यों बनानी पड़ी? और भी ऐसे उदाहरण हैं गोविंद निहलानी और 'तक्षक' हैं। ऐसा कहते हैं मैडल वाली फ़िल्म अलग होती हैं, रोटी देने वाली अलग।

आपने 'दामुल' का रिजल्ट देखा था? कितनी अच्छी थी, फ़िल्म के तौर पर कितनी सुन्दर ! कमर्शियली फेल हो गई। फिल्मकारी में ऐसा तो होता नहीं कि नया काग़ज़ निकाला और लिखने बैठ गए। फ़िल्म की इकोनॉमिक्स पता है आपको? इतने क.र्जे सिर पर हो जाएँ तो कोई क्या करे। दूसरी बात, फ़िल्म हिट होगी या नहीं आपको पता था? आप एक औसत देखिए कि साल में कितनी फ़िल्में हिट होती हैं। हिन्दी में दो सौ बनती हैं उनमें दो हिट होती हैं। जो 198 बनाते हैं, क्या वह सोचकर कि ये तो फ्लॉप होंगी? और फिर फ्लॉप के बावजूद हर साल वही बनाते हैं। इन 198 वालों के लिए आपके पास कोई सवाल है कि आप फिर फिर वही क्यों बनाते हैं? आर.के. फिल्म्स की 'जोकर' से पहले तक सारी फ़िल्में हिट गईं और बाद में? हिट या फ्लॉप का कोई फार्मूला नहीं होता। जैसा कि मैंने कहा, अपने समय के दर्शक से आपकी कम्युनिकेशन का सवाल है।

और सवाल यह भी है कि आपने कम्युनिकेशन का कौनसा रास्ता चुना। आप कह सकते हैं कि एक ही व्यक्ति अलग-अलग धारा की फ़िल्म कैसे बना सकता है। क्या वह अपनी प्रतिबद्धता से शिफ्ट होता है? लेकिन आप कहेंगे कि बासु भट्टाचार्य ने, हृषिकेश मुखर्जी ने या बासु चटर्जी ने फ्लॉप या हिट के बावजूद अपनी स्टाइल से या प्रतिबद्धता से नाता नहीं तोड़ा। इस सोसाइटी में हर तरह के लोग हैं। अचंभित होने की बात नहीं है। कुछ लोग ट्राई करते हैं कि शायद कोई पासा ठीक बैठ जाए और अन्ततः वे ट्रिक्स पर उतर आते हैं। यह अपना-अपना स्वभाव है, अच्छे या बुरे की बात नहीं है।

पैसा आप पर दबाव डालता है। प्रोड्यूसर मिल जाएँगे पर मार्केट ओरिएँटेड समझौते आ खड़े होंगे। फिर आपकी क्रिएटिविटी से आप समझौते करेंगे। यह बड़ा उलझाने वाला काम हो जाएगा। जिस घोड़े की बाग आपके हाथ में न हो उसकी सवारी क्या करना?

इस हाल में ईमानदारी और दृढ़ता को कोई बनाए कैसे रख सकता है?

कुछ चीजें चली आ रही हैं, विरासत से। जैसे—सदा सच बोलो। आप इससे सहमत भी रहते हैं। लेकिन अगर सवाल बने कि सदा सच क्यों बोलो, सिर्फ़ कभी-कभी क्यों न बोलो? तब आप उस पारंपरिक मूल्य की स्थापना की भी जांच में लगेंगे। यह तलाश ही हमारा विकास करती है। यह विकास 'वर्टिकल' नहीं होता, स्प्रिंग की तरह घूमते दायरों में बढ़ता है। हमारी कायनात की शक्ल भी घुमावदार है। हम अपनी नीयत और इरादे के साथ अपनी तलाश में जुटे रह सकते हैं—कामयाबी, नाकामी और बात है।

फ़िल्म इंडस्ट्री में आपसी मारकाट, दिल तोडऩे और आत्माएँ मारने का कारोबार हमेशा था, रहेगा, फिर भी हर जमाने में आपकी कविताई कैसे चल गई?

इसका कोई जवाब नहीं। मुझे लगता है कि आप जो भी रचते हैं, वह

कहीं न कहीं आपकी शख़्सीयत का हिस्सा होता है। इसीलिए तो एक ही मंच पर, एक ही शाम, एक राग गाते हुए भीमसेन जोशी और किशोरी अमोनकर अलग-अलग होते हैं। ठीक वैसे ही, अगर आपके भीतर सिनिसिज्म है तो काम में भी झलक जाएगा। यह होता है, शख़्सीयत के भीतर से होता है। आप कुछ कोशिश करते हैं, कुछ बाकी लोग भी आपको खोज लेते हैं। कोई अकेला नहीं करता, बाकी भी तो ऐसे होते हैं कि आपसे मिलना चाहते हैं।

अब आप पं. भीमसेन जोशी से नहीं कह सकते कि किशोर कुमार की तरह क्यों नहीं गाते या किसी आजकल के 'आधुनिक गायक' से नहीं कह सकते कि वह पंडितजी की तरह क्यों नहीं गाता? यह अन्तर हमेशा रहा है-पिकासो और फुटपाथ के कैलेंडर में भी। अब यदि आप एक कैलेंडर से पिकासो या पिकासो से कैलेंडर निकालना चाहते हैं तो ठीक है, इस बारे में तो फिर कोई कुछ नहीं कर सकता।

माचिस जैसे आपका दर्द और गुस्सा थी। उसे आर वी पंडित ने प्रोड्यूस किया। कहा गया था कि यह आपका अलग रूप है।

'माचिस' आई तो मेरी फ़िल्मों को प्यार करने वाले कई लोगों को जैसे 'कल्चरल शॉक' लगा। सईद मिर्ज़ा साहब बोले कि उन्हें इस फ़िल्म के साथ पुराने काम को जोडऩे में दिक्कत हो रही है मगर फिर भी वे कन्विन्स्ड थे कि जो काम मैंने किया, वैसे कोई और न करता। बासु चटर्जी ने एक वन लाइनर फेंका—'तो तुमने ड्राइंग रूम से निकलकर गलियों में आना कब तय किया?' अब अगर आरोप ये है कि 'माचिस' तो एक पॉलिटिकल फ़िल्म है, जो कि मेरा आम जेनर नहीं है, मैं सिर्फ़ याद दिलाना चाहूँगा कि मेरी पहली फ़िल्म 'मेरे अपने' जो 1971 में आई थी, इसी मिज़ाज की थी। वह भ्रष्ट, लालची और धूर्त राजनेताओं द्वारा बेरोजगार बच्चों के इस्तेमाल की कहानी थी। 'माचिस' में भी फोकस जवानी की ऊर्जा से लबरेज उन युवाओं पर है जो बेरोजगार हैं, जिन्हें मोड़ा-बरगलाया जा सकता है और जिन्हें ऐसे ख़्वाब बेचे जा सकते हैं जो अंधी सुरंग में ख़त्म होते हैं। दोनों फ़िल्मों में 'ह्यूमन ड्रामा' है। अगर किसी शुद्ध राजनीतिक

फ़िल्म से मेरा नाम जोड़ा जा सकता है तो वह सिर्फ़ 'न्यू देहली टाइम्स' है। पर उसे मैंने डायरेक्ट नहीं किया, सिर्फ़ लिखा था।

'हुतूतू' भी उस जनरेशन की है जिसे बहुत ज़्यादा, बहुत जल्दी मिल गया है। पर मोहभंग जल्दी ही हो जाता है और उसके साथ सिनिसिज्म उतर आता है, दिशाहीनता और भटकाव आ खड़ा होता है।

दिल दर्द का टुकड़ा है, पत्थर की डली-सी है
एक अंधा कुआँ है या बंद गली-सी है
एक छोटा-सा लम्हा है जो ख़त्म नहीं होता
मैं लाख जलाता हूँ, ये भस्म नहीं होता...

...माचिस की इन तीलियों का संकेत गहरा था!

सच को जानने के लिए एक ख़ास दूरी की ज़रूरत होती है। ऑब्जेक्टिविटी लाने के लिए वक़्त का सही फासला होना चाहिए। यहाँ तक कि अपने इश्क की बात कहनी हो तो भी। 'माचिस' दस साल इंतज़ार के बाद बनी। जब माहौल गरम था, तब बनती तो कुछ लोग उसका सियासी फायदा उठाने पर उतर आते।

चारों तरफ़ आतंक था। मैं बुरी तरह डिस्टर्ब था। 'माचिस' के प्रोड्यूसर आर वी पंडित जो ख़ुद बहुत पढ़े-लिखे और लिटरेरी आदमी हैं, उन्होंने भी पंजाब में जो कुछ हुआ उस पर बहुत कुछ लिखा था। मैंने कहानियाँ और नज़्में लिखी थीं। नौजवानों की एक नस्ल जाया हो रही थी। मुझे अपनी पुरानी फ़िल्म 'मेरे अपने' याद आई जिसमें एक राजनेता हताश युवाओं का इस्तेमाल कर लेता है। भटके हुए इन बच्चों के हाथ में तब हॉकी की स्टिक थी, साइकिल की चेन थी, 1980 के दशक में ये बंदूकें और बम हो गईं। 'माचिस' ने 'मेरे अपने' को अपडेट किया लेकिन राजनेता अपनी चालबाज़ियाँ वही की वही रखे हुए हैं। उनका कैरेक्टर नहीं बदलता। नौजवानों को क्या दोष दें? स्कूली बच्चे आतंकवादी कैसे हो सकते हैं? वे तो मासूम होते हैं।

आतंक दरअसल ख़ामोशी है। ये जो आजकल की फ़िल्में बताती हैं कि एक हीरो है, एक गैंगस्टर है, अदा में चल रहे हैं, पीछे म्युज़िक चलता है—ये हिंसा की गहराई कैसे महसूस करा सकती हैं—यह तो विजुअल एक्रोबेटिक्स है। आतंक वह है जो पंजाब में, असम में देखा गया—लोग छः बजे के बाद घरों से बाहर नहीं निकलते थे। वह जो सन्नाटा है, वह टेरर है।

आप अहसास को पकड़ें तो पता चलेगा। रिएक्शन मिलेगा—नुकसान पर नुकसान हो गया। मैंने एक आदमी को कहते सुना, उसकी आधी फैमिली 1947 में ख़त्म हो गई थी, 1984 में बची हुई ख़त्म हो गई। शूटिंग के वक़्त मैं चाहता था कि ओमपुरी चेहरे पर बग़ैर कोई भाव लाए ये लाइन कहें। मगर हर बार यह लाइन कहते-कहते उनकी आँखों में आँसू आ जाते थे। मैंने दहला देने वाली घटनाएँ देखी हैं। राह चलते लड़कों को रोककर पुलिस उन पर ताना कसती थी—तेरी पगड़ी में बम है क्या? पर पुलिस अपने पर कोई ताना बर्दाश्त नहीं करती। फ़िल्म में पुलिस जिम्मी नाम के एक लड़के को खोजने गई हुई है। गाँव का एक लड़का हल्के-फुल्के अंदाज में कहता है मेरा ये कुत्ता है, इसका नाम है जिम्मी। पुलिस उसे इसके लिए जेल में डालकर बुरी तरह टॉर्चर करती है। व्यवस्था और जनता के बीच जब ऐसे हालात पैदा हो जाते हैं तो हिंसा बढ़ती चली जाती है।

जिनके पास बरसाने को अमेरिका की तरह मिसाइलें नहीं हैं, वे हजारों मील दूर बैठे इन नौजवानों का इस्तेमाल करते हैं। मूल रूप से जो सत्ता के खिलाड़ी होते हैं, उन्हें किसी भी कीमत पर सत्ता चाहिए। निराशा और मोहभंग को राजनीति जब भुनाती है तो हिंसक टकराव का मंज़र खड़ा होता है। वे ज़्यादा से ज़्यादा ताक़त चाहते हैं इसलिए ज़्यादा से ज़्यादा ग़ैरबराबरी बनाए रखने की कोशिश करते हैं।

बराबरी के लिए तो डेमोक्रेसी चाहिए। हिन्दुस्तान में आम आदमी की ताक़त है कि डेमोक्रेसी कायम है। उसने सब बचा रखा है। एलीट इसे नहीं बचा सकता। वह तो अपने नज़रिये तक महदूद रहता है।
वह आम आदमी ही है जो जम्हूरियत भी बचाता है और हर मुसीबत

आतंक दरअसल खामोशी है। ये जो आजकल की फिल्में बताती हैं कि एक हीरो है, एक गैंगस्टर हैं, अदा में चल रहे हैं, पीछे म्युज़िक चलता है—ये हिंसा की गहराई कैसे महसूस करा सकती हैं—यह तो विजुअल एक्रोबेटिक्स है।

में मुस्कुराने का रास्ता भी निकाल लेता है। ज़िन्दगी के मुख़्तलिफ़ रंग यहीं से आते हैं।

तो आपने कॉमेडी भी बनाई थी 'अंगूर'। शेक्सपियर की 'ए कॉमेडी ऑफ़ एरर्स' को आपने हिन्दुस्तानी पृष्ठभूमि में बदला। जब गम्भीर सामाजिक फ़िल्मों से हल्की-फुल्की कृतियों में उतरना हो तो अनुभव कितने बदल जाते हैं।

ज़रूरी है शायर मुँह लटकाए बैठा रहे?
जब मैंने 'अंगूर' बनाई तो मुझसे पूछने लगे कि साहब आप तो इमोशनल ड्रामा बनाते थे, ये कॉमेडी बनाने की क्या सूझी? क्या आप यह सबूत देना चाहते थे कि आप और तरह का काम भी कर सकते हैं? मेरे भीतर न कभी ऐसा एटीट्यूड रहा कि ये दिखाना है, ये साबित करना है—न ही मैं ऐसा सोचता हूँ। मैंने हृषिदा के लिए कॉमेडी लिखी है। बहुत पहले। 'बावर्ची', 'चुपके-चुपके' और 'ख़ूबसूरत' लिखी, और भी कई हैं। बात इतनी-सी बदली कि मुझमें भी कॉन्फिडेन्स आया कि अब मैं ख़ुद कॉमेडी बना सकता हूँ। जब मैंने 'अंगूर' बनाई तो इस बात का अहसास हुआ कि इसे बनाने का अपना मज़ा है लेकिन इसे बनाना मुश्किल बहुत है।

सब्जेक्ट काफी पहले से मेरी मन में था। दो-एक प्रोड्यूसर्स को वह

आइडिया सुनाया भी पर उन्होंने दिलचस्पी नहीं दिखाई। जब जयसिंह मिले तो 'अंगूर' की बेल लगी।

एक कॉमेडी फ़िल्म बनाना दूसरे से भिन्न होता है ख़ासतौर पर शूटिंग और एडिटिंग के हिसाब से...

कॉमेडी में टेक लेने, एडिटिंग करने आदि का मामला आम फ़िल्मों से अलग होता है। आपको टाइमिंग के प्रति सतर्क होना चाहिए। विजुअल्स के मामले में भी सजग रहना पड़ता है। सबसे बड़ी मुसीबत तब होती है जब आप सोचते हैं सीन में यह धमाका हो गया और वैसा कुछ अन्त में निकलता नहीं। जो 'गैग' है, कॉमेडी के घटित होने का क्षण है, उसे वैसा ही निकल कर आने के लिए सारी जद्दोजहद है। ऐसा नहीं है कि हर दूसरे क्षण कोई जोक डाल देंगे या लतीफा सुना देंगे। असल बात यह है कि जहाँ भी पंचलाइन है, वहाँ दूसरी पंचलाइन पर जाने से पहले एक 'पॉज़' (अन्तराल) देना है। आपको तब तक इंतज़ार करना है जब तक कि पहले की हँसी शांत न हो जाए। ठीक इसी तरह एडिटिंग का पैटर्न भी बदलता है। इसी वजह से तो कॉमेडी बनाना ज़्यादा मुश्किल काम है।

लेकिन 'अंगूर' के कुछ अनुभव अलग भी हैं। कॉमेडी फ़िल्म का बड़ा हिस्सा इम्प्रोव्राइजेशन से उपजा आनंद देता है, जो आप सामान्य गम्भीर फ़िल्म में नहीं कर सकते। एक सीरियस फ़िल्म में मैं एक बार स्क्रिप्ट फाइनल हो गई तो उससे नहीं हटता। मैं सबकी राय सुनता हूँ, उन्हें फ़िल्म में जोड़ूं या न जोड़ूं यह अलग बात है। कॉमेडी में कैरेक्टर की रिएक्शन आपको नया आइडिया दे देती है। कभी-कभी एक्टर अपने निजी अनुभव से कुछ जोड़ देते हैं, यह भी मदद करता है।
कुछ मिसालें आपके सामने रखता हूँ। फ़िल्म में दीप्ति नवल चश्मा पहनती है, असल में उसे वह थोड़ा ढीला पड़ रहा था। उसे सही सैट करने के लिए उसे नाक चढ़ानी पड़ती थी। इसे आदत की तरह मैंने फ़िल्म के कैरेक्टर के लिए इस्तेमाल कर लिया। एक गम्भीर सीन चल रहा हो उसके बीच में अचानक वह 'स्निफ' करे, नाक चढ़ाए तो बड़ा क्यूट लगता है। फ़िल्म में यह एक स्पॉन्टेनिटी जोड़ देता है।

एक और मिसाल लीजिए। जर्नलिस्ट अली पीटर जॉन और फोटोग्राफर श्याम औरंगाबादकर शूटिंग पर मुझसे मिलने आए। मैंने उनका इस्तेमाल फ़िल्म में जर्नलिस्ट और फोटोग्राफर के तौर पर कर लिया। आप अचानक देखते हैं कि श्याम फोटो लेने खड़े हो गए हैं और अली अपने नोट्स ले रहे हैं। इस क़िस्म की चीज़ें आप सिर्फ़ कॉमेडी में ही कर सकते हैं।

शेक्सपीयर के आधार को आपने हिन्दुस्तानी जुड़वां बच्चों की कॉमेडी में बदल दिया।

'अंगूर' में 'कॉमेडी ऑफ़ एरर्स' का मैंने बस पीरियड बदल दिया है नहीं तो यह वैसे ही चलती है। एक दिन और एक रात की कहानी है। एक गहने की ही तो कहानी है। इसमें कोई अंडरटोन नहीं है। शेक्सपियर के नाटकों में जरूर एक अंडरटोन होता था, उनकी कॉमेडी तो सीधी कॉमेडी ही थी।

मैंने जनाब शेक्सपियर के फोटो से ही स्टार्ट किया। उनके ख़ुद के जुड़वाँ बच्चे थे। गफ़लत के अनुभव से वे ख़ुद गुजरे होंगे। पिक्चर भी शेक्सपियर की आँख दबाती तस्वीर पर ही ख़त्म होती है। बेचारे शेक्सपियर साहब की कल्पना कीजिए एक हिन्दी फ़िल्म में! वे जिन्दा होते तो मेरा पता नहीं क्या करते?

डबल रोल में अभिनेताओं को कैसे संभाला जाता है? क्योंकि 'अंगूर' में दोनों जोड़े, मालिक और नौकर हैं।

दो लोग डबल रोल कर रहे हैं तो आप एक वक़्त में एक कैरेक्टर को देख पा रहे हैं। आप एक रोल की पहचान बनाकर आर्टिस्ट को दूसरे में ट्रांसफर कर देते हैं। जैसे नौकर है, तो उसके एक रोल ने पूरी बांहों की कमीज पहन रखी है, दूसरा बांहें मोड़े रखता है। यह आप शुरू में ही एस्टेब्लिश कर देते हैं। फिर यह चलता रहता है। दर्शक समझ जाता है कि यह कौनसा कैरेक्टर है। वैसे ही संजीव कुमार के दोनों रोल में बाल रखने का तरीक़ा अलग है। एक अपने शर्ट के सारे बटन लगाता है, दूसरा कुछ खुले रखता है। थोड़ा वक़्त लगता है, मगर पकड़ते ही दर्शक

साथ हो जाता है। मुझे बस अभिनेताओं के स्तर पर थोड़ी सजगता की ज़रूरत थी। देवेन वर्मा और संजीव कुमार दोनों बेहद प्रोफेशनल और समर्थ थे, उन्हें कुछ रटाने की ज़रूरत नहीं थी। उनके पास जैसे स्विच था। एक कैरेक्टर का ऑन होता तो दूसरे का ऑफ़ हो जाता था। नए लोगों के साथ करता तो शायद कुछ दिक्कत होती।

आपने इसका नाम 'अंगूर' रखा था। 'अंगूर' का फ़िल्म से क्या लेना-देना? इसी तरह आप 'आँधी', 'मौसम', 'नमकीन' वग़ैरह-वग़ैरह नाम रखते हैं। नाम ख़ूबसूरत हैं लेकिन कोई तो कारण होगा जो आप इस तरह नाम चुनते हैं?

अब 'अंगूर' की तो कोई ख़ास वजह क्या कहें। खट्टा-मीठा है। हाँ, थोड़ा अलग-सा ज़रूर है और जो मुझसे गम्भीर फ़िल्म की उम्मीद रखते होंगे उनके लिए यह संकेत का काम कर सकता था कि भाई कुछ अलग है। वरना यह तो पूरी फ़िल्म का एक मूड होता है। आप उसके मौसम और उसकी ख़ुशबू से उसे पुकारते हैं । मगर दूसरी तरह से देखें तो मेरे अधिकांश शीर्षक फ़िल्म के लिहाज़ से रिलेवेंट नहीं लगते होंगे। नामों की बड़ी मुश्किल है। कहानियों से ज़्यादा अच्छे नामों का टोटा है। सबसे अच्छा तरीक़ा यह है कि एक ख़ूबसूरत सा अच्छा-सा लगने वाला नाम चुनो और उस नाम से फ़िल्म को पुकार लो। बस, पहचान बन जाती है। मैं हालाँकि एक-आध फ्रेम रखता हूँ ताकि कहीं कोई पूछे तो कहने को हो जाए कि भाई इससे पता लगता है कि इसका नाम यह इसलिए है। वर्ना टाइटल तो पूरी फ़िल्म से जो अनुभूति भीतर उठती है, उसके पुकार लेने का नाम होता है।

और कभी-कभी, जो मिसरे, आप मशहूर शायरों के उठाके, उसमें अपनी सादगी से विस्तार देते हैं जैसे 'दिल ढूँढ़ता है फिर वही फुरसत के रात दिन' या 'ज़िहाले मिस्कीं मुकुन बरंजिश बहाले हिज्रां बेचारा दिल है'

ऐसे कई मशहूर प्रयोग हैं जो सदियों से इनहेरेंट खूबसूरती की वजह से इनसानी ख़याल को ऊँचाई देते हैं। आप अनायास ही उनसे एक

राह पकड़ते हैं और अपनी किसी ख़ूबसूरत दुनिया में पहुँचने का रास्ता पा जाते हैं। ग़ालिब या मीर की लाइनें, सूर या तुलसी की लाइनें, कबीर या रहीम की पंक्तियाँ सबको याद हैं। इनका नाम बताने की ज़रूरत नहीं होती कि साहब ये मशहूर लाइन उन्होंने लिखी है। वह तो सर्वज्ञात है। सबको मालूम है। आपने उससे क्या ग्रहण किया? आपको याद होगा 'कबीरा' लगाकर कितने ही लोकगीत बने हैं, जो बेहद मीनिंगफुल हैं, एक धारा का प्रतिनिधित्व करते हैं, आप सुनते ही कायल हो जाते हैं। सब संत कबीर ने नहीं लिखे, मगर भाव का सिरा कबीर ने पकड़ा दिया। जो डूबा सो पार! उसमें डूब जाइए, तैर जाने के लिए कौन कहता है?

इस मासूम सी बात पर ऊपर से इशारा हुआ है।

हँसकर एक त्रिवेणी बिखर जाती है—
कौन खायेगा, किसका हिस्सा है।
दाने-दाने पे नाम लिखा है।
'सेठ सूदचंद मूलचंद जेटा'

—चलो अब खाना खा लें।

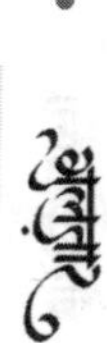

हम सीढ़ियाँ चढ़कर ऊपर जा रहे हैं।

मेराज ने लिखा है—वे बड़ी तेज़ी से सीढ़ियाँ चढ़ते हैं, बल्कि साथ वाले को भी सहारा देकर ऊपर खींच लेते हैं।

मेराज उनके असिस्टेंट डायरेक्टर रहे हैं। लिखते हैं, 'गुलज़ार एक ऐसे व्यक्तित्व का नाम है, जो अपने से जुड़े लोगों को फलता-फूलता देखना चाहता है।' 'अपनी ही बात कहूँ—काफ़ी दिनों से मेरे दिमाग़ में एक कहानी थी, जो मैंने उनको सुनाई थी। उनको वह कहानी पसन्द थी। एक दिन उन्होंने मुझसे पूछा, 'मेराज़! अपनी कहानी को तुम ख़ुद ही डायरेक्ट करोगे?'...और फिर भाई साहब ने उस कहानी की बुनियाद पर स्क्रीन-प्ले, संवाद और गीत लिखकर मेरे हवाले कर दिए। फ़िल्म थी—'पलकों की छाँव में'। जिन दिनों भाई साहब ये काम कर रहे थे, वे अकसर लोगों से कहते, 'कल तक मेराज़ मेरे 'असिस्टेंट' थे, आज मेरे 'बॉस' बन गए हैं। मैं उनके लिए फ़िल्म लिख रहा हूँ।'
मैं जब भाई साहब की ज़बान से ये लफ़्ज़ सुनता, तो पानी-पानी हो जाता।

नाराज़ होने का भी उनका अपना प्यारा अन्दाज़ है। जब हम लोगों से 'शूटिंग' के दौरान कोई ग़लती हो जाती थी, तो वे हमसे नाराज़ होकर कई-कई दिनों तक बात न करते...और जब ग़ुस्सा उतर जाता, तो फिर पास बुलाकर बड़े प्यार से समझाते कि देखो तुमने फलां जगह ग़लती की थी। इससे होता यह था कि हमसे वह ग़लती फिर कभी नहीं होती थी।

लंच ब्रेक हुआ।
बातें नहीं टूटीं।

Pic : Ashok Bindal

सीढ़ियाँ चढ़कर, हाथ धुलाए, आसन बिछाए। ये आसन, कुर्सियाँ हैं।

डाइनिंग टेबल पर बातें थोड़ी बेतकल्लुफ़ होकर प्लेट तक आने लगीं।

सुबह-सवेरे आँख खुलने पर आदमी को बिस्तर के पास एक फूल उगा हुआ और मुसकराता हुआ मिले—सफलता कुछ ऐसी ही चीज़ है। फूल को देखकर ख़ुशी हो सकती है लेकिन पौधों को खाद चाहिए, पानी चाहिए, धूप चाहिए, खुली हवा चाहिए और अनावश्यक शाखों की कटाई-छंटाई चाहिए। भूषण बनमाली ने ये आब्ज़र्व किया था—

'गुलज़ार ने अपनी शाखों की बेदर्दी से 'प्रूनिंग' की है, पौधे को सींचा है, धूप और हवा दी है और अब वह पौधा घने साये वाला पेड़ है जिसकी छिद्रौली छाँव में सिर्फ़ वह ख़ुद बल्कि दूसरे भी बैठकर आराम और सुरक्षा का अनुभव करते हैं।'

हम उनके साथ बैठकर इस सुरक्षा और प्रेम को महसूस कर रहे हैं। एक डिसिप्लिन भी है और एक भरापूरा खुलापन भी।

बासु भट्टाचार्य के शब्दों में, गुलज़ार इतना उदार है कि कोई भी उसे बुरा-भला कह सकता है, लेकिन साथ ही वह इतना सख़्त भी है कि उस पर दबाव डालकर उसे अपने रास्ते से हटाना नामुमकिन है। आत्मसम्मान के विषय में उसकी अपनी दृढ़ता अकल्पनीय है। लोगों के बग़ैर वह ख़ुद को अकेला महसूस तो करता है, लेकिन साथ ही उसमें अकेले रहने की क्षमता भी है—सिर्फ़ अपने ही साथ। आमतौर पर गुलज़ार ख़ुद को अपनी वास्तविक क्षमता से अधिक नहीं आंकता। लेकिन अगर कभी उसके साथ सचमुच कोई ऐसी महत्त्वपूर्ण घटना घटती है, तब भी वह सामान्य ही बना रहता है, जैसे एक बार राजेन्द्र मेहता और नीना मेहता द्वारा आयोजित ग़ज़लों की एक शाम—

‘ग़ालिब से गुलज़ार तक’ में मैंने उसे देखा, और हर रोज़ की तरह बिल्कुल सामान्य पाया।

सुरजीत सिंह सेठी के बोसकीयाना में आने और पच्चीस साल बाद मुलाकात के इस किस्से से कुछ और रंग मिल जाते हैं। सुरजीत के शब्दों में—

शायद 1955 की बात है। मैं बंबई छोड़कर अमृतसर आ गया था। पंजाबी में एम.ए. के साथ-साथ मैं ‘कहानी’ का संपादन करता था। उस समय के बहुत सारे प्रसिद्ध कहानीकार ‘कहानी’ में छपने के लिये तरसते थे। मैं जब अपने कॉलेज से वापस आता था, तब कुईज़ रोड पर ‘कहानी’ के दफ़्तर में छः-सात लेखक ज़रूर मेरा इंतजार कर रहे होते थे। एक दिन जब मैं ‘कहानी’ के दफ्तर में पहुँचा, तो वहाँ इंतजार कर रहे लेखकों में गुलज़ार को देखकर बड़ा आश्चर्य हुआ। मैं सोच भी नहीं सकता था कि गुलज़ार कभी अमृतसर भी आ सकता है।

मैंने गुलज़ार से पंजाबी कहानी सुनाने को कहा। अपने अपने थैले से बादामी रंग के चार-पाँच काग़ज़ों पर लिखी हुई कहानी निकाल ली। वे काग़ज़ देखखर मैंने गुलज़ार की ओर देखा और मुस्करा दिया। मेरा इस तरह मुस्कराना गुलज़ार को अजीब-सा लगा। वह चुप ही रहा। लेकिन उसकी आँखें मुझसे पूछ रही थीं कि मैं क्यों मुस्कराया था? मैंने उसे बताया कि उन काग़ज़ों को देखकर मुझे एक मज़ेदार बात याद आ गई थी। बात यह थी कि सुखबीर (उस समय उसका नाम बलबीर सिंह था) हमेशा अपनी कहानियाँ और कविताएँ बादामी, नीले, पीले या गुलाबी रंग के काग़ज़ों पर लिखकर ख़ुश होता था। एक बार मैंने उसकी कहानी सुनकर व्यंग्य किया—‘यार, रंगीन काग़ज़ों पर भी तूने रंगीन कहानी नहीं लिखी।’ यार लोग इस बात पर बहुत ख़ुश हुए थे, क्योंकि वह बड़ी रूखी-सी कहानी थी।

मैंने जब सुखबीर वाली यह बात गुलज़ार को बताई, तो उसका मन हुआ कि वह अपनी कहानी वापस थैले में डाल ले, वरना कहीं मैं उसकी कहानी के बारे में भी उसी तरह का कोई फ़िक़रा न कस दूँ।

Pic : Ashok Bindal

महिंदर बावा मुझे बहुत अच्छी तरह से जानता था, और मेरे मज़ाक को भी। उसने गुलज़ार को कहानी थैले में न रखने दी और कहा कि वह सुनानी शुरू करे। एक और गरम-गरम चाय आ गई और चाय पीते हुए गुलज़ार ने कहानी सुनानी शुरू की।

गुलज़ार का कहानी सुनाने का अन्दाज़ बड़ा ख़ूबसूरत था। मुझे याद है कि गुलज़ार की उस कहानी में कृश्न चंदर की कहानियों जैसी ख़ूबसूरत ज़बान थी, शायराना लहजा था, चुस्त संवाद थे और प्यारा तरीक़ा था। मैंने कहानी की तारीफ़ की और उससे वादा किया कि उसकी कहानी पाँच-छः दिनों बाद निकलने वाले नए अंक में छप जाएगी। इस समय भी मैं उस खुशी की कल्पना भी नहीं कर सकता हूँ, जो गुलज़ार को यह बात सुनकर हुई थी कि उसकी कहानी अगले महीने के अंक में छप जाएगी। फिर हम लोग उस दिन अमृतसर के कई और लेखकों से मिलने ख़ासतौर पर बाज़ार गए। शायद दरबार-साहिब के प्रदक्षिणा में भी बैठे, और फिर रात को केसर की दुकान से देशी-घी के पराठे खाए।

अगले दिन गुलज़ार वापस दिल्ली चला गया।

कुछ दिनों की ही बात है। मुझे तारीख भी याद है। 9 दिसंबर को इतवार वाले दिन मैं गुलज़ार के घर के लिए चल दिया। बान्द्रा स्टेशन से मैंने 'पाली हिल' के लिए टैक्सी ली। टैक्सी वाले से कहा, मुझे गुलज़ार के घर के पास उतार दे। उसने मुझे 'कोज़ी होम अपार्टमेंट्स' के पास उतार दिया। पता चला कि वहाँ गुलज़ार का दफ़्तर था। वहाँ से थोड़ी दूर पर

'बोसकीयाना' नाम के बंगले में वह रहता था। मैंने जल्द ही वह बंगला खोज लिया। उस समय सुबह के साढ़े-नौ बजे थे। नौकर ने बताया कि गुलज़ार साहब नहा रहे हैं। उसने मुझे बैठक में बैठा दिया। इतनी सुन्दर और साफ़ बैठक मैंने उससे पहले बहुत कम ही देखी थी। नीचे एक सुन्दर-सा क़ीमती क़ालीन बिछा हुआ था। शायद इसी कारण नौकर ने मुझे अन्दर आने से पहले जूते उतारने का इशारा कर दिया था।

पच्चीस साल बाद, हाँ, यही सेठी याद करते हैं, गुलज़ार नहा रहे थे। नहाकर सीधे तौलिया लपेटे बैठक में आ गए और कसकर गले लगा लिया। फिर सात-आठ घंटे दोनों साथ रहे। इतनी बातें कीं कि छोड़ने का मन न हुआ।

यह घर ऐसा ही है। गुलज़ार ऐसे ही हैं।

टेनिस के साथ, जूस वाले, फल वाले—सब के साथ वे सब जैसे ही होते हैं, किसी तमगे से कोई तब्दीली नहीं—कोई बनावट नहीं। कभी-कभी आप डर जाते हैं कि वे आपसे 'अर्जुन की छाल किस काम आती है' पूछ रहे हैं। वे किचन में चीला पहले किसे परोसें यह तहजीब अपने खानसामे को सिखा रहे हैं। बोसकी की तस्वीरें जहाँ-तहाँ लगी हैं। नीचे जूते उतारने की जगह पर जूते पहनती बोसकी और ऊपर बाकी तरहों से बड़ी होती बोसकी।

बोसकी—एक कहानी—बोसकी एक लय—बोसकी अकेला मरकज़! सामने बोसकी के बचपन की एक तस्वीर हमें देख रही है।

रावी पार—
राखी के लिए जो मेरी ज़िन्दगी की सबसे लम्बी कहानी है।
चौरस रात—
बोसकी—अपनी जीती-जागती कहानी के नाम।

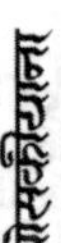

Pic : Yashwant Vyas

यही नाम हैं जिनके इर्द-गिर्द बोसकीयाना का समय घूमता है। 'राखी, मेरी माँ, पापी की सबसे लम्बी कहानी है—जो अब तक लिखी जा रही है।' बोसकी ने डायरेक्टर मेघना गुलज़ार बनने के बाद लिखा, ''माँ ने 'गुलज़ार' के बारे में सुना था—कवि और लेखक। उनकी कल्पना का खाका मोटे तौर पर बंगाल के मशहूर क्रांतिकारी कवि काज़ी नजरुल इस्लाम से मिलता-जुलता था। वे सफ़ेद दाढ़ी वाले एक बूढ़े से मिलने की उम्मीद कर रही थीं, मगर जब उन्होंने पापी को देखा तो बेहद निराशा हुई, सफाचट नौजवान, सफ़ेद कुर्ते-पजामे में।''

आर.डी. बर्मन ने कहा है, 'मैं अपनी तरफ़ से यह जोड़ना चाहता हूँ कि हालाँकि गुलज़ार बहुत पढ़े-लिखे, समझदार और क़ाबिल गीतकार हैं—लेकिन, उनका स्वभाव बिल्कुल बच्चों जैसा है।'

'जब मेरी बेटी जन्मी थी तो वो छोटी-सी थी...सिल्की सी—उसका नाम रखा बोसकी। एक क़िस्म का सिल्क है ये। राखीजी को कतई पसन्द नहीं आया। एक दिन जे. ओमप्रकाश साहब घर आए और बोले, बहुत मज़ेदार नाम है। अगर मुंडा होता तो क्या नाम रखते?' मैंने कहा, 'लट्ठा! देखिए, मैं कपड़ों का बिजनेस चलाने वाली फैमिली से आता हूँ।'

बेटी से कहा—'छब पूछते थे, आपका नाम क्या है, तो माँ मेघना-मेघना

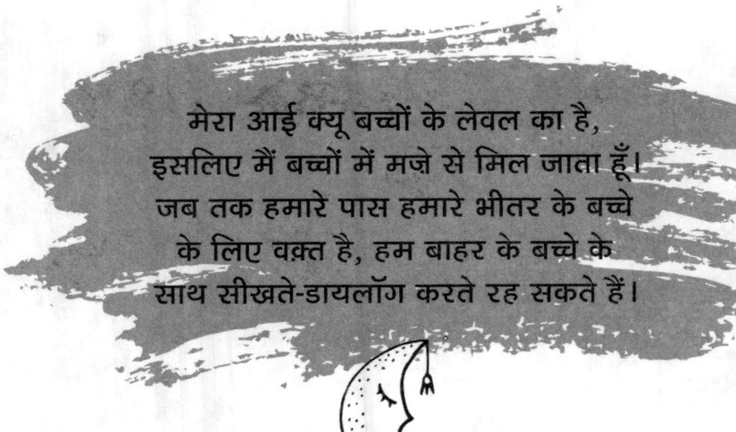

बोल देती थी। बछ वही नाम लख दिया। लेकिन आप ऐछे लेशम जैछे मुलायम-मुलायम लगते थे कि हम तो बोछकी बुलाने लग गए। बोछकी एक बहुत मशहूल लेशम कपले का नाम है। मालूम? आप छोटी शी मेंढकी थीं तब। इछलिए जुकाम हो जाता था आपको भी। डाक्टल गोखले अंकल हैं ना, वही आपका इलाज कलते थे हमेछा।'

जब चार दिन की थी तब गुलज़ार ने लिखा—

बिट्टू रानी बोसकी
बूँद गिरी है ओस की
ओस का दाना मोती है
बोसकी जिसमें सोती है
बड़ी हुई तो
जब इसको रोना हो, लाकर कोई खिलौना दो
फौरन यह चख लेती है, होंठों में रख लेती है।

और,
देखते-देखते देखो तो, कैसे एक कमाल किया।
जुम्मा-जुम्मा कितने दिन, इसने पूरा साल किया।

'कभी-कभी मुझे लगता है कि मैंने अपने बचपन को घटते देखा है',

मेघना कहती हैं, उनकी बेबी बुक गज़ब की मेन्टेन की गई है। प्रेग्नेंसी टेस्ट रिपोर्ट से लेकर टाइम्स ऑफ़ इंडिया में छपे पहले आर्टिकल तक।

‘बोसकी मेरा मरकज़ है।’ गुलज़ार का बयान है।

आप बच्चों के लिए ऐसे ही होते हैं? या बच्चों की तरह जीने में रस लेते हैं?

मेरा आई क्यू बच्चों के लेवल का है, इसलिए मैं बच्चों में मज़े से मिल जाता हूँ। हमने अपने भीतर के बच्चे को वाजिब तरजीह नहीं दी। जब तक हमारे पास हमारे भीतर के बच्चे के लिए वक़्त है, हम बाहर के बच्चे के साथ सीखते-डायलॉग करते रह सकते हैं।

हमें सीखना पड़ेगा कि बच्चों के साथ सोशलाइज़ कैसे करें। जो आप सीख गए तो देखिए कैसे हर दिन नया दिन हो जाता है। बड़ा मुश्किल काम है। बच्चों के बीच बड़े होकर भी बच्चों का मन पढ़ लेना।

‘मासूम’ में एक गीत लिखा जाना था—बच्चों का। शेखर कपूर जो डायरेक्टर थे, उन्होंने सोचा कि वे कुछ तुक मिलाकर, लतीफे जैसे, बच्चों का गीत ख़ुद लिख सकते हैं। सो वे उसमें लग गए। मगर गीत का कुछ नहीं बना। शबाना आज़मी को पता लगा तो वो बड़ी नाराज़ हुईं। जो गुलज़ार साहब करेंगे, वह आप कैसे कर लेंगे? शेखर हार मान गए।

गीत बना—
लकड़ी की काठी
काठी पे घोड़ा

घोड़े की दुम पे
जो मारा हथौड़ा
दौड़ा-दौड़ा घोड़ा दौड़ा, दुम उठाके दौड़ा।

'तुझसे नाराज नहीं जिन्दगी' की लय 'घोड़ा पहुँचा चौक में' से ऐसे ही नहीं मिलती।

होता क्या है कि हम तमाम बड़े लोग, बच्चों के लिए लिखेंगे तो विचार अपने रखेंगे, एक बच्चोंनुमा नकली ज़ुबान में उसे पेश करके कहेंगे कि ये बच्चों का है। बच्चों की इमेजिनेशन, उनकी अपनी दुनिया—इतनी सरल मगर हैरतअंगेज़ है कि आप पहले से सोचे-समझे तय किए हुए लफ़्ज़ों से उसमें नहीं जा पाएँगे। वे सच को सच से मिलाते हैं, उसे बराबर नहीं करते कि ऐसा कहो वर्ना इसका तो मतलब यह हो जाएगा। यह जो कलाकारी है वो तो बड़े करते हैं। ये तो साफ़ दिल हैं, जो देखते हैं, सुनते हैं, उसमें बग़ैर कोई जोड़-तोड़ किए अपनी दुनिया का आश्चर्यजनक सीन क्रिएट कर लेते हैं। उनका आनंद निश्छल आनंद है। दुनियादारी का हिसाब-किताब, लाभ-हानि, भूत-भविष्य, मूलधन-सूद, उनको छूता नहीं है। इसलिए जो देखा, जैसा समझा मान लिया—

एक परिन्दा, हुआ शर्मिन्दा, था वो नंगा
इसससे तो अंडे के अन्दर था वो चंगा
सोच रहा है बाहर आख़िर क्यूं निकला है

जंगल-जंगल बात चली है पता चला है
चड्डी पहन के फूल खिला है, फूल खिला है।
मोगली जंगल में है। आदमी का बच्चा, कपड़े तो मम्मी-डैडी पहनाएँगे ही। जंगल में बाकी तो कुछ नहीं पहनते। पर इसे लाज आती है, कुछ तो पहनाना पड़ेगा। फूल खिला, ख़ूबसूरत बच्चा आया—तो चड्डी पहन के खिला है।...और उस पर जो 'अरे चड्डी पहनके...' का झटका मिला तो बात और ही मजेदार हो गई। विशाल ने सुरीला बना दिया।

इमेजिनेशन का नेचुरल पॉवर है, बच्चों में।

आनंद भी है, कल्पना की शक्ति भी और स्वाभाविकता भी। एक सीरियल था 'गुच्छे'। उसमें कहानियाँ थीं। टाइटल सॉंग में बच्ची आवाज़ लगाती है—कहानी ले लो! जाहिर है, रसभरी गंडेरियाँ और चुस्की बेचने वालों की आवाज़ से मुँह में पानी आ जाता है तो कहानी की आवाज़ भी उसके लिए ऐसे ही लगेगी। 'खट्टी हो तो नमक लगा के, गले में अटके पानी ले लो।'

बच्चे हर चीज़ में खुशी ढूँढ़ लेते हैं। ज़रा सी बात पर डर भी जाते हैं, उदास हो जाते हैं पर अकल्पनीय ढंग से दुनिया के कारोबार को अपनी तरह से एनालाइज़ करते हैं।

टैगोर की एक कविता है 'बनवास' जो 'निंदिया चोर' में मुझे अनुवाद करने को मिली। उसमें बच्चा माँ से पूछता है, अगर बाबा मुझे राम की तरह जंगल में भिजवाएँ तो क्या तुम ऐसा सोचती हो कि मैं जंगल नहीं जा सकता? पूरी कविता में बच्चा कहता है, चौदह बरस के दिन कितने हैं, दंडकवन कहाँ पे है, पता नहीं लेकिन मुझे जाने में कोई डर नहीं। बस लछमन भाई, मेरे साथ रहेगा न?

वह पूरे बनवास को जंगल की सैर की तरह करने को तैयार बैठा है, फल खाएँगे, पशु-पक्षियों से खेलेंगे, राक्षस से डर नहीं, ऋषियों की कहानियाँ सुनने का चाव है, सीता है नहीं सो रावण क्या करेगा? बस

आश्वस्ति यह चाहिए कि लछमन भाई साथ रहेगा ना!

और कविता का अन्त क्या है?

माँ, मुझको छोटा सा इक भाई जो तू दे दे, दोनों जने मिलकर फिर तो जंगल को चल देंगे।

ये है इसका बनवास। भाई आ जाए बस! रामलीला के गीत सिखा दो, तीर-कमान दे दो। चित्रकूट चल दूँगा, बारिश होती हो तो हो। कोई बड़ा होगा तो तपस्या और मोक्ष में आने वाले संकटों का हिसाब लगाने बैठ सकता है। मगर इस बालक राम की तो लीला ही अलग है।

'किताब' का बाबला भी तो आपके ऑब्ज़र्वेशन की मूरत है—

भजन ख़त्म हुआ। बाबला जो सुन रहा था, बोल पड़ा—
माँ-माँ तुम फ़िल्मों में गाना क्यों नहीं गातीं?
- तू जाग रहा है अभी?
इतना अच्छा गाना सुनकर कोई सोता है?
बच्चा सहज सवाल करता है, जैसे आपने 'ख़ुशबू' के गीत के लिए भी कहा था। इतनी ऊँची आवाज़ में लोरी गाएगा तो कोई कैसे सो पाएगा?

हाँ, बच्चे को देखिए ना। बड़ा कन्फ्यूज़ रहता है, हम बड़ों के संसार में। माँ कहती है—पढ़-लिख लो बड़े बनोगे। पढ़-लिख के कोई बड़ा आदमी होता है? वो तो थोड़े साल बाद आदमी बड़ा हो ही जाता है। उसका प्रश्न है, पहले कहती थीं, बच्चे दूध पीने से बड़े होते हैं। अब कहती हो, पढ़ोगे तो बड़े बनोगे। उसके देखे तो लोग थोड़े साल बाद बड़े हो ही जाते हैं। आख़िर ये है क्या? यह कन्फ्यूज़न आगे चलकर हम बड़ों के व्यवहार से बढ़ता चला जाता है।

बाबला एक बार सिगरेट को लेकर किशोर सुलभ जिज्ञासा के साथ अपने दोस्त के साथ बात कर रहा है—

'एक पैकिट भैया का मार कर लाते हैं। वो फिल्टर पीते हैं, उसमें खांसी-

जब कहानी का वक़्त आता है तो कहेंगे-कृष्ण मटकी से मक्खन चुराता है। बच्चे को समझ में ही नहीं आता कि यह मक्खन है कौनसा? इस वक़्त का मक्खन तो फ्रिज में 'बटर' बन के रखा है। और आप मटकी का मक्खन हवा में से ला रहे हैं।

वांसी नहीं आती।'

'एक बात बता, तेरे पिताजी तेरे भैया को मना नहीं करते?'

'करते हैं। एक बार तो मारा भी था।'

'तेरे भैया तुझे मना करते हैं?'

'हाँ।'

'तो फिर सही कौन है? ग़लत कौन है? किसे पीना चाहिए, किसे नहीं?'

'सब पैसों का चक्कर है दोस्त। जो कमाता है, वो सब करता है।'

बड़ों की सबको जरूरत होती है, बड़ों को किसी की नहीं।

यह उनके अनुभव संसार का मासूम सच है। उनके मन पर हमारे व्यवहार की छाप क्या छूटी?

हवा से चीजें पैदा करने वाला मदारी, जलेबी बनाने वाला हलवाई, सितार बजाने वाला उस्ताद—सबके पीछे आकर्षित बच्चों को एक ही सीख मिलती है—यह मत करो, यह कोई काम नहीं है, पढ़ो—तो आगे बढ़ोगे। उनके लिए समझना मुश्किल हो जाता है कि जादू करना, सितार बजाना या जलेबी बनाना इतना जबर्दस्त रहस्यमय होते हुए भी काम का क्यों नहीं है? उनके लिए बड़ों की तर्क से भरी ज़िन्दगी को समझना मुश्किल हो जाता है। आपको बड़े जो गिफ़्ट देते हैं, उस पर भी शर्त है कि इसे कैसे इस्तेमाल करोगे। आप अपने दोस्त को अपनी चीज़ भी नहीं दे सकते? उसके लिए बड़ा होना पड़ेगा। यानी बचपन की चाह

के लिए बड़े होने का इंतज़ार कीजिए। तब अब जित्ते तो नहीं रहेंगे न?

हम बच्चों की इस दुनिया को समझने को तैयार नहीं हैं। और तो और अपनी समझ उन पर डालकर उनकी दुनिया उलट-पलट करने में हमें बड़ा फख्र होता है।

वे हमारे सारे झूठ देखते हैं, सारी हिप्पोक्रैसीज़ पकड़ लेते हैं।
खुद गुलज़ार ने अकेले बोसकी को जैसे बड़ा किया है उसे लिखते हुए मेघना गुलज़ार ने अपनी किताब के एक अध्याय को जैसे पेरेंटिंग गाइड की तरह ही पेश कर दिया है। अच्छे माँ-बाप होना सीखना नहीं पड़ता। पिता ने बोसकी को कल्पना के आकाश पर अपना मैनुअल थमा कर नहीं भेजा।

नर्सरी स्कूल के लिए भी अंगुली पकड़कर अलग-अलग जगह चक्कर लगाए गए। जहाँ बोसकी ने ख़ुद-ब-खुद हाथ छोड़कर झूले पकड़ लिए, वही स्कूल उसका हो गया। दीवारें रंगने का मन हुआ, बोर्ड ही बनवा दिया। एक मोमबत्ती के लिए बहुत कीमती गुलदान ही चला गया, स्प्रे से रंगना चाहा तो पंखे समेत छत रंग गई। एलिस की दुनिया पसन्द है? दुनिया की हर भाषा का संस्करण हाजिर है। कार का भड़कीला रंग या अजीब सी ड्रेस पहनने का मन हुआ है? पहन लो। ख़ुद ही की आँख से वह जब उतर जाएगा तो पहनने की जरूरत कहाँ रहेगी?

लेकिन चीज़ें इस तरह भी चलीं कि 'पापी' के लाड़ को अनावश्यक छूट की इजाज़त नहीं मान लेने की समझ भी बोसकी में विकसित होती गई। अगर आज़ादी मिलती है तो उस आज़ादी की क़द्र भी आनी चाहिए। सम्मान देने से सम्मान मिलता है। थोड़े जागे रहो तो अच्छे-बुरे की पहचान अपने-आप हो जाती है। छोड़ने लायक चीज का क्षणिक आकर्षण, आपसे ही छूट जाता है। वे पिता भी रहे, दोस्त भी। बोसकी के शब्दों में—

'मैं उन्हें कुछ भी कह सकती थी, कुछ भी माँग सकती थी। और मेरे मन

में ढेर सारे सवाल थे। मेरे बाकी दोस्तों के माँ-बाप की तरह, माँ और वे साथ क्यों नहीं रहते? क्या वे एक-दूसरे से एक बार सॉरी कह दें तो क्या सब सामान्य नहीं हो जाएगा? मैं चिट्ठियों में उनके पूछा करती थी और वे धीरज के साथ, बहुत मैच्योर और ग्रेसफुल अन्दाज़ में मेरे तमाम सवालों के उत्तर दिया करते थे।'

मैं बच्ची हूँ, यह मानकर वे चीज़ों का कभी सरलीकरण नहीं किया करते थे, न ही कभी अपनी बात सही साबित करने के लिए माँ के बारे में कुछ उलटा लिखा या कहा करते।

ज़िन्दगी में जब कभी मैं किसी दुविधा में पड़ी, चाहे उदास दिल को साहस की ज़रूरत हो या विदेश पढ़ने जाने की तैयारी के लिए ज़रूरी सलाह, मैंने उनकी हर चिट्ठी संभालकर रखी है। मेरे पास माता-पिता के दो सैट थे। दोनों ही कुछ ज़्यादा ही अच्छे थे। दोनों ही दोनों थे, माँ भी, पिता भी, मुझे निस्वार्थ भाव से लेते हुए। पापी और माँ—दोनों ने यह पक्का किया कि मुझे कभी यह अहसास न हो कि मेरा घर टूट चुका है, बल्कि यह हो कि मेरे दो-दो घर हैं।

गुलज़ार कहते हैं—

बोसकी ने बचपन से ही होमवर्क दे दिया था, वह कहती थी, कहानी सुनाओ-लोरी गाओ। लोरी तो माँ गाती थी क्योंकि सुरीली थी। कहानी मुझे सुनानी पड़ती थी।

हाँ, मैंने कुछ नई कहानियाँ गढ़ लीं और कुछ पुरानी कहानियाँ नई करके सुनाईं। उनमें ये पंचतंत्र की कहानियाँ भी थीं। उन्हें नई करने के लिए मैंने कविताबंद कर दिया। ये सब ताल में हैं। आप चाहें तो गा भी सकते हैं। सिर्फ़ परियाँ या पंछी ही नहीं, कहानियाँ भी उड़ती हैं, उनके भी पर लगे होते हैं। ये मासूम फरिश्तों की तरह देश-देश में जाती हैं और एक देश के बच्चों को दूसरे देश के बच्चों से मिलाती हैं। उनके

संदेश पहुँचाती हैं और दोस्तियाँ कराती हैं—जिन देशों में हम रहते हैं वह तो घरों की तरह हैं। और दुनिया एक बहुत बड़ा देश है जिसे हम ज़मीन कहते हैं।

मैंने ऐसे प्रयोग किए जैसे कौए के बहाने सारी कौवे की कहानियाँ सुनाईं। उन्हें यह भी पता चले कि रामायण की कहानी भी कौवे (काक भुशुंडि) ने ही सुनाई थी। लोमड़ी की कौवे को बहकाने वाली बात में रोटी वाला किस्सा था। अब बात यह हो जाती है कि रोटी के बदले टोस्ट भी तो हो सकता है। और थोड़े पानी में कंकड़ डालने की तरक़ीब से कौवे को पानी ऊपर लाना हो तो बोसकी को छत पर जाकर कंकड़ का इंतजाम भी तो करना पड़ेगा।
यानी आपके संसार से बच्चों के संसार की संगत बैठनी चाहिए।

मुझे लगता है कि बहुत कच्ची उम्र में ही फॉर्मल एजुकेशन में डालकर हम बच्चों के साथ नाइंसाफ़ी कर रहे हैं। ज़िन्दगी का सबसे अहम वक़्त काट कर छोटा कर रहे हैं। बचपन छीन रहे हैं। मुझे फ़िक्र यह है कि आने वाले बरसों में, बच्चे एकदम अकेलेपन के शिकार हो जाएँगे, ख़ासतौर पर शहरों में। आज जबकि संयुक्त परिवार घटते जा रहे हैं, पति-पत्नी दोनों वर्किंग हैं तो ख़ुद माता-पिता को अपने आप से पूछना चाहिए कि वे बच्चों के साथ कितना इन्वॉल्व हैं? हम ढेर चीज़ें देते हैं, उन्हें टीवी के सामने बिठा देते हैं और हो गया। बच्चा है कि लगातार अकेला होता जा रहा है। बच्चों पर मेरी शुरुआती किताबें बच्चों को समझने का जरिया थीं। जब हम बड़ों से बात करते हैं तो एक ख़ास क़िस्म की भाषा होती है। इसलिए उनके लिए लिखना आसान है। बच्चों का मामला हो तो आपको कम्युनिकेट करने के लिए अलग भाषा चाहिए, अलग-अलग उम्र के हिसाब से चाहिए। आप दस साल के बच्चे की कहानी, तीन साल के बच्चे को नहीं सुना सकते। साथ ही अगर आप बच्चों के लिए लिखना चाहते हैं तो उनमें रमना पड़ता है। अफसोस की बात है कि हिन्दी जैसी ज़ुबान में भी बच्चों के लिए बहुत ज़्यादा कुछ नहीं है। बच्चों की कहानियाँ उनके अपने समय की कहानियाँ होनी चाहिए।

बहुत पुराना ज़माना था जब कहते हैं बच्चे एक बरगद के नीचे जमा हो जाते थे जहाँ पंडित जी कहानियाँ सुनाने आते थे। ये कहानियाँ नीति कथाएँ होती थीं। कुछ देर सुनने के बाद वे उकताने लगते तो आपस में बात करने लगते, कुछ खाने लगते, एक बच्चा इमली चूस रहा है, एक नदी में तैरने भाग गया है, कोई कुछ खेलने निकल गया। मगर पंडित जी इसका बुरा नहीं मानते थे क्योंकि असली शिक्षा तो प्रकृति के साथ जान-पहचान में है।

आज एक अच्छा ट्रेंड यह चला है कि कुछ इंटरेक्टिव प्ले स्कूल शुरू हो गए हैं। इनमें बच्चों के काम का 'डिसिप्लिन' है। वे बच्चों को आपस में घुलने-मिलने देते हैं। लेकिन कमज़ोरी यह है कि यहाँ बच्चे कुदरत के साथ तो सीधे नहीं मिलते। यह खाई भरनी चाहिए। कहानियों और साहित्य के साथ रवैया बदलना चाहिए। कोई कहे कि अब बर्थडे पर मिठाई देना छोड़ो, जिसकी उन्हें ज़रूरत है वह दो। उत्सव मनाने का तरीक़ा भी चेंज होना चाहिए। उन्हें पता तो चले।

हमारे मुल्क में तक़रीबन अट्ठाईस जुबानें हैं, जिनकी अपनी लिपि हैं। हर इलाक़े में कुछ न कुछ लिखा जाता है और वहाँ कहने को कहानियाँ हैं। इतने जबर्दस्त विस्तार को हम सिर्फ़ अंगरेजी में सिकोड़कर ख़त्म करना चाहते हैं? मैं नहीं कहता कि अंगरेजी मत पढ़ाओ। वह ज़रूरी है, इंटरनेशनल कम्युनिकेशन और ज्ञान के लिए। मगर, यदि बच्चा अपनी मातृभाषा में चीज़ों को जानेगा तो अपने कल्चर को एक्सप्रेस करने का अपना मीडियम अपनाएगा-यह ज्यादा कारगर और नैचुरल होगा। माँ-बाप बच्चों को कृष्ण को 'नमो-नमो' कहना सिखाते हैं मगर जब कहानी का वक़्त आता है तो कहेंगे-कृष्ण मटकी से मक्खन चुराता है। बच्चे को समझ में ही नहीं आता कि यह मक्खन है कौनसा? वह तो डाइनिंग टेबल पर बैठा है और आपसे पूछ रहा है-यह मक्खन है क्या? इस वक़्त का मक्खन तो फ्रिज में 'बटर' बन के रखा है। और आप मटकी का मक्खन हवा में से ला रहे हैं। इसीलिए मैंने प्रयोग बतौर नया 'क़ायदा' लिखा। आरुषि एक संस्था है भोपाल की। उसके मेंबर बच्चे आम बच्चों की तरह पूरे नहीं हैं—एकाध अंग कुदरत की वजह से

अधूरा, मगर वे सम्पूर्ण हैं, बल्कि सम्पूर्ण से भी ज्यादा। उनसे मैं उनकी जुबान में बात करता हूँ और कमाल की बातें होती हैं। 'फ' से फल क्यों, फ्लास्क क्यों नहीं? उन बच्चों ने चित्र भी उस अल्फाबेट वाली किताब के लिए बनाए।

उन्होंने तेरहवें जन्मदिन तक बोसकी को कहानियाँ की किताबें लिखकर दीं।

'बोसकी के ताल पाताल' तेरहवें जन्मदिन की किताब थी। यह साल कुछ ख़ास था। एक मैसेज देना था, जो पहले से कुछ अलग था। उम्र का यह मोड़ नाज़ुक था और हर बच्चे के लिए इस चिट्ठी में मैसेज़ था—बोसकी के बहाने। उन्होंने लिखा—

'...शायद ये कहानी आपको अब बचकाना लगे—लेकिन क्या करें? आप बड़े होते जा रहे हैं और छोटे बच्चे कुछ पीछे छूटने लगे हैं। आपके भी साथ-साथ चलना होगा—सिर्फ़ सावधान करने के लिए—सावधानी भी सिर्फ़ उतनी, जितनी मैं जानता हूँ।'

एक बात जानता हूँ, इस उम्र में बड़ी जल्दी उन्स हो जाता है—यानी इनफैचुएशन। उस को सदा का मत समझ बैठना—इनफैचुएशन उस फ्रॉक की तरह है जो आपको ज़्यादा पसन्द है—लेकिन उम्र के साथ-साथ वह छोटा पड़ने लगता है, तंग होने लगता है—उसे छोड़ना ही पड़ता है—उसे यहीं छोड़ दो।

यहाँ से आगे अपनी शख़्सीयत आप ख़ुद ढूँढ़ेंगीं—शख़्सीयत जानती हैं

किसे कहते हैं? पर्सनालिटी! शख़्सीयत सिर्फ़ शक्ल-सूरत और पहनावा नहीं है—शख़्सीयत बनती है, तालीम से, कद्रों से यानी वैल्यूज़ और मॉरल्स से। अच्छे-बुरे की पहचान से, सही और ग़लत के फैसले से। बहुत लोग आपसे प्यार करते हैं, लेकिन कितने लोग आपकी इज़्ज़त करते हैं इससे आपकी पर्सनालिटी का अन्दाज़ा होता है—लोग आपकी इज़्ज़त करेंगे तो आपके टैलेंट के लिए—शक्ल के लिए नहीं। टीन इयर्स शख़्सीयत बनाने के साल हैं—सीखने और समझने के साल।

बोसकी के 'बाबूजी' ने प्यार से अपनी कहन शैली बदल दी। अब वे बड़ी होती बच्ची में एक नई आज़ाद शख़्सीयत के फलने-फूलने का नया मोड़ देख रहे थे। चोटियाँ बनाकर स्कूल भेजी जाती बोसकी के लिए—तब तक लगे रहे जब तक कि उसकी दोनों चोटियाँ बराबर बनाने में कामयाब नहीं हो गए। वे माँ भी थे, पिता भी!

गुलज़ार ने अपनी माँ को नहीं देखा था। बचपन में एक रिश्तेदार उन्हें गोद में लिए बाज़ार से गुज़र रही थी तो दीना के बाज़ार में एक औरत की तरफ़ इशारा करके उनसे कहा, देख, ऐसी लगती थी तेरी माँ। उन्हें वह चेहरा याद है। जब वह औरत मुस्कुराई तो सोना मढ़ा एक दांत चमका। तबसे गुलज़ार की कल्पना में माँ को सोने का दांत था, वैसे ही दीना के बाज़ार में मुस्कुराती उस औरत की तरह।

एक माँ, एक बेटा। एक बेटी, एक बाप!

अब पिता गुलज़ार बेटी बोसकी के हर किए पर मुग्ध होते हैं—

ना-ना रहने दो, मत मिटाओ इन्हें
इन लकीरों को यूँ ही रहने दो
नन्हें-नन्हें गुलाबी हाथों से
मेरे मासूम नन्हें बच्चे ने

टेढ़ी-मेढ़ी लकीरें खींचीं हैं
क्या हुआ 'शक्ल' न बन सकी अगर
मेरे बच्चे के हाथ में इनमें
मेरी पहचान है लकीरों में।

'पैसे-कौड़ी या साधन-संसाधनों से इस बात पर कोई फ़र्क नहीं पड़ता, असली चीज है वक़्त और परवाह—अमीर हो या गरीब—हर माँ-बाप से बच्चा सिर्फ़ यही चाहता है। फिर आपको उनके सच की क़द्र करनी आनी चाहिए।' वे कहते हैं।

एक बार स्विमिंग के लिए बोसकी को आया और ड्राइवर हमेशा वाली जगह सी-रॉक की बजाय, अपने हिसाब से सेंटोर लेते गए। पिता गुलज़ार सी-रॉक में इंतजार करते रहे और खोजते रहे। जब वे लौटे तो ड्राइवर से पूछा, कहाँ चले गए थे? ड्राइवर ने कह दिया, बोसकी सेंटोर जाने की जिद कर रही थी।

बच्ची बोसकी को यह साफ़ इल्ज़ाम लगा। उसने दृढ़ता से इन्कार किया—क्योंकि उसने ऐसा कहा ही नहीं था।

पिता ने गुस्से से पूछा—'आप झूठ बोलते हैं।'

बोसकी की वे आँखें, वह चेहरा, वह जवाब—हमेशा के लिए एक मुहर की तरह लग गया—

'हम झूठ नहीं बोलते।'
संदेह और अविश्वास की पीड़ा को पिता ने ऐसा सहेजा कि उसके बाद जीवन में कभी नहीं कहा—आप झूठ बोलते हैं।
'बच्चों और माता-पिता के बीच यही तो रिश्ता होना चाहिए। बच्चों के सच की क़द्र करेंगे तो वे आपके क़रीब होंगे।'

Gulzar Personal Collection

अपने ही एक हिस्से पर आप अविश्वास कैसे कर सकते हैं?

अपना ही एक हिस्सा आपको डिस्टर्ब कैसे कर सकता है?

अगर वह हिस्सा कभी नाराज भी हो तो? यह दर्द ऐसे दर्ज़ हो जाता है—

नाराज़ है मुझसे बोसकी शायद
जिस्म का इक अंग चुपचाप-सा है
सूजे से लगते हैं पाँव
सोच में एक भँवर की आँख है
घूम-घूम कर देख रही है
बोसकी, सूरज का टुकड़ा है
मेरे ख़ून में रात और दिन घुलता रहता है
वह क्या जाने, जब वो रूठे
मेरी रगों में ख़ून की गर्दिश मद्धम पड़ने लगती है।

खाना पूरा हो गया है। स्टडी वग़ैरह में चक्कर लगाते हुए हर बात में नई बात आकर मिल जाती है। घड़ी के बीच ऑस्कर, ऑस्कर के बीच

किताब। किताब के बीच अलमारी, अलमारी के बीच किताब! थोड़ा ऊपर उठाकर एक चबूतरा ही दीवार से जा मिला है जिस पर बिस्तर बिछा है। उसके सिरहाने भी किताब!

रात को अक्सर होता है/परवाने आकर
टेबल लैम्प के गिर्द/इकट्ठे हो जाते हैं
सुनते हैं या सूंघते हैं अशआर ग़ज़ल के
जब भी मैं दीवान-ए-ग़ालिब
खोलके पढ़ने बैठता हूँ।
सुबह फिर दीवान के रौशन सफ़्हों से
परवानों की राख उठानी पड़ती है।

यह घर है, पूरा घर!

मेरी ज़िन्दगी में दो सबसे इम्पोर्टेन्ट स्त्रियाँ हैं—राखी और बोसकी। दोनों को संभालना बड़ा मुश्किल काम है। मैं जो कुछ करता हूँ उसकी सबसे बड़ी क्रिटिक वो हैं। राखी अपना अधिकांश वक़्त पनवेल के अपने फार्म पर बिताती हैं। वीकेंड पर यहाँ बान्द्रा आती हैं। वो दुनिया की सबसे अच्छी मच्छी पकाती हैं। थोड़ी सी स्वीट डिश भी। ऊपर से ज़ुल्म ये है कि मुझे मीठा खाने को नहीं मिलता। बोसकी और वह मिलकर खाती हैं।

डायबिटीज नहीं है, पर मिठाई के लिए बाकी चीज़ों से शक्कर गायब

करके रखने में क्या बुराई है? राखी जी अंडे का सूप भी सबसे अच्छा बनाती हैं। आपका काम शाकाहारी से चलता है—सबका चलता है। फूड हैबिट्स तो अपने आस-पास से आती हैं। बैंगन घोर नापसन्द है—यह सबको पता है। (दोस्त भी जानते हैं कि संघर्ष के दिनों में भी गुलज़ार के किचन में बिना तेल-मसाले के शानदार खाना बना देने वाला रसोइया मिल जाता था। एक बार बैंगन इतना खराब बना कि बैंगन को 'देशनिकाला' मिल गया।) 'बंगाल का सब 'सह' सकते हैं, बस बैंगन को छोडक़र!
हालाँकि 'मशहूर व्यंजन' पांता भाते टाटका बेगुन पोड़ा (बासी चावल, ताज़ा भुना बैंगन) गानों में धमाल मचाता है।

तबियत से खाना खाकर हम तृप्त हो गए हैं। मगर बातें अभी चलनी हैं।

हम सीढ़ियों से नीचे उतरते हैं।
फिर दफ्तर आ जाते हैं।
खाने के बाद हम गाने पे बात करेंगे।

'जीम' से जुम्मा, 'जीम' जलेबी
जुम्मन जुनिया 'जीम'
आल्लिफ बे की पट्टी पढ़के
जुम्मन हुए हकीम
फूल-फूल के फुलका फूले
पिचक-पिचक पिचकारी
'निमकी' लावे कत्था-चूना
'मिट्ठू' पान-सुपारी।

तो अब खाने से, गाने पर आते हैं।

गाने की बात करें और श्याम रंग से शुरू न हो? हो सकता है, ये कहानी आपने खूब पढ़ी हो, हर कोण से पढ़ी हो मगर गीत के जन्म की पहली किलकारी, लाख बार सुनो तो भी उतनी ही मीठी लगती है। काम शुरू करने में पहला मंत्र बोलना ही पड़ता है।

यह गीत की कहानी नहीं, स्वस्तिवाचन है।
फिर से पढ़ना शुरू करते हैं, गुलज़ार के शब्दों में—

मोरा गोरा अंग लई ले
इस गीत का जन्म वहाँ से शुरू हुआ जब बिमल-दा (बिमल रॉय) और सचिन-दा (एस.डी. बर्मन) ने 'सिचुएशन' समझाई। कल्याणी (नूतन) जो मन-ही-मन विकास (अशोक कुमार) को चाहने लगी है, एक रात चूल्हा-चौका समेटकर गुनगुनाती हुई बाहर निकल आई।

'ऐसा कैरेक्टर घर से बाहर जाकर नहीं गा सकता', बिमल-दा ने वही रोक दिया।
'बाहर नहीं जाएगी तो बाप के सामने कैसे गाएगी?' सचिन-दा ने पूछा।
'बाप से हमेशा वैष्णव-कविता सुना करती है, सुना क्यों नहीं सकती?' बिमल-दा ने दलील दी।
'यह कविता-पाठ नहीं है, दादा, गाना है।'

'तो कविता लिखो। वह कविता गाएगी।'
'गाना घर में घुट जाएगा '
'तो आँगन में ले जाओ। लेकिन बाहर नहीं जाएगी।'
'बाहर नहीं जाएगा तो हम गाना भी नहीं बनाएगा', सचिन-दा ने भी चेतावनी दे दी।

कुछ इस तरह से 'सिचुएशन' समझाई गई मुझे। मैंने पूरी कहानी सुनी, देबू से। देबू और सरन दोनों दादा के असिस्टेंट थे। सरन से वे वैष्णव कविताएँ सुनीं जो कल्याणी बाप से सुना करती थी। बिमल-दा ने समझाया कि रात का वक़्त है, बाहर जाते डरती है, चाँदनी रात में कोई देख न ले। आँगन से आगे नहीं जा पाती।
सचिन-दा ने घर बुलाया और समझाया—चाँदनी में डरती है, कोई देख न ले। बाहर तो चली आई, लेकिन मुड़-मुड़के आँगन की तरफ़ देखती है।
दरअसल, बिमल-दा और सचिन-दा दोनों को मिलाकर ही कल्याणी की सही हालत समझ में आती है।

सचिन-दा ने अगले दिन बुलाकर मुझे धुन सुनाई—
ललल ला ललल लला ला
गीत के पहले-पहले बोल यही थे। पंचम (आर.डी. बर्मन) ने थोड़ा-सा संशोधन किया—
ददद दा ददा ददा दा
सचिन-दा ने फिर गुनगुनाकर ठीक किया—
ललल ला ददा दा लला ला
गीत की पहली सूरत समझ में आई। कुछ ललल ला और कुछ ददद दा—मैं सुर-ताल से बहरा भौंचक्का–सा दोनों को देखता रहा। जी चाहा, मैं अपने बोल दे दूँ—
तता ता ततता तता ता
सचिन-दा कुछ देर हार्मोनियम पर धुन बजाते रहे और आहिस्ता-आहिस्ता मैंने कुछ गुनगुनाने की कोशिश की। टूटे-टूटे से शब्द आने लगे—

दो चार...दो चार...दुई–चार पग पे आँगना—
दुई-चार पग...बैरी कंगना छनक ना—
ग़लत-सलत अन्तरों के कुछ बोल बन गए—
बैरी कंगना छनक ना
मोहे कोसो दूर लागे
दुई-चार पग पे अंगना—

सचिन-दा ने अपनी धुन पर गाकर परखे और यूँ धुन की बहर हाथ में आ गई। चला आया। गुनगुनाता रहा। कल्याणी के मूड सोचता रहा। कल्याणी के ख़याल क्या होंगे? कैसे महसूस किया होगा? हाँ, एक बात जिक्र के काबिल है। एक ख़याल आया, चाँद से मिन्नत करके कहेगी—

मैं पिया को देख आऊँ
जरा मुँह फिराई ले चंदा

फौरन ख़याल आया, शैलेन्द्र यही ख़याल बहुत अच्छी तरह एक गीत में कह चुके हैं—

दम-भर को जो मुँह फेरे-ओ चंदा—
मैं उनसे प्यार कर लूँगी
बातें हज़ार कर लूँगी

कल्याणी अभी तक चाँद को देख रही थी। चाँद बार-बार बदली हटाकर झांक रहा था, मुस्करा रहा था। जैसे कह रहा हो, कहाँ जा रहे हो?

कैसे जाओगी? मैं रोशनी कर दूँगा। सब देख लेंगे। कल्याणी चिढ़ गई। चिढ़के गाली दे दी–

तोहे राहू लागे बैरी
मुसकाये जी जलाई के

चिढ़के गुस्से में वहीं बैठ गई। सोचा, वापिस लौट जाऊँ। लेकिन मोह, बांह से पकड़कर खींच रहा था। और लाज, पाँव पकड़कर रोक रही थी। कुछ समझ में नहीं आया, क्या करे? किधर जाए? अपने ही आपसे पूछने लगी—

कहाँ ले चला है मनवा

मोहे बावरी बनाई के

गुमसुम कल्याणी बैठी रही। बैठी रही, सोचती रही, काश आज रोशनी न होती। इतनी चाँदनी न होती। या मैं ही इतनी गोरी न होती कि चाँदनी में छलक-छलक जाती। अगर सांवली होती तो कैसे रात में ढंकी-छुपी अपने पिया के पास चली जाती।

लौट आई बेचारी कल्याणी, वापस घर लौट आई। यही गाते-गुनगुनाते—

मोरा गोरा अंग लई ले
मोहे श्याम रंग दई दे।

आपको सचिन दा ने धुन दी—'ल ल ल ला ललल लला ला'। पंचम ने जोड़ा थोड़ा सा—ददद दा द दा द दा दा। फिर सचिन दा गुनगुनाए—ल ल ल ला द दा दा लला ला। ये 'ल ला' 'द दा' के खेल तो तमाम संगीतकारों के साथ होते होंगे?

एक गीतकार के तौर पर मैंने बहुत से म्युजिशियन्स के साथ काम किया है। सबकी कहानियाँ हैं। और आप खोजेंगे तो संगीतकारों के भी पास गीतकारों के नाम पर ढेरों कहानियाँ मिल जाएँगी। आपको एक धुन दी जाती है और गीतकार कई बार सिचुएशन से बिल्कुल मेल नहीं खाती कुछ लाइनें लिखता है। यह गीत के मीटर को मैच करने के लिए शुरुआत होती है। डमी बोल रहते हैं। जैसे आशा भोंसले-गीता दत्त का गाया 'इनसान जाग उठा' का गीत है—'जानूँ जानूँ री काहे खनके है तोरा कंगना' डमी कुछ यूँ है कि—'बापूजी बापूजी बकरी का दूध पीते हैं...।' साहिर साहब ने डमी बोल डाले थे। एक और डमी लाइन मुझे याद आती है—'तड़प तड़प के दिल धड़के मैं जूता पहन के आई।' झूम बराबर झूम के लिए दिमाग पर चढ़ी एक धुन में एक डमी लाइन डालकर शंकर महादेवन लाए थे!

म्युजिक डायरेक्टर साहेबान भी मीटर समझाने के लिए, बड़ी मजेदार पंक्तियाँ या शब्द लगाकर बताते हैं। मेरे पास इस क़िस्म की डमी लाइन्स का भारी 'कलेक्शन' है। जैसे कुछ संगीतकार धुन में 'मेरी जान, मेरी जान, जानेमन जानेमन, तू मेरी जान' जमाकर बताते थे तो

कुछ को 'बहारें, राहें, बाहें...' पर गुनगुनाना पसन्द था। कुछ लोग 'मेरे सनम' डमी में लगाते थे तो कुछ लोग ''ड ड डा-डा, ड ड ड डा-डा' या 'ल ल ला ला' या 'र र रा रा' से मीटर एक्सप्लेन करते थे।

कानु राय मुझे अकेले म्युज़िक डायरेक्टर मिले जो 'ति ता ती ती, ति ता ती ती' का साउंड इस्तेमाल करते थे। पता नहीं क्यों वे हर बार 'ति ता तिती' पर ही अटकते थे। बंगाल से उनके संगीत की धारा को रस मिलता था। सलिल दा के दो असिस्टेंट थे—कानु घोष और कानु राय। कानु घोष खुले-खुले थे और कानु राय थे अन्तर्मुखी। कुछ ऐसा याद पड़ता है कि कानु राय ने जवानी के शुरुआती दिनों में हावड़ा ब्रिज पर काम भी किया था, वेल्डिंग के पेशे में हाथ आजमाया था।

लम्बे, दुबले-पतले, गहरा रंग और बड़े शांत स्वभाव के, बड़े विनम्र, कुछ दबे हुए। बासु भट्टाचार्य ने 'उसकी कहानी' लॉन्च की तो उन्हें ब्रेक दिया। बड़ा तंग बजट था। बासु की फ़िल्में तंग बजट की ही होती थीं। लिहाजा उसमें दोस्तों और ऐसे टेक्नीशियंस की मदद की ज़रूरत होती थी जो मुफ्त में या उस तंग बजट की सीमा में काम कर सकें। मुझे याद है, 'आविष्कार' में लिखने के मुझे दो सौ रुपए मिले। और उस पर बासु ने मज़ाक करते हुए कहा, 'मैं ये सिर्फ़ इसलिए दे रहा हूँ कि तुम ये शिकायत न करो कि मैंने तुमसे मुफ्त में काम कराया।' और मैंने पैसे जेब के हवाले किए। आख़िर पैसों की ज़रूरत तो हमेशा रहती थी।

बासु तंग बजट में अपनी मर्जी से पोएटिक फ़िल्में बनाने के शौकीन थे। मध्यवर्गीय स्त्री-पुरुष रिश्तों पर उनका अपना फलसफा था। गीत तो लगता था, दार्शनिक विचार ही होते थे। आपकी दोस्ती निभती कैसे थी?

बासु ऐसा ही था। हम गहरे दोस्त थे। किसी क़िस्म की ऐसी-वैसी बात सोचने की तो कोई गुंजाइश ही नहीं थी। कभी गर्मागर्मी हो जाए तो बात अलग है। मगर सीरियस जैसा कुछ नहीं। मुश्किल वक़्त में बासु सच्चा मित्र साबित होता था, एकदम ईमानदार राय देता था। प्यारा

बात-बात में मैंने उसकी एक बंगला पंक्ति का अनुवाद किया—'ज़िन्दगी फूलों की नहीं!' उसे जम गई, और मेरा मानना था कि यह शब्दों का खेल है, कविता नहीं। वह अड़ गया। पर कहते हैं ना, शायरी और म्युज़िक में दलील नहीं चलती।

था। अनजानों की मदद कर देता। यह कमाल की क्वालिटी थी उसकी। फलसफा तो उसका था ही।

मगर फ़िल्मों में खर्चे की बात आप उससे सोच भी नहीं सकते। कानु राय को रिकॉर्डिंग के लिए छ-सात म्यूजिशियन्स से ज़्यादा कभी नहीं मिले। बेचारा कानु क्या करे? धुनें बड़ी अच्छी थीं पर बासु से बात करने-माँगने की ताक़त उसमें न थी। मुझे याद आता है वह बासु से एक-दो एक्स्ट्रा वायलिन के लिए लगभग गिड़गिड़ाता था। दोनों दोस्त भी थे लिहाजा बसु कानु से कहता, तुम अपने पैसों से इंतजाम कर लो। बेचारे कानु के पास पैसे कहाँ से आते? बड़ी मुश्किल से आख़िरकार एकाध वायलिन या सरोद मिलता। ऐसी स्थितियों में भी कानु ने 'मेरी जान मुझे जाँ ना कहो' (अनुभव), ' बोलिये सुरीली बोलियाँ', 'मचल के जब भी आँखों से', 'जिन्दगी फूलों की नहीं' (गृह प्रवेश) जैसे यादगार गीत दिए।

कानु राय से तो आपके पुराने ताल्लुकात थे?

पुरानी दोस्ती थी, बिमल दा के पास जाने से पहले की। एसएम अब्बास, सलिल चौधरी, रघुनाथ झालानी, कानु और मैं मोहन स्टूडियो में इकट्ठे हुआ करते थे। मोहन स्टुडियो में बिमल दा के दफ्तर के सामने ही एक गुजराती फ़िल्म प्रोड्यूसर का दफ्तर था। अक्सर दिन में तें,

सलिल चौधरी और कानु वहीं कैरम खेला करते थे। एक दिन कैरम खेलते-खेलते कानु एक बांग्ला धुन गुनगुनाने लगे।
'कानू अगर इजाज़त हो तो मैं इस धुन पर एक गीत लिखूँ?'

'जरूर।'
तुरन्त लिखा—जवाँ होने लगी तनहाइयाँ
जागी तेरी परछाइयाँ
जा रहा है कहाँ रात का काफ़िला
मुझसे तुम तक सुबह का काफ़िला...

फिर तो अक्सर होने लगा। ये गीत न किसी फ़िल्म के लिए होते थे न धुन किसी रिकॉर्डिंग के लिए—बस मैं यूँ ही लिख देता, वह यूँ ही धुन बनाता।

बासु भट्टाचार्य का स्टाइल था कि डिस्कशन के दौरान वह अपने भारी-भरकम विचार मेरे दिमाग में भरता रहता। वह चाहता था कि गीत में, संवाद में वे विचार उसी तरह से आएँ। बात-बात में मैंने उसकी एक बंगला पंक्ति का अनुवाद किया-'ज़िन्दगी फूलों की नहीं!' उसे जम गई, और मेरा मानना था कि यह शब्दों का खेल है, कविता नहीं। वह अड़ गया। तब मैंने गीत लिखा-'ज़िन्दगी फूलों की नहीं, फूलों की तरह महकती रहे'। कानु की धुन पर संगीत प्रेमियों को बहुत पसन्द आने वाला वह गीत निकल कर आया। हालाँकि मैं अब भी मानता हूँ कि पहली पंक्ति में कोई पोइट्री नहीं थी। पर कहते हैं ना, शायरी और म्युज़िक में दलील नहीं चलती।

संगीतकारों और फ़िल्म मेकर्स के बीच झगड़ा तो होता ही होगा।

होता ही था। अच्छी और क्रिएटिव लड़ाई होती थी। जैसे बिमल दा को यह बात गले नहीं उतर रही थी कि हीरोइन आउटडोर में गाना गाए। उनका मानना था कि अच्छे घर की लड़की रात में गाना गाने गलियों में नहीं निकल सकती। सचिन दा को समझ में नहीं आ रहा था कि

आखिर दिक्कत क्या है? गाना आउटडोर ही होना चाहिए क्योंकि उन्होंने धुन आउटडोर के लिहाज़ से ही बनाई है। दोनों के बीच मामला तना हुआ था कि बिमल दा के एक असिस्टेंट ने समाधान पेश किया, 'बिमल दा, वह अपने पिता के साथ रह रही है। वह पिता के सामने कैसे नाच-गा सकती है?

'बस, हो गया!' सचिन दा बच्चों की तरह तालियाँ बजाने लगे जैसे पसन्दीदा टॉफी मिल गई हो—'अब तो वो बाहर जाएगी।' बिमल दा को झुकना पड़ा।

इसका सबसे दिलचस्प पक्ष था -दो बड़ों का एक छोटे से डिटेल पर बच्चों की तरह एक-दूसरे को चिढ़ाना- अब तो वो बाहर जाएगी। यह मासूमियत दुर्लभ थी। मैंने ज़िन्दगी में कितनों के साथ काम किया। कितनी ही स्क्रिप्ट, गीत की सिचुएशन्स, कहानियों के नैरेशन से गुज़रा पर ऐसा डिस्कशन कभी नहीं देख पाया, जैसा इन दो के बीच देखा।

आपको गाने अच्छे लगते हैं। गीत आपके हिस्से बनकर आते हैं। आपको क्या लगता है कि गीत के बिना कहानी पूरी नहीं होती? या गीत एक आइटम भर है।

मैं, जब तक कहानी का हिस्सा उसमें शामिल न हो गाने नहीं डालता। लोग गीत से कतरा के गुजरते हैं, मैं उसमें शामिल होकर गुजरता हूँ आप देखेंगे कि गीत कहानी को एक स्टेप आगे ले जा रहा है तो गानो से गुजरना मुझे अच्छा लगता है। वक़्त के दो हिस्सों के बीच पुल कि तरह, एक सीक्वेंस के दूसरी सीक्वेंस में जाने के लिए। किसी न किसी हिस्से में कहानी को आगे बढ़ाने के लिए मेरी फ़िल्म में गीत आते हैं ताकि मैं अगले स्टेप पर कथा को पकड़ लूँ।

जैसे 'हू तू तू' में एक दृश्य है उसमें भीड़, हिंसा और अखबार की सूचनाओं की इतनी डिटेल है कि लगता था नया सीन जन्म ही नहीं ले

रहा है। यानी सीन लिखें तो अखबार पढ़ने जैसा हो जाता। उसे सिनेमा की शक्ल देनी थी तो हमने एक गीत बनाया और पूरी स्थिति को गीत में कह दिया। एक अन्तरा उसका बताता है कि वो सारे कैरेक्टर वहाँ क्यों है? बजाय इसके कि वहाँ वो सीन बनाता, एक गाने से गुजरकर मैंने पूरी स्थितियों के बीच एक पुल की तरह उसका इस्तेमाल कर लिया।

'आँधी' में आपने संजीव कुमार और सुचित्रा सेन के बीच 'तेरे बिना ज़िन्दगी से...' को एक ख़ूबसूरत मोड़ की तरह इस्तेमाल किया है। उसमें एक कव्वाली भी थी।

हाँ, स्थितियाँ दर्शाने के लिए यह सशक्त माध्यम होता है बशर्ते आप उसमें उतरकर ऐसा करते हों। एक और वजह है। हम लोग लम्बी फ़िल्में बनाते हैं, ढाई या तीन घंटे की। इतनी लम्बी सिटिंग सिर्फ़ 'प्रोज़' में नहीं हो सकती। बहुत लम्बा ड्यूरेशन है। अंग्रेजी की फ़िल्म बग़ैर गाने के चलती है क्योंकि उसकी लम्बाई वैसी है।

हमारे यहाँ सीक्वेंस इस तरह से इस्तेमाल करते हैं जिस तरह कथावाचक रामायण या महाभारत सुनाते समय बीच में ब्रेक करता है। बीच में कोई गाना आ जाता है...दोहा या चौपाई। यह एक ट्रेडिशन भी है। हमारे नैरेशन में, हमारी वाचिक परंपरा में इसकी बड़ी जगह है। हमारे अवचेतन में गीत हैं। स्टेज की परंपरा में गाने शामिल रहे हैं। कहीं एक स्तर पर रिलीफ भी होता है। एक जैसा कुछ चल रहा है उसे नई लय एकरसता से ऊपर उठा देती है।

कई आलोचकों को पश्चिम के हवाले से हमारी फ़िल्मों में गीतों के इस्तेमाल पर बड़ी तकलीफ़ होती है।

फ़िल्म म्युजिक सिर्फ़ इमेज़ और म्युज़िक का रिश्ता नहीं है। फिर, गीत-संगीत हमारे यहाँ जिस तरह रोजमर्रा की ज़िन्दगी का हिस्सा हैं पश्चिम में नहीं हैं। हमारे यहाँ दूध वाला भैया, तांगे वाला कोचवान

उन्हें आँखों में महकती ख़ुशबू नहीं दिखाई देती होगी, मुझे तो दिखती है। मेरा ख़याल है कई को दिखती है, पर डिक्शनरी में है कि ख़ुशबू नाक से ही जाएगी, आँख का क्या लेना-देना तो शायरी से बेहतर है साइंस की लैब में बैठा जाए।

चाबुक का सिरा लहराते हुए हुए भी गाता चलता है। हमारी संस्कृति में संगीत एक रवायत है। माँ सुबह चौके-बरतन का काम करती है तो भजन गुनगुनाती है...। चूल्हा अगर बुझाने जा रही है तो गा रही है, 'दिन तो बीता हरि मेरी शाम पार करा दे।' वो दही बिलो रही है तो भी गा रही है। प्रभाती हमारी पारंपरिक संस्कृति का हिस्सा है। सुबह रंगोली सजाते हुए भी हम गीत गाते हैं और सांझ पड़े भजन भी हमारे होंठों पर होते हैं। ऐसा नहीं कि सिर्फ़ क्लब, कंसर्ट, बैठक या समारोह में संगीत है। फकीर-साधु गाते हुए बाहर खड़े हैं। गुरुद्वारे और मस्जिदों से आने वाले स्वर हैं। यहाँ तक कि आइस्क्रीम-कुल्फी वाला गली में आवाज़ लगाता है—मलाई वाली आई। ले हापुड़ के पापड़...पापड़ आ रहे हैं। गन्ने वाला आवाज़ लगाते सुना होगा—ये गंडेरियाँ—रस की भरी।

पश्चिम की ज़िन्दगी को परख कर देखिए, इस तरह जीवन में घुला-मिला संगीत कहाँ होता है? आप नहा रहे हैं, टीवी चल रहा है या रेडियो चल रहा है आप गुनगुना रहे हैं। यह जो एक पर्सनल सिंगिंग है, अपने आप के साथ गुनगुनाहट है, ये सिर्फ़ रोजमर्रा की हिन्दुस्तानी ज़िन्दगी में ही नज़र आती है। हमारे यहाँ गीत इतना परदेसी और अजनबी नहीं है। बस, इस गीत का कोई कैरेक्टर बन जाए तो बात बन जाती है। सिनेमा में यह बात आर्ट का हिस्सा होकर दर्शक को आपके साथ ले जा सकती है।

हमारा लोकसंगीत, हमारी हर परंपरा और हर अवसर को उठाता है। मृत्यु के लिए गीत हैं, ब्याह के गीत हैं, राखी और होली के गीत हैं। कभी हिन्दुस्तान के शेक्सपीयर कहे जाने वाले आगा हश्र कश्मीरी के हर लिखे सीन में ड्रामेटिक सीन के बाद एक ग़ज़ल होती थी। मराठी नाटकों में क्लासिकल म्युज़िक होता रहा है। मैंने वहाँ क्लासिकल ठुमरियाँ सुनीं। देश की हर ज़ुबान में, हर टुकड़े में संगीत है। जब सिनेमा आया तो इस नए फॉर्म के भीतर भी संगीत की धारा ने प्रवेश कर लिया।

साइलेंट फ़िल्मों के जमाने में पर्दे के एक तरफ़ जगह होती थी, जहाँ संगीत वाले अपने साज़ों के साथ बैठे रहते थे। हिन्दी फ़िल्मों के लिए पेटीमास्टर—हारमोनियम वाले—बड़े अहम होते थे। जब इंग्लिश फ़िल्में—टॉमी फ़िल्में होती थीं—तो वहाँ पियानो चलता। अपने ए आर कुरैशी उर्फ अल्लारखा खान साहब एक सिनेमा हॉल में आठ आने प्रति शो के हिसाब से तबला बजाया करते थे। यह तब बड़ी रकम होती थी। सिनेमाहॉल में लेमन सोड़ा, बीड़ी-सिगरेट बेचने वाले वेंडर भी होते थे। हॉल में कोई शांति नहीं रहती थी, शोर भरा रहता था। फ़िल्में तब साइलेंट थीं, पर सिनेमाहॉल अब जाकर साइलेंट हुए हैं। धुनें सुनकर ही एक्जीबिटर्स अन्दाज़ा लगाते थे कि दर्शक कब ज़्यादा जुटते हैं, धुनें भी वो जिनका साइलेंट चल रही तस्वीरों से कोई सीधा जोड़ नहीं। इस तरह आवाज़ के साथ धुनें आईं, उस पर बोल का रोजगार चला।

वेस्टर्न म्युज़िक, ब्रिटिशर्स की वजह से शुरू हुआ। रवीन्द्रनाथ टैगोर ने पूरब और पश्चिम से मिलाया—रवीन्द्र संगीत के जरिए। हमारे रागों का आधार सुरक्षित रखते हुए इसे सरल और सुन्दर बनाया गया। उदयशंकर यूरोप-अमेरिका घूमे, फिर रविशंकर गए। रविशंकर ने सिम्फनी की डिजाइन, भारतीय पैटर्न से मिलाई। रागों का आधार उससे इम्प्रोवाइज ही हुआ, नष्ट नहीं हुआ। ताइकोवस्की की सिम्फनी, सलिल चौधरी ने एडॉप्ट की। 'सुहाना सफर और ये मौसम हसीं' एक पोलिश मार्चिंग सॉंग था।

जब वे लोग 'डू रे मी' बना सकते हैं, हम 'सारेगामा' क्यों नहीं बना सकते? म्युज़िक को हमने सिचुएशन्स के साथ गूंथा। हृषि दा ने 'बीवी और मकान' बनाई जिसके कैरेक्टर संगीत में बात करते थे। सवाल सिर्फ़ नैरेशन और फ़िल्म मेकर के कन्सेप्ट का है। कोई आइटम डाल रहा है या मनोरंजन के साथ मसाला डाल रहा है तो यह उसकी वैल्यूज़ हैं।

हमें फ़िल्मों में अपने गानों पर गर्व क्यों नहीं होना चाहिए? पहली बोलती फ़िल्म आलमआरा में ढेरों गाने थे, इन्द्रसभा में 71 गाने थे। क्या इटैलियन, ऑपेरा पर शर्मिंदा होते हैं? आप हमारे सिनेमा पर इतना सकुचा क्यों रहे हैं? हिन्दी सिनेमा की अपनी ग्रामर है, लॉजिक है, स्ट्रक्चर है।

पश्चिम में जहाँ गाने नहीं होते, स्क्रिप्ट अलग तरह से लिखी जाती है?

वहाँ कहानी का स्ट्रेस बहुत फोकस्ड होता है। वहाँ के वातावरण के अनुरूप संरचना बनती है। लेकिन यह नहीं कि वहाँ सबकुछ एक ही या ख़ूबसूरत तरीक़े से बनता है। जितना ट्रेश हमारे यहाँ बनता है उतना ही वहाँ भी बनता है।

हमारे पास तो बस उनका चुना हुआ आता है जैसे हमारी भी चुनी हुई फ़िल्में जाती हैं। दोनों जगहों पर कल्चर और ग्रामर अलग हैं। हम भी बिना गीतों के फ़िल्म बनाने का प्रयोग कर सकते हैं, फ़िल्में बनी हैं। पर यह हमारी मुख्यधारा नहीं है। मैंने 'अचानक' बनाई, गीत कहाँ थे?

आपके लिए फिल्मी गीत क्या हैं?

ये मेरा किचन चलाते हैं।
सिनेमा में, ये मेरे लिए जीवन को समझाने की राह बनाते हैं। रिश्तों को खोलने का रास्ता देते हैं। कैरेक्टर और सिचुएशन में दबी गहराई को शब्द देते हैं। शायरी की खूबसूरती यह है कि सुनने वाले की अनुभूतियाँ जाग जाती हैं, चाहे वह लेक्चरर की तरह शब्दों का अर्थ बखान न सके।

हम सब गहरे में सोचते हैं, कोई-कोई लफ़्ज़ों में उसे बयान कर देता है। उससे आपका तारतम्य बन जाता है। कोई जटिलता नहीं बची रहती। प्राइमरी लेवल पार करने के बाद ऊँचाई के स्तर भी अलग-अलग हो जाते हैं। उन तक जिनसे तारतम्य हो जाए तो सुख बढ़ जाता है। जहाँ तक मेरे शब्द स्क्रिप्ट में, गीत में बोले जाते हैं तो वे कैरेक्टर का हिस्सा होकर ही आएँगे, वर्ना अखरेंगे। चीन्ह लिए जाएँगे। पैबंद कहे जाएँगे। उनके मायने नहीं रहेंगे। इसलिए सारी खूबसूरती इसी में है कि कैरेक्टर के भाव कैसे उतर जाएँ। बुद्धि और दर्शन से सचाई का जो दायरा छुआ जा सकता है, हृदय के रास्ते से उस सचाई को मुसलसल किस तरह जाना जाए? फ़िल्म से अलग भी गीत के सुनने वाले आँखें बंद करके शब्द अपने पास ले लेते हैं तो पता चलता है कि अर्थ पहले से उनके दिल के पास हैं। शब्दों के साथ संगीत की लय ज़िन्दा हो उठती है। यह इमेज़री ही है जो उन्हें दिल ही दिल में समझ में आती है। आपको यक़ीनन अन्दाज़ा रहता है कि फ़िल्म के माध्यम से आप चरित्र, स्थिति और फ़िल्म मेकर की सोच के मुताबिक शब्द लिख रहे हैं।

गीतकार भी फ़िल्म के बाकी टेक्निशियन की तरह ही होता है। जैसे कैमरे के सामने भिन्न-भिन्न लाइटिंग और एक्टर्स के साथ कई रिटेक होते हैं, ऐसे ही गीतों में भी एक से ज़्यादा ड्राफ्ट बन जाते हैं। आप कोई महाभारत या गीता नहीं लिख रहे, फ़िल्म के टाइटल तक, उसके डायरेक्टर के क्रिएशन का एक हिस्सा हैं—कहानी और संगीत का हिस्सा हैं।

फिर एक सिम्बॉयोटिक रिलेशनशिप होती है, सबके बीच। आप सिटिंग के दौरान गीत से कहानी में कुछ नया जोड़ देते हैं, कभी सीन की वजह से कोई नई लाइन दे देता है। कई बार धुन पर हम रिएक्ट करते हैं। ऐसे गीत, संगीत की अभिव्यक्ति होते हैं, ये अच्छी और खराब धुन या अच्छे या खराब बोल का मामला नहीं है। यह फ़िल्म के सुर में मिलने का मामला है।

यह सुर कब नहीं मिलता?

प्रॉब्लम तब खड़ी होती है जब गीतकार फ़िल्म की प्रोसेस का हिस्सा नहीं बनता। उन्हें होना चाहिए। फ़िल्म के टेक्स्ट का हिस्सा होते हैं गीत। कुछ गीतकार बस इतना सा सवाल पूछते हैं—डुएट चाहिए या सोलो? इनडोर है कि आउटडोर? क्या ये काफी है?

मैं किसी पर उंगली नहीं उठा रहा पर कहना चाहता हूँ कि फ़िल्म की पूरी प्रोसेस में इन्वॉल्व होना ज़रूरी है वर्ना सारे गाने एक जैसे लगेंगे, चाहे अलग-अलग कैरेक्टर अलग-अलग फ़िल्मों में गा रहे हों।

मेरी राय में शैलेन्द्र हिन्दी सिनेमा के सर्वश्रेष्ठ गीतकारों में थे। वे जिन फ़िल्मों के लिए लिखते थे उनमें सक्रियता के साथ इन्वॉल्व रहते थे। वे फ़िल्म मेकिंग को अच्छी तरह जानते थे। उन्होंने कैरेक्टर के हिसाब से अपने गीतों को आकार दिया और बोलों के ज़रिए कहानी में दूसरे सिरे खोले। अगर स्क्रीनप्ले के सबटेक्स्ट, सीन, सिचुएशन और लोकेशन को उन्होंने गहरे से न लिया होता, तो यह संभव नहीं था।

वक़्त के साथ कई बेहतरीन गीतकारों ने शैली भी बदली। मजरूह साहब को लीजिए। उनकी रेंज कितनी बेहतरीन है। सहगल के गाए 'ग़म दिए मुस्तक़िल कितना नाज़ुक है दिल' से लेकर 'दिल्ली का ठग' के 'सी-ए-टी कैट, कैट माने बिल्ली' तक वे बराबरी के कॉन्फीडेन्स से लिख सकते थे।

साहिर साहब जैसे कुछ ही लोग थे जिनकी रचनाओं को सीधे फ़िल्म में इस्तेमाल किया गया। टी एस इलियट ने कहा था, कविता का सबसे बढ़िया फॉर्म तब होता है जब वह आपसे बात करने लगे। बिना मशक्कत किए, बात कन्वे हो जानी चाहिए, तभी ख़ूबसूरती है।

अनुराग कश्यप ने 'नो स्मोकिंग' की स्क्रिप्ट मुझे भेजी, मुझे कहानी कुछ समझ में नहीं आई। तब अनुराग, विशाल भारद्वाज के साथ मिलने आए। मैंने कहा, मैं स्क्रिप्ट समझ नहीं पाया हूँ, मगर एक सीन है जिसमें हीरो हेलुसिनेट (मतिभ्रम की स्थिति) कर रहा है, उस पर

कुछ पंक्तियाँ लिखी हैं। वे पंक्तियाँ पढ़कर मैंने उन्हें सुनाईं।

अनुराग ने कहा, ऐसा ही तो गीत वे चाहते हैं। उन्होंने इसरार किया कि इन पंक्तियों पर आधारित कम से कम एक गीत लिख दें। वे गीत बैकग्राउंड में रखना चाहते हैं। बाद में मैंने उसके सारे गीत लिखे।

बात उस मूड को पकड़ने की है जो कैरेक्टर के साथ है। फ़िल्म को बाहर से देखेंगे तो टुकड़े-टुकड़े दिखेंगे, पूरे में, भीतर उतरकर देखेंगे तो उसके पूरे मिज़ाज़ का हिस्सा हो जाएँगे।

इसके बावजूद आपके फिल्मी गीतों के संग्रह स्वतंत्र रचनाओं की तरह भी लोकप्रिय हुए हैं।

गीतकार स्टिंग के गीतों (Lyrics) के संग्रह आए थे। स्टिंग ने भूमिका में लिखा है—गीत (Lyrics) और संगीत सदा एक-दूसरे पर आश्रित रहते हैं, लगभग उस तरह जैसे एक मैनेक्विन (पुतला) और उसके कपड़े एक-दूसरे पर आश्रित रहते हैं। दोनों को अलग कर दिया जाए तो एक नंगा पुतला और दूसरा कपड़ों का ढेर मिलेगा।

मैंने भी अपने गीतों के कपड़े उतार दिए, पर मुझे अहसास हुआ कि बग़ैर दृश्यों के कपड़ों के भी वे सजीव थे। कई गीत ऐसे थे जो ऩज्म की पहचान लिए जिन्दा रहे। मैंने पाया कि उन्हें सिचुएशन, फ़िल्म के कैरेक्टर वग़ैरह के बिना भी आज़ाद शक्ल में पढ़ा और फिर पढ़ा जा सकता है। वे म्युज़िक की तयशुदा धुन पर उतरे थे, लिटरेचर की ग्रामर के हिसाब से नहीं थे, पर ऩज्म की तरह बात करते थे। शायद लोगों ने भी उन ऩज्मों से उसी तरह बात की।

यह इमेज़री आपकी ख़ासियत कही जाती है। चाँद, पानी, नमक, चाबुक, सीला, पीला, ओक, मिसरी, रात, मद्धम, छैयाँ, ठंडा, सुस्त, तेज़, भंवर, सामान, टिप्पा, आँख, चाँद, गीला, महक, हवा, नाम, वक़्त, पहाड़—ये सब आपके यहाँ वो व्यवहार करते हैं, जिनके लिए वे सीधे नहीं जाने जाते जैसे आँखों में ख़ुशबू दिखती है। फिर शब्दों की ध्वनियों का इस्तेमाल है।

दिल हुम-हुम करने लगा, धक-धक तो बहुत सुना था। आपके यहाँ पानी राह भूलकर फूल पर आइना चमकाने लगता है। चाँद चबाने की रात आती है। दिन हाथ थाम कर बिठा लेता है। आँगन में ठंडे सवेरे बिछाए जाते हैं। सड़कें उम्र से लम्बी होती हैं। 'पेर', 'अस्मानी', 'रस्ते' और 'पानियों' की झड़ी है। पैर, आसमान और पानी वाले ठिठके हैं। कई शायरों को तो तकलीफ़ भी थी कि ये क्या हो रहा है?

जिन्हें तकलीफ़ है, होने दीजिए। क्या कर सकते हैं? उन्हें आँखों में महकती ख़ुशबू नहीं दिखाई देती होगी, मुझे तो दिखती है। मेरा ख़याल है कई को दिखती है, पर डिक्शनरी में है कि ख़ुशबू नाक से ही जाएगी, आँख का क्या लेना-देना तो शायरी से बेहतर है साइंस की लैब में बैठा जाए। जो भीतर महसूस होता है, जो उस अहसास को ज़िन्दा कर देती है, वही शायरी है। मुझे अगर किसी भाव में कोई इमेज़ नज़र आती है या किसी इमेज़ में कोई भाव नज़र आता है तो उसे महसूस करना और बाकी को शेयर करते हुए पाना अपने आप में बड़ा अनुभव है।

लफ़्ज़ों के दांत नहीं होते, पर काटते हैं। और काट लें तो फिर उनके जख्म नहीं भरते। टीचर मदरसों में छः-छः घंटे अल्फ़ाज लुटाते रहते हैं। बरसों से घिसे हुए। रस भी नहीं, मानी भी नहीं। पर इक भीगा हुआ, छलका-छलका वह लफ़्ज़ भी है जब दर्द छुए तो आँखों में भर आता है। जिसे कहने के लिए लब हिलाने की ज़रूरत भी नहीं होती।
फिर, आदमी मुक्त होकर अपनी रौ में रहे तो ज़्यादा सुख महसूस करता है। दो दीवाने शहर में घूमते हैं तो 'अस्मानी रंग की आँखों में' जोर देकर 'आसमानी' को 'अस्मानी' से ठीक करने का मन करता है। मन को अच्छा लगता है, उसमें मास्टरजी की स्पेलिंग का ज़ोर ऐसा लगता है कि इमोशन छोड़ दें, भाव छोड़ें, सबक याद करने बैठ जाएँ। इसीलिए 'करेक्ट' के आग्रह को, 'आसमानी नहीं, अस्मानी' करने में जो उन्मुक्त आनंद है, उसे महसूस करके देखिए।

और आप जो कहते हैं, ध्वनियों का इस्तेमाल...साउंड तो इमेज़ को ज़िन्दा कर देता है। एक-एक ध्वनि पूरा अनुभव है। ध्वनियों से खेलकर

देखिए कितना ख़ूबसूरत होता है। यह एक्सपीरियन्स का मसला है।

सुकुमार राय (सत्यजित राय के पिता) कैसे कविता में ध्वनि पैदा करते थे। कहते हैं, 'चाँद देखो, डूबे गेलो, गोप, गोप गुबाश...' एकदम भीतर तक पता चल जाता है कि डूबा।

लहरों के शोर से लेकर ट्रेन की आवाज़ तक का शब्दरूप अनुभूति को जीवंत कर देता है। चप्पा-चप्पा, छई छप छई, छैयाँ-छैयाँ ये तीन शब्द रूप, साउंड—तीन अनुभूतियाँ देते हैं—चरखा घूमने की, लहरों के किनारे छूने की, पहाडिय़ों के बीच ट्रेन की गति की। झूम-झूम ढलती रात या नैना बरसे रिमझिम-रिमझिम—लगता है ना कि जो हो रहा है, वह उतर रहा है।

गीत-संगीत में यही शक्ति है। शब्दों के चयन में उस शक्ति का उद्‌घाटन है।

इस शायरी के साथ आज की पीढ़ी के फ़िल्म मेकर और म्यूजिशियन्स आपके साथ कैसे ताल मिला लेते हैं?

मुझे खुशी है कि मैं आज की पीढ़ी के फिल्ममेकर के साथ रैपो बना सकता हूँ चाहे मेरी बेटी मेघना हो, विशाल हो, शाद या शिरीष कुंदर हो जिसके लिए 'जान-ए-मन' के गीत लिखे। शूजीत सरकार, जो विजुअली इन्टरेस्टिंग काम करते हैं उनके साथ भी। मणिरत्नम से लेकर राकेश ओमप्रकाश मेहरा तक के साथ भी। ये सब तो एक्सपरिमेंट करते हैं।

...और रहमान?

रहमान मेरे लेखन में एक अध्याय है। रहमान को पहली दफे जब मैंने देखा तो लगा एकदम 'बाल भगवान' की तस्वीर जैसा है। बालक किशनजी जैसी खेलती मुस्कान और पूरे चेहरे पर बिखरे बाल। एकदम सीधा-सादा और बच्चों की तरह। रहमान के साथ मैं अमीर हुआ हूँ।

मैंने ओपन वर्स (खुले छंद) के मामले में अपनी कविता तथा फिल्मी बोलों—दोनों में प्रोग्रेस की है। 'ए अजनबी...मैं यहाँ टुकड़ों में जी रहा हूँ' (दिल से) में कोई पारंपरिक तुकबंदी नहीं है। यह रहमान का सबसे बड़ा योगदान है। उनके कम्पोजिशन ब्लैंक वर्स कविता की तरह हैं। उन्होंने पारंपरिक गीतों का ढांचा तोड़ा है और उसे नया बना दिया है। अन्तरे, मुखड़े की पारंपरिक शैली से निकलकर खुली कविता की गुंजाइश को उन्होंने आसमान दे दिया है। यह म्युज़िशियन क्लासिकल बंदिश लेकर भी उसे इम्प्रोवाइज करता चला जाता है। दो अन्तरे भी एक जैसे हों, ऐसी अनिवार्यता उसके यहाँ नहीं है। फिर भी मेलोडी लाजवाब है। यह बदलाव रिमार्केबल है।

उनके गीतों का मीटर भी काफी जटिल होता है। सलिल चौधरी में मैं यह देखता था, उनकी धुनें भी काफी 'इंन्ट्रीकेट' होती थीं। भीतर से डूबकर कड़ी मेहनत के साथ अपनी शर्तो पर काम करने की वजह से रहमान इतना गहरा असर छोड़ सके।

हम 'जय हो' की रिकॉर्डिंग कर रहे थे तो रहमान ने कुछ नहीं बताया था कि यह किसके लिए है। रिकॉर्डिंग के वक़्त किसी इंटरनेशनल फ़िल्म के लिए काम कर रहे हैं, ऐसा कुछ था नहीं। ये तो बाद में पता चला कि इसे स्लमडॉग मिलियनेयर में लिया जा रहा है। फिर जब ऑस्कर घोषित हुआ तो पूरी टीम के बारे में सोचकर मैं रोमाँचित हो गया। रहमान के लिए मैं सबसे ज़्यादा ख़ुश था क्योंकि उनके साथ एक क़िस्म की इमोशनल रिलेशनशिप डेवलप हो गई है। मेरा गला रुंध गया जब मैंने सुना कि ओरिजिनल स्कोर के तहत 'जय हो' को ऑस्कर मिला। हमारे शास्त्रीय संगीत के महान कलाकारों को पूरी दुनिया में शोहरत मिली है। ऑस्कर का इम्पोर्टेन्स इसलिए था कि हमारे लोकप्रिय संगीत को भी इंटरनेशनल लेवल पर रेखांकित किया गया। टेनिस खेलते वक़्त मेरे दाएँ कंधे में चोट आ गई थी, इसलिए इस मौके पर वहाँ मैं नहीं पहुँच सका, अफसोस है। मगर स्लमडॉग मिलियनेअर की पूरी टीम का हिस्सा होने की खुशक़िस्मती अपने आप में काफी थी।

उनके साथ एक और साझा अनुभव है। रहमान जीनियस हैं, यश चोपड़ा लीजेंड थे और मैं फ़िल्म इंडस्ट्री के सबसे पुराने कामगारों में से एक हूँ। तीनों तीन स्कूल के और फिर आदित्य चोपड़ा। हनने एक प्रोजेक्ट पर काम किया। यश जी उस जमाने के थे जहाँ सिचुएशन पर आनंद बक्शी साहब, कम्पोज़र्स, गायक—सारे मिलकर एक लाइव प्रोसेस में इन्वॉल्व होते थे। रहमान तो अपने कम्प्यूटर पर काम करते हैं, कोई लाइव आर्केस्ट्रा साथ नहीं होता। वे तो कम्पोजिंग के दौरान गाते तक नहीं हैं। इस तरह दोनों जुदा स्कूल हैं। मगर जो नतीजा बना वह लाजवाब था। आदि, पापा और रहमान के बीच बैलेंस बनाने वाले शख़्स थे। यह मेरी भी 'ग्रोथ' है। नए माहौल को समझने और उनके हिसाब से करने के लिहाज़ से।

अभी के माहौल में तो शब्दों और धुन के लिए अलग चैलेंज हैं।

मैं कोशिश करता हूँ कि एस्थेटिक्स कहीं बची रहे, एक भाषा के शब्द बचे रहें। उनका रास्ता निकल आए। अभी मैं 'रोज़ अकेली आए' या 'तुम आ गए हो नूर आ गया है' नहीं लिख सकता। आज ऐसा रोमाँस ही नहीं होता। एक सैट कमर्शियल पैटर्न में अपने मन का एस्थेटिक्स बचाना बड़ा मुश्किल है, पहले भी था। मैं हमेशा स्ट्रगल करता रहा हूँ। हर वक़्त कोई आर्टिस्ट अपने समय से भिन्न क़िस्म की भाषा बोलता है, तो किनारे कर दिया जाता है। पुराने ज़माने में बिमल रॉय, बासु भट्टाचार्य और हृषिकेश मुखर्जी जैसे एक-सा सोचने वाले एक समय में थे। मैंने पूरी तरह पुराने स्टाइल में शायद आखिरी बार शाद की 'साथिया' में लिखा। बहुत से शब्द ऐसे हैं जो गायब होते जा रहे हैं। मेरी कोशिश है कि इन शब्दों को चुनूँ। इनसे भाषा की खूबसूरती बनी रहती है। मैं देखता हूँ कि 'उतावला' शब्द छूटता जा रहा है, इसलिए मेरी कोशिश रहती है कि 'जल्दी' लफ़्ज़ दो बार इस्तेमाल किया है तो एक बार 'उतावला' लफ़्ज़ भी डाल दूँ।

जो भी हो, पर आपके गीत इस जमाने में भी कामयाब हो जाते हैं।

Gulzar Personal Collection

पॉपुलर होने के साथ एक मुश्किल भी होती है। जब भी कोई चीज़ चलती है लोग आपसे वैसी ही दूसरी चीज़ चाहते हैं। 'कजरारे' चला तो भाई फिर एक 'कजरारे' जैसा कर दो। 'छैयाँ-छैयाँ' चला या 'चप्पा-चप्पा' चला तो वही कर दो। यह ट्रेंड है, लोग एक ढर्रे के हिसाब से ही आपसे अपेक्षा करने लगते हैं। 'हम आपके हैं कौन' आई तो लोग सूरज बडज़ात्या से वही-वही चाहने लगे। मैं सालों-साल से देख रहा हूँ। कामयाबी के अपने दस्तूर हैं। जब विशाल ने 'ओंकारा' बनाई तो लोग दूसरी 'मक़बूल' की उम्मीद कर रहे थे। पर मैं 'एक्स्पेक्टेड वेज' में 'एक्सपेक्टेशन' पूरा नहीं करता।

मैं चुनाव करता हूँ और जो उस चुनाव का सम्मान करता है, उसके साथ निभ जाती है।

अभी हम विज़ुअल पर मुग्ध हैं।

बिल्कुल, हमारे सिनेमा की भाषा बदल रही है। सारी कोशिश यह है कि आपकी पलक भी न झपके, आप सीट पर बैठे रहें और दृश्य पर दृश्य देखते रहें। यह लफ्ज़ों से ज़्यादा विज़ुअल्स का समय है। भाषा की

नाटकीयता हट गई, नकलीपन हट गया, मगर विजुअल्स में कुछ दूसरी चीज़ें खो भी गईं। यह इवॉल्युशन है। नया इसी तरह होता है।

हम विजुअल्स के साथ मेलोडी के नए दौर में भी आ गए हैं। गानों पर गाने, सात-सात आठ-आठ गाने हैं, फ़िल्मों में। शंकर अहसान लॉय के साथ जानी बाबू कव्वाल की मशहूर कव्वाली का फ्रेज 'झूम बराबर झूम' गया मगर वह कव्वाली नहीं थी। नई मेलोडी थी। आख़िरकार फ़िल्मों के गीत स्क्रिप्ट से निकलते हैं। कोई गाना 'आइसोलेशन' में नहीं होता। मैं अपने विचारों को शामिल करने देने के लिए उन डायरेक्टर्स का आभारी हूँ जो उन्हें समझकर स्वीकार करते हैं। दो लाइनें अपनी तरह से जोडऩा चाहता हूँ या कोई अन्तरा उठाना चाहता हूँ तो देखता हूँ कि उनके फ्रेम में फिट हो। रहमान की हिन्दी मणिरत्नम जी से भी कमज़ोर होगी—मगर दोनों 'इंस्टिक्टिवली' जान जाते हैं कि मैं क्या कहना चाह रहा हूँ। यह मेरे लिए बड़ी बात है। वर्ना तेरे बिना सोना पीतल, तेरे बिना कीकर पीपल—कैसे हो सकता है?

अब तो रहमान की टेक्नोलॉजी ने आपको एक नया नम्बर भी दे दिया।

यह आईफोन मुझे रहमान ने गिफ़्ट किया है। मैं तो आम डिक्टाफोन इस्तेमाल करता था सुनने के लिए। रहमान ने कहा, यह अब बेकार हो गया। उन्होंने मुझे आईफोन पर अपनी ट्यून्स दीं। मुझे सिर्फ़ अपनी उंगलियाँ घुमानी थीं। इससे पहले मैंने मोबाइल का इस्तेमाल नहीं किया था। अब इसके बिना काम नहीं चलता।

मैं एक बार मराठी लोकमत की मैग्जीन एडिट कर रहा था। उसके लिए मुझे रहमान से इंटरव्यू करना था। मैंने कहा कि चेन्नई आ जाता हूँ। रहमान बोले, क्या जरूरत है? हम स्काइप पर कर लेंगे। उन्होंने मेरे कंप्यूटर में एक सॉफ्टवेयर डालने के लिए किसी को भेजा और इंटरव्यू हो गया। यह रहमान के साथ आनंद है। आप खुले हैं तो नई पीढ़ी से सीखने के लिए बहुत कुछ है। मेरी बेटी मेघना और दामाद गोविंद—दोनों गैजेट फ्रीक्स हैं। उन्होंने आईफोन पर स्काइप डाल दिया।

मगर मुझे ट्विटर समझ नहीं आता। जो लोग ट्विटर पर लिखते हैं लगता है वे अपने विचार बांटने की जल्दी में हैं। थोड़ा ठहरकर सोचना, आइडिया को पकने देना, उसके वास्तविक फॉर्म तक आने देना, इतना कोई सोचता नहीं है। फटाफट आया, फटाफट बांट दिया,—मुझे ये कुछ जमता नहीं।

आपके 'बीड़ी जलइले' की जावेद अख्तर ने भी भरपेट तारीफ कर दी कि काश उन्होंने लिखा होता। हालाँकि मुझे याद नहीं आता कि पहले आपके किसी गीत की ऐसी तारीफ उन्होंने की हो।

बीड़ी जलानी पड़ गई। लगता है, नौजवान कुछ लफ्ज़ों को ही भूल गए थे। लिहाफ़ और गिलाफ़—जैसे सुने ही न हों। 'बीड़ी जलाइले' गाने वाली लड़की की जुबान देखिए। पूरी फ़िल्म में वह गाली के बिना बात नहीं करती। पूरा क्लाइमेक्स एक धुएँ से शुरू होता है। मैं एक कविता में पूरी कहानी कह रहा हूँ। गीतों में अर्थ खोजने की थोड़ी कोशिश भी करनी पड़ती है। शैलेन्द्र ने 'दिल का हाल सुने दिलवाला' लिखा था—'होंगे राजे-राजकुँवर हम बिगड़े दिल शहजादे' लिखा तो उसमें छुपे पॉलिटिकल कमेन्ट को पढ़ना चाहिए। सिर्फ़ सूरज निकला है, आफताब लाएँगे, इंकलाब लाएँगे चीखने से ही रिवॉल्युशन हो जाता है, ऐसा नहीं है। कहने के तरीके होते हैं। मैंने ये बोल भी लिखे—आँचल धूप को पकड़े। मैं इस मीडियम को जानता हूँ और सिर्फ़ करने के लिए कुछ करना है—तो नहीं करता। 'जिगर मा बड़ी आग है', 'आँचल धूप को पकड़े', 'तेरी साँसों में किवाम की ख़ुशबू है, 'तेरा आना भी गरमियों की लू है'—तमाम पोएटिक एक्सप्रेशन्स हैं। 'बँटी और बबली' में 'देखना आसमान के सिरे खुल गए हैं जमीन से' में इमेजेज हैं। 'फूंक-फूंक दे रे, ये ऐश ट्रे भरती जा रही है'—'नो स्मोकिंग' में ये इमेजरी हैं—क्योंकि फ़िल्म में एबस्ट्रेक्ट की गुंजाइश थी।

'सात ख़ून माफ' में हीरोइन का एक पति रशियन है। इसके लिए डायरेक्टर-कम्पोजर विशाल ने रशियन लोक-धुन का इस्तेमाल तय किया। अब चूँकि रशियन बोलने में 'आर' (R) पर ज्यादा स्ट्रेस देते हैं

इसलिए मैंने एक्स्ट्रा 'आर' 'डॉर्र...S...लिंग' जोड़े। यहाँ तक कि मैंने रूसी कवि पुश्किन का नाम, मॉस्को और ख़ैबर भी डाल दिया। यह सब फ़िल्म का जो टेम्परामेंट होता है उसे सूट करना चाहिए।

जब कैरेक्टर को ज़ुबान देना हो तो उसके नाम पर कुछ भी तो नहीं ही किया जा सकता।

यक़ीनन कैरेक्टर की ज़ुबान, सिचुएशन का सच आपको देना चाहिए। मगर पोएट्री को कन्टेमिनेट भी नहीं कर सकते, प्रदूषित भी नहीं कर सकते, इसे वाहियात नहीं बना सके। थोड़ी सेंसिबलिटीज आप की भी है, ज़िम्मेदारी है आपके भीतर बैठे शख़्स की। इरादतन वल्गेरिटी और नैकेडनेस कविता में संभव नहीं है। भरी दुपहरी में, कचहरी बुलाए बैठा थानेदार स्थानीय नर्तकी के साथ क्या व्यवहार कर रहा है, वह वैसा ही प्रकट होगा मगर सस्तेपन और आर्ट के फॉर्म की सेंसिबल जरूरत में फ़र्क अपने आप समझ में आ जाता है। इसके लिए सफाई की जरूरत नहीं पड़ती।
जिगर में आग एक पोएटिक एक्सप्रेशन है, पर उस कैरेक्टर का जो बैकग्राउंड है, उस पर खड़ा होता है।

मगर कई बार आप ठेठ शब्द खूबसूरती से इस्तेमाल कर लेते हैं, जो निहायत देसी दुनिया के मुहावरों में से उठकर आते हैं। इसमें नए डायरेक्टरों के साथ मुश्किल नहीं होती?

अभी जो कई फिल्ममेकर हैं, वे अधिकतर शहरों से ही हैं। अपने ख़ुद के कल्चर में भी उनकी जड़ें नहीं हैं। छूट गई हैं कहीं। सिनेमा से ही सीखा, सिनेमा में ही पले और सिनेमा में ही जिए चले जा रहे हैं। उनसे कुछ ख़ूबसूरत लाइनें पास करवाना भी मुश्किल हो जाता है। इसलिए आप सबके साथ काम भी नहीं कर सकते।

ओंकारा का एक गीत है—'माथे पर तिरसूल के जैसे तीन-तीन बल पड़ते हैं, कान पे जूं रेंगे तो भैया रान बजा चल पड़ते हैं'—यह आल्हा-

ऊदल है। यह हमारी लोक परंपरा का है। यह जीवन में रहा है, पर अगर आपका फिल्ममेकर नहीं जानता तो सारी इमेज़री एक तरफ़ रह जाएगी। दंगल से पहले जांघ पर, रान पर हाथ मारकर मुकाबले के लिए उतरने की इमेज़री तो दूर रही कोई कह सकता है—ये रान क्या है—खाने वाली रान?

ना लिहाफ, ना गिलाफ, ठंडी हवा के खिलाफ—वो समझे तो बाकी को अंगरेज़ी में समझाए। यह शुद्ध हिन्दुस्तानी या अंगरेजी का मामला नहीं है, बोलचाल और साँस्कृतिक जड़ों का मामला है।

कई शब्द ऐसे हैं, एक्सप्रेशन्स ऐसे हैं, जो आजकल के लोग समझते ही नहीं है। एक जनरेशन है जो बॉम्बे में बड़ी हुई, विदेश गई, शॉपिंग, डांस और सोशलाइजिंग एक जैसे ग्रुप में हुई। वे क्यों पूरे देश के लिए फ़िल्म बनाएँगे? उनके पिता जो बॉम्बे में दूर जगहों से आए थे जिन्हें ज़िन्दगी की बड़ी सच्चाइयाँ मालूम थीं, उनकी तरह ये अंगीठी, ब्लैक बोर्ड, निब या नीम पर तोता जानने से रहे। अगर आपने कोयले से स्लेट पर कुछ लिखने की बात कर दी तो वे पूछेंगे—व्हाट कोयला? व्हाट इज सिगड़ी? व्हाट इज बारहखड़ी? उन बेचारों का दोष नहीं है। उनका तो माइक्रोवेव और अवन है। जो परिवेश है, वही जानेंगे। लेकिन आप भी जब उनसे इंटरेक्ट करते हैं, समझाकर कहते हैं—ये कैरेक्टर आगरा में है, बाराबंकी में है, वह इसे ही बोलता-समझता है तो वे समझेंगे।

उनकी सेंसिबलिटीज के साथ हाथ मिलना पड़ता है, तब राह निकल आती है।

वर्ना तो आप देख सकते हैं कि फोक भी 'डिजाइनर फोक' हो जाता है, उसका एस्थेटिक्स एलीट हो जाता है और वह पाँच सितारा ड्राइंगरूम की अनजानी 'एक्सक्लुसिव' चीज़ बनकर रह जाता है। लफ़्ज़ों का इस्तेमाल भी फैशन हो जाता है।

थोड़ा आप भी तो बदलते होंगे।

हमें भी बदलना होता है। फ्रस्ट्रेट होकर हाथ नहीं छोड़ सकते। अपने काल की सच्चाई को शामिल करना चाहिए, तभी आप कन्टेम्पोरेरी बने रह सकते हैं। अगर हम समझें कि शायरी अभी भी गाव-तकिये लगाकर हो रही है और हम 'फांसी के तख़्ते' या 'शमशीर से सर कलम करने' की शायरी से अपनी तुक चलाएँगे तो क्या मतलब, जब कि दोनों ही चीज़ों अब होती नहीं।

किसी जमाने में हमारे पास सिर्फ़ रेडियो था। आप रेडियो सीलोन, बिनाका गीतमाला और विविध भारती की प्रतीक्षा करते थे कि आपका गाना बजे। अभी सौ चैनल चल रहे हैं जो विजुअल के साथ गाना चला रहे हैं। आपके पास आईपॉड है, तमाम तकनीकी चीज़ों हैं। गीतों और आवाज़ों की बौछार हो रही है। इस स्पीड से आप म्युज़िक कंज्यूम करेंगे तो इनके अमर रहने की उम्मीद मत रखिए। पुराने से तुलना करना ही बेमानी हो जाता है। और फिर, आप गाने आइसोलेशन में थोड़े ही सुन रहे हैं। परफॉर्मर का चेहरा साथ चल रहा है। वह चेहरा भी तीन सैकंड बमुश्किल क्लोज अप में आकर गायब हो जाता है। इमेजेज़ भी ठहरती नहीं। आपकी भाषा एक नहीं, मिलावटी है। आपका गीतकार भी वही लिख रहा है। ज़ाहिर है आप आधी सदी पीछे की ज़िन्दगी तो नहीं जी सकते।

यह वो समय नहीं है। कोई वक़्त था जब इप्टा के हिन्दी-उर्दू के तमाम प्रोग्रेसिव लिखने वाले फ़िल्मों में उतरे थे। एक ही वक़्त में पं. सुदर्शन, पं. भूषण, पं. मुखराम शर्मा, पं. नरेन्द्र शर्मा, पं. प्रदीप और भरत व्यास भी थे। हिन्दी और उर्दू जानने वाले थे—ठीक है, पर सिनेमा की भाषा एक थी। कोई फ़र्क नहीं पड़ता था कि वैजयन्तीमाला अपने डायलॉग तमिल स्क्रिप्ट में पढ़ती है या वहीदा रहमान रोमन में लिखा चाहती हैं।

हालाँकि जोश मलीहाबादी और कृश्न चंदर जैसे लोग थोड़ी जल्दी निकल गए क्योंकि फ़िल्मों के मीडियम को समझना, उसकी एप्रोच से एकाकार होना—हर किसी को नहीं जमता। आप इस मीडियम में

> **अगर आपने कोयले से स्लेट पर कुछ लिखने की बात कर दी तो वे पूछेंगे—व्हाट कोयला? व्हाट इज सिगड़ी? व्हाट इज बारहखड़ी? उन बेचारों का दोष नहीं है। उनका तो माइक्रोवेव और अवन है। जो परिवेश है, वही जानेंगे।**

जब तक रंगते नहीं, इसे एँजॉय नहीं कर सकते। आप बाहरी आदमी होकर इसके लेखक नहीं हो सकते, इसका हिस्सा बनना पड़ेगा। राजेन्द्र सिंह बेदी और ख्वाज़ा अहमद अब्बास सबसे लम्बे समय तक रहे। उन्होंने मीडियम को सीखा और फ़िल्में भी बनाईं। वैसे ही सरदार ज़ाफरी साहब जल्दी चले गए मगर मजरूह इंडस्ट्री में रह गए। मैं इन सबका गवाह रहा हूँ। मैं एँटीक पीस हूँ। मैं क़िस्मत वाला हूँ कि मैंने बिमल रॉय, सलिल चौधरी, एसडी बर्मन, मदनमोहन—सबके साथ काम किया।

जब मेरे आस-पास सब कुछ बदल रहा है। माहौल बदल रहा है, बच्चे बदल रहे हैं, तो मैं न बदलूँ—यह कैसे हो सकता है? उनकी अपनी ज़िन्दगी है, अपनी गति है। आदमी ने कितना सीखा इससे बड़ा होता है, उम्र की गिनती से नहीं। समय को सीखना ज़रूरी है। अतीत से शक्ति ले सकते हैं, बोझ नहीं बना सकते।

जब नौजवान फिल्ममेकर आपके पास अपना आइडिया लेकर आते हैं तो कैसे संवाद बनता है?

कई नौजवान फ़िल्ममेकर मेरे पास स्क्रिप्ट लेकर आते हैं। यह अच्छी बात है कि वे लेखक भी हैं। वे पूरा सीन लिखते हैं। मगर भाषा की समस्या है। वे डायलॉग नहीं लिख सकते, भाव हैं—भाषा और विचार

अंगरेज़ी में चल रहे हैं। मैं कहता हूँ जिस भाषा में आप आर्ट फॉर्म चुन रहे हैं उसे जान तो लें। भाषा का भी एक कल्चर है, उसे समझना चाहिए। यदि अंगरेज़ी का कल्चर समझ लिया है तो अच्छी इंग्लिश फ़िल्म बनाइए। हम एक ही फिल्मकार की भाषा में समय के बदलाव की छाया भी देख सकते हैं। शाद का काम देखिए—'साथिया' के बाद 'बँटी और बबली' में, फिर 'झूम बराबर झूम' में देखिए। बदलाव का क्रम है, दिखता है।

हम अपनी नज़्म स्वतंत्र रूप से लिख सकते हैं, वह आपकी अपनी है। पर फ़िल्म के बोल, फ़िल्म के कैरेक्टर के हैं, उसकी स्क्रिप्ट के हिस्से हैं। किल-दिल में गोविंदा के गीत में मुझे दर्द और निर्ममता बराबरी की मात्रा में डालनी थी क्योंकि उसने दो बच्चों (रणबीर और अली के चरित्र) को बड़ा किया है। वहाँ मेरी सोच गोविंदा, रणवीर और अली की रिलेशनशिप को अभिव्यक्त करने की ज़रूरत से आकार लेती है। आम प्रेमगीत आसान होते हैं, पर कैरेक्टर जितने जटिल होते जाते हैं, उन्हें शब्द देना और मुश्किल होता जाता है।

आपको यह तो पता होना चाहिए कि आपका मक़सद क्या है, किनके लिए बना रहे हैं, क्यों बना रहे हैं? आप गीत लिखें तो भी, संवाद लिखें तो भी—जो कैरेक्टर हैं उनका स्वभाव पता होना चाहिए। उनकी तासीर, उनकी सिफत—उनके लिए भाषा देने में ज़रूरी है। हर कैरेक्टर एक-सा तो नहीं बोलेगा। ऐसे ही हर कैरेक्टर एक जैसा ही गाएगा भी नहीं। उसके गीत और संवाद में एक साम्य होना चाहिए वर्ना आप कैरेक्टर को उसका रंग कैसे देंगे?

शाद जब 'किल दिल' की स्क्रिप्ट पहली बार मेरे पास लाया तो उसकी कुछ चीज़ें मुझे पसन्द नहीं आईं। उसने दुबारा स्क्रिप्ट पर काम किया। ये होता है फ़िल्म शेयर करना, स्क्रिप्ट शेयर करना। मैंने अपनी बात उससे शेयर की। अपने विचार बताए कि कुछ चीज़ें विरोधाभासी लगती हैं। उन्होंने सुना,
सोचा और अपने हिसाब से रिवाइज किया। उनके बनाए कैरेक्टर्स की

थोड़ी भूल, थोड़ा उतार-चढ़ाव-थोड़ा फ़र्क, बस खूबसूरती का सबूत मिल जाता है। वर्ना तो नकली-नकली सा लगता है, पक्का परफेक्शन! दीवाली पर दीये जलाने और बल्ब लगाने के बीच का फ़र्क महसूस किया है?

एनर्जी ने मुझे खींच लिया। 'साथिया' से 'किल दिल' तक शाद का जो ये कन्विक्शन है कि 'बँटी और बबली' ताजमहल बेच देते हैं, तो ताजमहल ऑडियन्स में भी बिक गया। एक भीतरी एनर्जी होती है फिल्मकार की, और उसके बनाए कैरेक्टर की।

विशाल के साथ आपकी ट्यूनिंग इन सबसे अलग है।

विशाल बेटे जैसा है। वो मेरी तरफ़ है। जो भी लिखता हूँ, उस पर डाल देता हूँ। पंचम के बाद सबसे ज़्यादा उसके ही साथ काम किया। उसने राह बनाई है। वह उसकी अपनी तरह की राह पर है। 'माचिस' से 'मक़बूल' और 'हैदर' तक उसने अपनी अलग पहचान खड़ी की है। उसे मैंने हलवाई की दुकान से पाया! मैं दिल्ली में एक रेकॉर्डिंग स्टूडियो का पता पूछते भटक गया था तो जो शख़्स हलवाई की दुकान से वहाँ तक लेकर गया, विशाल था। बाद में वह मुम्बई आया। यहाँ ख़ुद को साबित किया। वह बेहद टैलेंटेड है, उसमें अपने सोच को लेकर बड़ी मजबूती है। 'मोगली' से 'इश्किया' तक उसका रंग देखिए। उसके बनाए गीतों और प्रयोगों पर हम शुरू में उसका नाम लिए बिना बात कर चुके हैं। उसकी रेंज बहुत है, वह पक्का है।

और शंकर-एहसान-लॉय...

ये 'थ्री मस्केटियर्स' लाजवाब हैं। और इतने स्पॉन्टेनियस हैं कि पूछिए मत। शंकर तो कई बार समस्या खड़ी कर देता है। मेलोडी का मटका है, जिधर झुकाओ सुर निकल आते हैं। उसको जो भी लाइन दो, उसकी फौरन ट्यून बना देता है। उसकी धुन में आप आसानी से बह सकते हैं। मुझे बड़ा सावधान रहना पड़ता है कि शब्द साबुत और अपनी चमक में बने रहें क्योंकि ट्यून इतनी आसानी और स्वाभाविक रूप से आती है, शंकर की तरफ़ से। कभी-कभी वह कोई शब्द बदलने को कहता है और आख़िरकार जो बनता है, वह फ़िल्म के मिज़ाज के साथ, सिचुएशन में बेहद खूबसूरती से निकल आता है।

एक लाइन—'कजरारे कजरारे नैनों वाले' शंकर के गले में धुन बनाते-बनाते अटक गई थी, वहाँ से शाद के गले में पड़ी। मुझ तक यह ऐसे पक कर पहुँची कि, कुछ भी लिखिए, ये लाइन न बदलिए। सिचुएशन ढाबे की थी और स्ट्रीट सिंगर गा रही थी। जाहिर है वो ट्रक के पीछे के शेरों से ही अपना गीत बनाएगी—जालिम नज़र हटाले, चाकू की नोक पर कलेजा...और साथ वाले भी गाने लगे—मिलना दिल्ली में, काली कमली वाले की कसम...। आख़िरकार ऐश्वर्या राय उसमें आ गईं, ये बैंड-बरातों का एन्थम हो गया।

अब तकनीक का वक़्त है। बुरी आवाज़ें भी माँज दी जाती हैं। रिकॉर्डिंग का मज़ा भी बदल गया होगा?
हाँ सो तो है। श्रेया घोषाल मेरा एक गीत चेन्नई में रहमान के साथ गा रही हैं, मैं इसे बॉम्बे में स्काइप पर बैठा मॉनीटर कर रहा हूँ। वो वक़्त था जब सारे म्युज़िशियन, गीतकार, डायरेक्टर एक साथ बैठे हैं, आदमी से आदमी का स्पर्श बना हुआ है और एक दिन में गीत रिकॉर्ड हो गया है। अब दस दिन भी लग सकते हैं। टैक्नीक चीज़ों को ख़ूबसूरत और एरर-फ्री बना सकती है लेकिन मानवीय ऊष्मा नहीं होती। इन्सानी हाथ से जो 'परफेक्शन' होता है, वो थोड़ा कम परफेक्ट होता है, नेचुरल। थोड़ी भूल, थोड़ा उतार-चढ़ाव-थोड़ा फ़र्क़, बस खूबसूरती का सबूत मिल जाता है। वर्ना तो नकली-नकली सा लगता है, पक्का परफेक्शन!

दीवाली पर दीये जलाने और बल्ब लगाने के बीच का फ़र्क़ महसूस किया है? किस तरह से लौ बारी-बारी से निकलती है, हवा के रुख़ से वो लड़ती है और तन के खड़ी होती है कि अब झोंका आया तो देखेंगे।

बल्ब तो स्विच दबाया कि पूरा जल उठा!
एक दीये की कॉपी, दूसरे दीये की लौ में हू-ब-हू नहीं होती, बल्ब सारे एक वाट के!

अब मुझे पंचम पर बात करनी है।

पंचम को मैंने अपनी जवानी दे दी।

जब हम उम्मीद से थे, उन्हीं दिनों से दोस्त थे। हम असिस्टेंट थे, वह अपने पिता जी का और मैं बिमल रॉय का। सचिन दा जब कम्पोजिशन के लिए आते, उनका बेटा डग्गा साथ लिए आता। नेकर पहने रहता था।

सचिन दा के लिए मेरा पहला गाना था 'मोरा गोरा अंग लइले'। उस वक़्त पंचम भी वहीं था। जब सचिन दा की नाराज़गी ख़त्म हो गई, शैलेन्द्र लौट आए। उन्होंने 'बंदिनी' के बाकी गीत लिखे। पंचम मुझे उत्साहित करता—जाओ बाबा से मिलो, बात करो। वह मुझे अपने घर बुलाता। लिंकिंग रोड पर उस एक मंजिला इमारत में, जो अब वहाँ नहीं है।

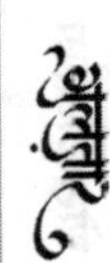

पंचम मुझसे तीन-चार साल छोटा था। वो हमेशा बच्चा ही रहा। रंगीन कपड़े पहनना (ख़ासतौर पर लाल रंग उसका प्रिय था) और शैतानियाँ करना। मेरा नाम उसने रखा था—सफ़ेद कौआ। उसका सेंस ऑफ़ ह्यूमर अपनी तरह का था। आशा जी अपना घर बड़ा साफ़-सुथरा रखती थीं, सो उन्हें एक दिन गिफ़्ट मिला—शानदार काग़ज़ में लपेटे हुए दो बड़े झाड़ू।

और खाना पकाने का जो मज़ा वो लेते थे।

म्युज़िक के अलावा उसका ये एक बड़ा शौक था खाना पकाना। उसने अपने टैरेस गार्डन पर चालीस क़िस्म की मिर्चियाँ उगाई थीं। क्रॉस ब्रीडिंग करके नई-नई क़िस्में ईजाद कर ली थी। कोई दोस्त विदेश जा रहा होता तो उसे वहाँ से सूप के पैकेट लाने को कहता। राही सभरवाल जो एयर इंडिया में थे, उन्हें उसने एक सूप लाने को कहा जो सिर्फ़ हाँगकांग में मिलता था। फिर भूल ना जाए इसलिए एक तार भी कर दिया। मैसेज के नीचे साइन थे—सूप लवर।

उस उम्र में हमारे साझे शौक थे—घर पर पका खाना और खेल। वह फुटबॉल का दीवाना था, पक्का मोहन बागानियन। गोगी आनंद से उसकी इस पर गरमागरम बहस भी हो जाती।

पंचम गजब का माउथऑर्गन बजाता था। पिताजी के आर्केस्ट्रा में भी उसने बजाया, सरोद भी उसका लाजवाब था। उस्ताद अली अक़बर खां साहब से शिक्षा ली थी उसने। पिताजी के साथ उसके मतभेद हो जाते थे मगर सचिन दा का वह इकलौता बेटा था और बहुत लाड़ पाता था। वे नॉर्थ-ईस्ट एक के शाही खानदान से आते थे और यहाँ मुम्बई में उन्होंने म्युज़िक का अपना साम्राज्य बना लिया था।

'बाबा आप मुझे पॉकेट मनी नहीं देते।' पंचम कहता। सचिन दा हसंते, 'ओय पंचम तुम रसोई के खर्चे में कब हाथ बँटा रहे हो?' जब भी बेटा म्युज़िक रूम से निकलने की जुगत में दिखता सचिन दा कहते, 'जाओ जाओ, मुझे मालूम है तुम्हें सिगरेट पीनी है।'

पंचम के धुन बनाने के तरीके भी अजब थे...।

पंचम कार ड्राइव करते हुए धुनें बनाता था। गुनगुनाएगा और जब तक फ़िल्म सेंटर पहुँचेगा, कहेगा—चलो अब तुम घर जाओ। मेरे दिमाग में ट्यून आ गई है। मैं म्यूजिशियन्स के साथ आजमाता हूँ। जब वह किसी धुन से एक्साइट होता तो खुशी के मारे चीख़ उठता। अपनी ख़ुशी वो सिर्फ़ अपने तक नहीं रख़ता था, बांटता चलता था। उसका परम आनंद सबका होता था।

जिसके लिए धुन बना रहा है, उसका चेहरा उसके सामने रहता था। मेरे लिए वह कई धुनें अलग बचाकर रख लेता-यह कहकर कि यह तो गुलज़ार टाइप है। यह ट्यूनिंग थी हमारी। यह 'गुलज़ार टाइप' क्या है? उससे पूछो तो कहता, सच पूछो तो मुझे भी पता नहीं। यह तो बस महसूस किया जा सकता है।

हाँ, आधी रात में सड़कों पर घूमते हुए आप दोनों ने मुसाफिर का पहला ठिकाना ढूँढ़ा था...।

'परिचय' की बात कर रहे हैं? यह हमारी पहली फ़िल्म थी—साथ-साथ। उसकी ख़ास बात यह थी कि उसका म्युज़िक विजुअल में चलता था। कुछ ऐसे मॉमेन्ट्स थे जो उसके म्युज़िक पर मैंने बाद में पिक्चराइज किए। वह पूछेगा, 'अरे तुम्हारी फ़िल्म में इस लोकेशन पर नदी है कि नहीं? मैं इन्टरल्यूड में माझी की आवाज डालना चाहता हूँ।' उसे नदी दिखाई देती थी।

वह किसी का बैकग्राउंड तैयार कर रहा था राजकमल स्टूडियो में। मैंने उसे जाकर मुखड़ा दिया—'मुसाफिर हूँ यारों, ना घर है ना ठिकाना' और चला आया। उसने रात एक बजे आकर जगाया और कहा, नीचे जाओ, ड्राइव पर चलते हैं, कुछ सुनाना है। कैसेट पर उसने धुन रिकॉर्ड कर रखी थी। हम बान्द्रा की खाली गलियों में घूमते रहे—वह डैश बोर्ड पर धुन बजाता रहा। शब्द जोड़े और बदले जाते रहे। धुन भी तरमीम

होती रही। सूरज उगते जब घर लौटे तो गीत तैयार हो चुका था।

यह उसका जुनून था, काम की लगन थी, हमारा जीने का तरीक़ा, और सुर यही था।

उसे कोई धुन—चाहे गुजराती फोक हो या जैज़, जमी नहीं कि उसी वक़्त फोन करेगा—फौरन आओ, एक नई चीज़ है—तुम्हें सुनाए बिना चैन नहीं आएगा।

प्राइवेट एलबम को वह प्रोफेशनल काम नहीं मानता था। 'फालतू काम' कहता था उसे। प्रोफेशनल काम ख़त्म करके हुई सिटिंग्स में जो 'फालतू काम' उसने किया वह था 'दिल पड़ौसी है'। आप जानते हैं कि वह फालतू कितना फालतू था। म्युजिकल जीनियस के साथ यही होता है।

कभी कंपोजिशन को लेकर आपके बीच कोई खींचतान भी होती थी?

बिल्कुल। 'दो नैनों में आँसू भरे हैं' लोरी थी पर पंचम ने उसे लताजी के साथ इतने भारी म्युज़िक के साथ रिकॉर्ड किया कि वह लोरी नहीं लगती थी। गीत अच्छा बना था पर मुझे इतना संगीत नहीं चाहिए था। पंचम से कहा तो बोला, 'गाना बड़ा नंगा लग रहा था इसलिए म्युज़िक डालना पड़ा।'

मैं असहमत रहा और मैंने कहा, चलो इसे रखते हैं, दूसरा वर्जन भी दो। मगर कोई नतीजा नहीं।

बाद में एक दिन पंचम लताजी के साथ किसी और फ़िल्म का गीत रिकॉर्ड कर रहा था। मैंने कहा, 'दो नैनों' को रिकॉर्ड कर लें, बिना म्युज़िक के। पंचम थोड़ा हिचक रहा था, नहीं यार दीदी पता नहीं क्या कहेंगी। मैंने कहा, चल मैं पूछता हूँ।

मैंने लताजी से कहा, वे खुशी-खुशी रिकॉर्ड करने को तैयार हो गईं।

चूँकि गीत थोड़ा हाई पिच पर गाया गया था इसलिए मैंने उसमें डायलॉग भी जोड़ दिया, बच्चा पूछता है, 'इतना ऊँचा गाती हो तो नींद कैसे आएगी?'

और जो टाइम्स ऑफ़ इंडिया की न्यूज पर गीत बनाने की बात है—

पंचम का एक प्रिय चुटकुला था—एक आदमी दूसरे से पूछता है, मेरा ख़याल है तुम्हारे देश में लोग 'प' को 'फ' कहते हैं। दूसरा जवाब देता है—'फागल है क्या!' अब इस चुटकुले पर जो कि इतना भी ख़ास नहीं था, उसे बड़ा मज़ा आता। यह उसका हमारी बातचीत में तकिया कलाम बन गया। 'मेरा कुछ सामान' गीत जब मैंने लिखकर उसे दिया तो बोला, 'फागल है क्या! कल टाइम्स ऑफ़ इंडिया लेकर आएगा और कहेगा इस न्यूज आइटम पर धुन बना दे।'

'छोटी सी कहानी से बारिशों के पानी से' एक एलपी को सुनते हुए दोहराए गए टुकड़ों के बीच पैदा हुआ था। फ़िल्म में जगह नहीं थी तो टाइटल में वह आया, और...सारी वादी भर गई!

हमने तमाम फ़िल्में कीं 'ख़ुशबू', 'किनारा', 'आँधी', 'किताब', 'नमकीन', 'लिबास' और 'इजाज़त'। एक बार वह दुर्गा पूजा के लिए बांग्ला गीत रिकॉर्ड कर रहा था। उसके बोल मशहूर गीतकार गौरीशंकर लिख रहे थे। मुझे बनती हुई धुनों में से एक धुन पसन्द आई। तो मैंने अपना हिन्दी गीत उसमें डाला और कहा, देखो, मैं इसे 'आँधी' के लिए ले रहा हूँ। वह था—'तेरे बिना ज़िन्दगी से कोई शिकवा तो नहीं'।

पंचम ने मुखड़ा-अन्तरा स्ट्रक्चर नहीं तोड़ा पर उसने बांग्ला परंपरा-संचारी उसमें बुन दी—गीतों के इन्टरल्यूड में वर्स (मुक्त छंद) की जगह निकाल दी। 'किताब' में तबले की बजाय अलग-अलग ऊँचाई की मेज़ों से संगीत निकाल दिया। 'धन्नो की आँखों में' और 'मेहबूबा-मेहबूबा' उसकी अपनी ईजाद की हुई शैली थी जिसे बाद में कई ने कॉपी करने की कोशिश भी की।

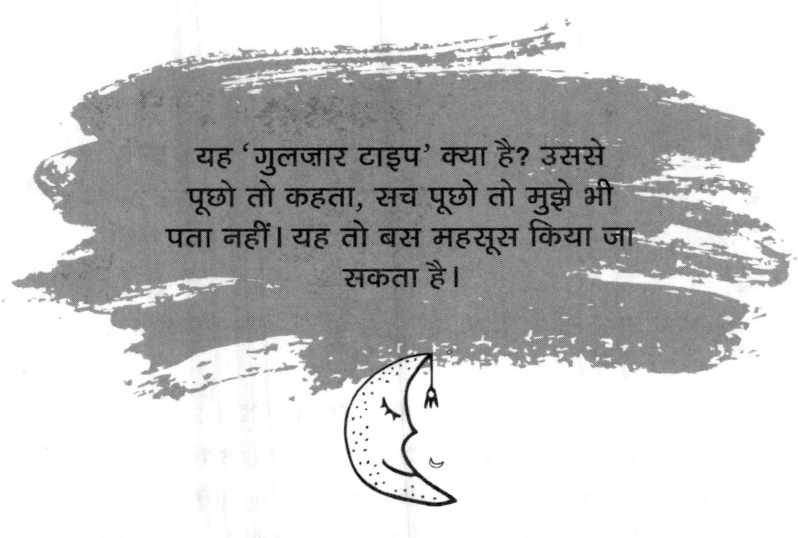

'इजाज़त' की शूटिंग से पहले हम एक बार छुट्टी मनाने खंडाला गए हुए थे—अचानक तेज़ बारिश होने लगी—पत्तियों पर बूँदें गिरने की आवाज़, हवा के सरसराने की आवाज़, ऐसा लगा कि मैंने उससे कहा, हम कोई सिम्फ़नी सुन रहे हैं। है कि नहीं? वह बहुत गम्भीर हो गया और गुनगुनाकर धुन बनाने लगा। जिन्होंने 'इजाज़त' देखी है, वे पहचान सकते हैं कि बैकग्राउंड में ट्यून का स्ट्रक्चर कैसे आया होगा। वह मौसम में चल रहे संगीत को जानता था और उसकी छुपी शक्ति को जिन्दा कर देता—अपनी धुनों में।

उसके कॉन्फिडेंस की लपटें, उसकी उत्कट चाह और अपने क़िस्म का कुछ रचने की ज़िद आग्रह—परंपरा को तोड़कर नया करने के लिए बने थे।

कभी-कभी सोचता हूँ,—मैंने कई गलतियाँ की होंगी, लापरवाहियाँ की होगीं, कई बेवकूफियाँ मुझसे हुई होंगी मगर दो लोग—पंचम और संजीव—बेमिसाल थे। उनसे गलती नहीं हो सकती थी। हम तीनों के पास अगर और अवसर होते तो हम मिलकर सबको हैरत में डाल देते।

संजीव आपकी फ़िल्मों का अविभाज्य हिस्सा लगते हैं।

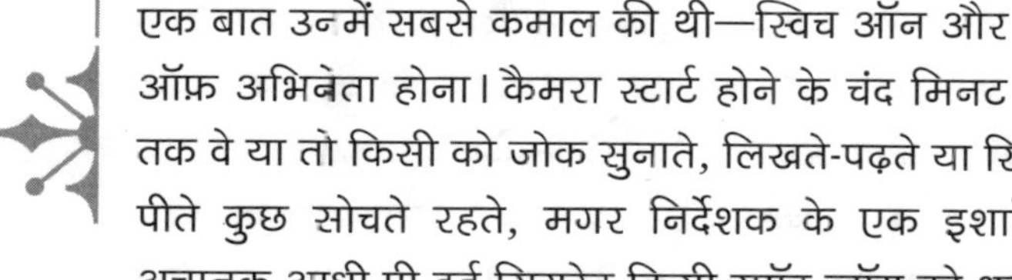

संजीव बस संजीव थे।

एक बात उनमें सबसे कमाल की थी—स्विच ऑन और स्विच ऑफ़ अभिनेता होना। कैमरा स्टार्ट होने के चंद मिनट पहले तक वे या तो किसी को जोक सुनाते, लिखते-पढ़ते या सिगरेट पीते कुछ सोचते रहते, मगर निर्देशक के एक इशारे पर अचानक आधी पी हुई सिगरेट किसी स्पॉट ब्वॉय को थमाकर वे फ़िल्म के पात्र में उतर जाते थे। कोई भावुक या आँसू-बहाऊ दृश्य करने के बाद, कैमरा ऑफ़ होते ही उन्हें हँसते हुए देखा जा सकता था। यानी उन्हें मूड नहीं बनाना पड़ता था, किसी चरित्र को निभाने के लिए। उनकी कल्पनाशीलता तथा पकड़ इतनी मजबूत थी कि कोई भी पात्र वे जी सकते थे। दूसरे, कॉमेडी में उन्हें महारत थी। सही टाइमिंग और संवाद अदायगी, अलग-अलग मुद्राएँ—सब उन्हें आता था।

आपकी फ़िल्में देखकर कभी-कभी लगता है कि जब आप लिखते हैं वो दिमाग में संजीव कुमार ज़रूर रहता होगा, या फिर जिस नायक को चुनते हैं वो संजीव कुमार जैसा ही होता है।

संजीव का तो यह था जिस किसी रोल में डाल दो वो कर जाएगा। वह आपको मायूस नहीं करेगा। दृश्य एक बार समझा दीजिए, थोड़े से डिस्कशन के बाद मुश्किल से मुश्किल चरित्र को आत्मसात करना उनके लिए बहुत आसान होता था। इतनी स्वाभाविकता के साथ हर कैरेक्टर को जीता था कि आपको लगेगा वह कैरेक्टर उसी के लिए बनाया गया है।

संजीव की रेंज बहुत बड़ी है। उसके साथ जो फ़िल्में की हैं उसमें देखिए उम्र के कितने स्तर एक साथ हैं। नौजवान, अधेड़, बुज़ुर्ग! और, 'अंगूर'

के बोलते और 'कोशिश' के गूंगे किरदार को याद कीजिए।

संजीव से मुलाकात कैसे हुई?

संजीव कुमार से मेरी मुलाकात इप्टा के दिनों में हुई थी। वह स्टेज पर 'ऑल माई संस' किया करता था। वह उस वक़्त लीला चिटनीस के पति की भूमिका निभाता था। सिर्फ़ 22 साल का था। तब मैंने एक बूढ़े के तौर पर उसकी अदाकारी देखी। एक बार शो के बाद संजीव मेकअप रूम में मेकअप उतार रहे थे कि पृथ्वीराज कपूर आ पहुँचे। उन्होंने 22 वर्षीय संजीव को कोई दूसरा कलाकार समझकर औपचारिक बधाई दी और पूछा, 'वो बूढ़ा कहाँ है?' जाहिर है, वह बूढ़ा संजीव ही थे। पृथ्वीराजजी यह जानकर हैरत में पड़ गए और जबर्दस्त बधाई देते हुए गए।

इतना अच्छा अभिनेता था वो कि उस तरह की रिच भूमिकाओं में मुझे सबसे ज़्यादा सूट करता था। दो-एक कहानियाँ हैं जिनमें वो सूट नहीं करता था तो मैंने नहीं लिया। इस पर संजीव ने शिकायत की कि तुम्हें ज़रूरत क्या है ऐसी कहानी बनाने की जिसमें मैं नहीं हूँ?

सिर्फ़ 'अचानक' में संजीव ने मना कर दिया था। उनका सिप्पी साहब के साथ कोई मतभेद हो गया था। डॉक्टर का रोल उन्हें ही करना था जिसे करने के लिए बाद में दिल्ली से ओम शिवपुरी को बुलवाया। लेकिन कल्पना कीजिए वही रोल अगर संजीव ने किया होता तो पूरी पिक्चर का प्रभाव कुछ और होता। शिवपुरी ने अच्छा काम किया, अच्छे एक्टर थे लेकिन जो प्रेजेंस होती है, उपस्थिति होती है वो संजीव के पास थी। एक से दूसरे में उस उपस्थिति का ही फ़र्क़ होता है।

'नमकीन' में एक सीन है जिसमें वहीदा जी अपना अतीत सुनाती हैं। इसे देखकर संजीव इतना डूब गया कि बोला, ऐसा कोई पुरुष चरित्र नहीं बना सकते? ऐसा सीन करने को मेरा जी चाहता है।...ये एक एक्टर की नज़र थी। यह बात मैंने किसी और से नहीं सुनी। मैंने इतने

लोगों के साथ काम किया, किसी ने ये नहीं कहा कि ये सीन करने को जी चाहता है। जो वहीदा जी को मिला वह एक मेल कैरेक्टर के लिए होता तो क्या बात थी। एक सीन को जी लेने की बात करना, कमाल की बात है। यह दुर्लभ है। सबसे ख़ूबसूरत और यूनिक, यही संजीव का गुण था।

बतौर एक आदमी, उन्हें अपनी खुशियों और गमों को अपने भीतर नियंत्रित करने की शक्ति हासिल थी।

उसकी शर्त थी, फ़िल्म का आखरी दृश्य आखरी दिन ही शूट होगा, और उसमें संजीव कुमार होना चाहिए। शूटिंग ख़त्म होने के बाद घर आते। वे ख़ामोश रहते एक ड्रिंक लेते और डम्बो कार्टून देखते हुए ख़ामोश रोते रहते, फिर चले जाते। यह एक क्रम था। उनके भीतर की इमोशनल शख़्सीयत का एक पहलू था, कि डम्बो, एक छोटे से हाथी से उन्हें कहीं जीवन का बोध होता था।

वो 2 नवंबर, 1985 की रात थी। वे यूँ ही अंधेरी रात में पाली हिल की सड़क पर खड़े बातें कर रहे थे। मैंने पूछा, 'हाऊ इज इट?'

उन्होंने कहा, 'ठोकर मारने को मन करता है।'

हमारा कोड वर्ड था—'इट' यानी 'हार्ट'। बायपास सर्जरी में पैर की नस निकालकर दिल में लगाई जाती है, इसलिए उनका जवाब अपने अंदाज में था—'ठोकर मारने को मन करता है।'

5 नवंबर को वे दुनिया से चले गए। उन्हें नज़र में रखकर बाप-बेटी के रिश्तों पर एक स्क्रिप्ट मेरे ज़ेहन में थी।

मगर वह जो संजीव गया है न,
अभी पास से उठकर...

उसकी पहली बरसी पर मैंने लिखा था—

हैली कॉमेट की तरह गुज़रता है जो साल अभी
...गुज़रा नहीं।
देर तक तैरेगा बर्फ़ाब धुआँ—सा इसका
देर तक गदर उड़ाएगा जमीं की छत पर।

वह जो 'संजीव' गया है ना, अभी पास से उठकर
उसकी साँसें मेरे पहलू में अभी तैर रही हैं
मेरी दीवार पे उस पीठ का खम बाकी है अब तक
सिर्फ़ तारीख ही बदली है, सफ्हा बदला नहीं।

वो तशद्दुद का बगूला सा जो गुजरा था गली से
मेरे दरवाजे पे कुछ ख़ून के छींटे उड़ाकर
ऐसे जन्नाटे से गुजरा था मेरे कानों से—
कोई आहट भी सुनाई न दी आते बरस की।

कुछ लाशें जो कूड़े पर वहाँ फेंकी गई थीं
दफ़नाते हुए सारों के लब सिए गए थे,
कुछ धागे अभी कब्रों से निकले हुए हैं,
वो कब्रें उलट जाएँ तो मैं साल पलट दूँ।

हम कुछ देर के लिए ख़ामोश रह जाते हैं।

ख़ामोशी कुछ ही पलों में उनकी आवाज़ से ही टूटती है—चाय और मंगा लें? वक़्त भी हो गया।

वो वक़्त ही है जो अतीत से गुज़रकर हाथ आता है। माजी उनका वो दरवाजा है जो भविष्य की तरफ़ खुलता है। वक़्त को वे बड़ी शिद्दत से पकड़ते हैं और दर्ज करते हैं।

मैं उनकी फ़िल्मों में वक़्त का 'किनारा' और 'लेकिन' खोजता हूँ।

'लेकिन' में समीर बरसों से बंद महल का दरवाज़ा खुलते ही वक़्त 'सूंघता' है। फ़िल्म की नायिका समय की किसी घड़ी में रुकी हुई है। ज़िन्दगी से डर लगता है और उसे मौत से बचना चाहती है। रेवा भटक रही है।

मैं एक सदी से बैठी हूँ
इस राह से कोई गुज़रा नहीं
कुछ चाँद के रथ तो गुजरे थे
पर चाँद से कोई उतरा नहीं।

यह जो भटकन है, प्रतीक्षा है वक़्त के साथ बड़ी गुंथी हुई है।

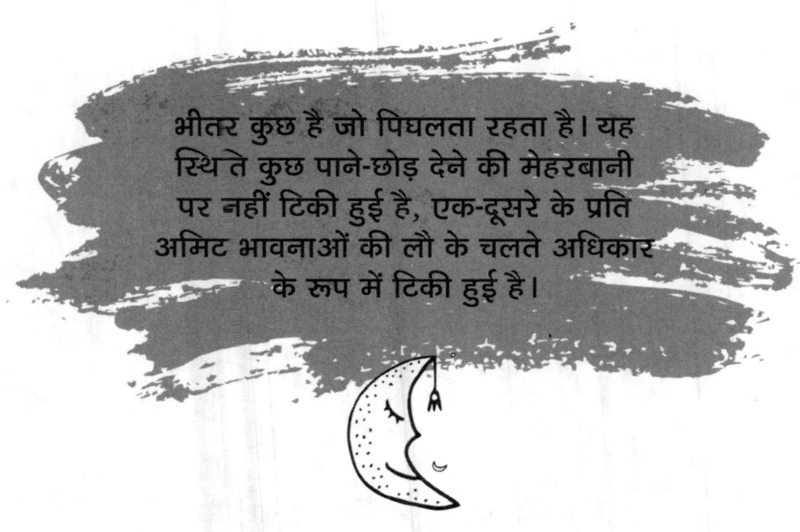

वैसे आप जीवन को कैसे देखते हैं? कोई कैसे देखेगा? काल ही है जिसके हिस्से को हम अपने-अपने तरीके से जीते, काटते, बिताते, महसूस करते हैं। जीवन की रहस्यमय खूबसूरती इसी में है। वक़्त को नापकर देखिए। हिस्ट्री में एक सदी तो पन्ना पलटते निकल जाती है। मगर उस एक पन्ने में कितनी दास्तानें होती हैं। कितने लोग होते हैं। कितनी साँसें ली जाती हैं। कितने भाव पनपते हैं। उन भावों से रिश्तों के नए-नए रूप बनते हैं। एक रूप में भी कितने डायमेंशन होते हैं? इन सबको नाम देने का अकेला ज़रिया क्या है? वक़्त!

कालमाई चूल्हे में आग का पेड़ उगाती है, तब रोटी उतरती है। वक़्त कोई घंटा नहीं जो आवाज़ देकर बताता है कि दो बजे हैं। ये तो हमने नापने का एक तरीक़ा निकाला कि उम्र में से कितने दिन गए। तारीख़ें और कैलेंडर बनाए, अपनी सहूलियत के लिए कि हिसाब-किताब रख सकें, अपने सिस्टम में। कि, चलो खर्ची में पूरा एक दिन रोज मिला। दो-चार लम्हें जेब से गिर जाते हैं। कुछ कर्जा माँगने वाले गिरेबां पकड़ के किस्त में ले लेते हैं। कुछ हम खर्च करने के लिए सेविंग में रख लेते हैं। कई बार किसी के उतारे हुए दिन पहनके उसकी महक में कई रोज़ कट जाते हैं। शाम को धूप का जो एक छोटा-सा पुर्जा दरवाज़े से फेंका हुआ मिलता है तो ये लिखा होता है कि आज का दिन भी जी लिए, तो गवाही है कि—ख़ूबसूरत है।

Gulzar Personal Collection

इंतज़ार में भी एक लम्हे की हिस्ट्री है। एक निरन्तरता है वक़्त की, जो पीछे से आगे को, आगे को और आगे से जोड़ती है। इसमें एक आस है, उदासी भी। मासूम-सी हँसी बेवजह ही कभी होठों पे खिल जाती है। अनजान सी खुशी बहती हुई साहिल पे मिल जाती है।

यह काल के साथ आपके जीवन, मन और ख़याल की करिश्माई केमिस्ट्री है कि आप पूरी कायनात का छोटा-सा हिस्सा होते हुए भी आप हैं। आपके लिए एक-एक लम्हे की अहमियत बन जाती है। ठुड्डा खाके गिरे हुए दिन को रात उठा लेती है, हाथ-पाँव पोंछकर ताक पर बिठा देती है—खूंटी पर टांगे चाँद के चिराग़ की तरह। आप ख़्वाब देखते हैं। उन्हें पूरा करने का एक और ख़्वाब देखते हैं। आप सूफ़ियों-मुनियों को देखते हैं, फकीरों-अमीरों को देखते हैं। फूलों के खिलने की आवाज़ नहीं आती पर ख़ुशबू की ख़बर आ जाती है। जी उदास हो तो ज़िन्दगी की लौ ऊँची करके चल देते हैं। यही इंनसानी ज़िन्दगी की सबसे बड़ी खूबसूरती है।

आप उदास हों तो क्या करते हैं?

जलता रहता हूँ। अगरबत्ती की तरह।

यानी ख़ुद चुपचाप जलते हुए भी कोना महक जाए? आप तो सिरहाने ख़्वाब जलाने को कहते हैं ताकि थोड़ी नींद आए। हम जैसों को यह मुश्किल लगता है। कई लोग उदासी से हताशा में चले जाते हैं।

लोगों के बारे में, ख़ुद अपने बारे में आपके भी अनुमान थोड़े ग़लत हो सकते हैं। आमतौर पर लोग लम्हों को जीने की कोशिश करते हैं, यह और बात है कि सबके तरीके अलग हैं, इसलिए आपको एकदम पकड़ में नहीं आते।

फुटपाथ वालों की भी अपनी जन्नत होती है, वे भी अपनी धज में जीते हैं। आप सोच रहे हैं वे आपसे जलते हैं, मगर अपने सुख में वे आपसे ज्यादा रैशनल हैं। उदासी और हताशा में फ़र्क है। रिश्ते से कोई इतना टूट जाए तो ज़िन्दगी से हार जाता है। मगर उदासी तो लम्हों के जमा होने की ताक़त से उठती है। जी नहीं लगता, ख़ामोश रहते हैं, आप यही अहसास ज़िन्दगी से कम्युनिकेट करते हैं। जो कम्युनिकेशन है तो शिकायत भी हो सकती है, मन को समझाना भी, पर यह सब लेन-देन आख़िरकार जीवन के सुबूत हैं।

आपका एकान्त भी अकेला नहीं है, आप अपने साथ हैं। भीतर कोई चीज़ है जो सबके मायने खोजती रहती है।

यह क्यों लगता है?

उम्रें लगीं कहते हुए दो लफ़्ज़ थे, इक बात थी।
वो एक दिन सौ साल का सौ साल की, वो रात थी।

आपकी एक कविता में वक़्त गूंधने का ज़िक्र है। कभी आटे की मिकदार

बढ़ जाती है, पेट की भूख एक हद से आगे नहीं बढ़ती इसलिए रिश्ते के दस्तरख़्वान से उठने के अलावा कोई चारा नहीं। भरे पेट कोर्ट-कचहरी में जाते हैं, छुट्टी पाने के लिए। पर रिश्ते राशनकार्ड तो है नहीं कि कानूनी मुहर से चल जाएँ। वक़्त के साथ रिश्तों का यह बड़ा लेन-देन है।

इसी नज़रिये की वजह से मानवीय रिश्तों की परतें खोलने में मदद मिलती है।

इनसानी रिश्ते बहुत जटिल होते हैं। इनकी हर परत में नई चीज़ मिलती है। आपको लगता है—ये सच है, तभी जी धक् से रह जाता है कि ग़लत हो गए लेकिन अगले ही पल कोई और डाइमेंशन आ खड़ा मिलता है। परों से हल्के, चलते-चलते भारी हो गए। बर्फ़ से भारी, बरसों तले गलते-गलते हल्के हो गए।

मेरे कपड़ों में टंगा है तेरा खुशरंग लिबास
घर पे धोता हूँ मैं हर बार उसे
और सुखा के फिर से
अपने हाथों से उसे इस्त्री करता हूँ मगर
इस्त्री करने से नहीं जातीं शिकनें उसकी
और धोने से गिले-शिकवे के चकत्ते नहीं मिटते।

जिन्दगी किस कद्र आसां होती
रिश्ते गर होते लिबास
और बदल लेते क़मीज़ों की तरह।

यह इच्छा है। इच्छा है तो क्यूँकर है? हम महान किस्से-कहानियों को बड़ा पसन्द करते हैं लेकिन जब उसी फिक्शन की परिस्थितियाँ वास्तव में घटित होती हैं तो हम कितना अलग रिएक्ट करते हैं? लिबास इसी थीम पर थी। 'इज ज़त' में चरित्रों के तीनों कोण पॉज़िटिव कैरेक्टर्स ने संभाले हुए थे, तीनों एक-दूसरे की खुशी की परवाह करते हैं। 'आँधी' हो या 'ख़ुशबू'—आत्म सम्मान, स्वाभिमान, प्रेम, हठ, परिस्थितियाँ सब हैं। लेकिन, भीतर कुछ है जो पिघलता रहता है। यह स्थिति कुछ पाने-छोड़ देने की मेहरबानी पर नहीं टिकी हुई है, एक-दूसरे के प्रति अमिट भावनाओं की लौ के चलते अधिकार के रूप में टिकी हुई है।

वक़्त ही है जो लौटकर नहीं आता पर रह-रह कर बिम्बों में लौटता है। (गुज़रा हुआ वक़्त नहीं हूँ कि लौटकर आ भी ना सकूं...) इसी से रिश्ते बनते हैं।

रिश्ते और कैसे बनते हैं?

जैसे—
सुई धागे का अजीब रिश्ता है
सुई चुभती भी है सीती भी है।

अब मैं एक ऐसे रिश्ते पर बात करूँ जो बिल्कुल अलग तरह से बना—अहमद नसीम क़ासमी! आपने जिनके लिए लिखा—

जिस तरह तन झुलसती गर्मी में
ठंडे दरिया में डुबकियाँ लेकर
दिल को राहत नसीब होती है
ऐसा ही इत्मीनान होता है

तेरी अच्छी सी ऩज़्म को पढ़कर!
लगता है ज़िन्दगी के दरिया में
एक तारी लगा के निकले हैं
रूह कैसी निहाल होती है!

साथ रहना और रोज़मर्रा की ज़िन्दगी में मिलना ज़रूरी नहीं, कुछ रिश्ते एक-दूसरे की इज़्ज़त और एहतेराम से भी बनते हैं।

याद-ए-माज़ी अज़ाब है या-रब
छीन ले मुझ से हफ़ीज़ा मेरा। (ग़ालिब)

जनाब अहमद नदीम क़ासमी लाहौर में 'न.क्श' के संपादक थे, बाद में फुनून नामक लिटरेरी मैग्ज़ीन निकालने लगे। मैं और सुखबीर दोनों उनके प्रशंसक थे।

1990 में मेरे पास एक वाडिया साहब का फोन आया। वे लाहौर में अपने एक रिश्तेदार से मिलकर लौटे थे। उनकी मुलाकात क़ासमी साहब से हुई थी। क़ासमी साहब ने एक चिट्ठी मेरे नाम भिजवाई थी। यह बड़ा सरप्राइज़िंग था। उन्होंने लिखा था कि वे काफ़ी समय से मेरी न.ज़्में पढ़ रहे हैं और यह कि कई शायरों से उन्होंने मेरा पता माँगा था मगर किसी वजह से मिल न पाया। फिर लिखा कि यह ख़त तुम तक पहुँच जाए तो ख़त लिखना। यहीं रिश्ते की नींव पड़ी। वे मेरे मेंटर हुए, मार्गदर्शक हुए। उनका परिवार हमारा हुआ। इसने रिश्ते शब्द को एक नया अर्थ दिया।

बाबा के साथ मेरी पहली मुलाकात ही आखिरी साबित हुई थी। दूसरी मुलाकात मैं तब करके आया जो ज़रूरी रह गई थी—उसके बग़ैर दायरा टूटा सा महसूस होता था।

समनाबाद में उनकी कब्र पर नज़दीक खड़े होकर मैंने कहा, मैं हाज़िर हूँ।

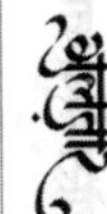

सुनते होंगें जरूर मुझे...।

ज़रूर सुनते होंगे। इस आवाज़ की डोर पकड़कर मैं फिर आपकी स्मृतियों में दाखिल होना चाहता हूँ। आपने बचपन में अपना घर छोड़ा था, फिर उस घर को देखने पहुँचे तो मुल्क दूसरा था।

मैंने आठ की उम्र नें पिता के साथ पाकिस्तान छोड़ दिया था। मैं 2004 में एक इमर्जेन्सी वीज़ा पर क़ासमी साहब से मिलने गया था। उनकी तबियत खराब थी मगर अपनी जन्मस्थली दीना जाने की हसरत बहुत अर्से से थी। कई बार मन किया जाने का, मगर मैं उन इमेजेज़ को धुल जाने से बचाना चाहता था जिन्हें मैंने जिया था और हमेशा एक डर सा लगा रहता था कि वहाँ भी सब बदल चुका होगा, वह भी दुनिया की दूसरी जगहों जैसा हो गया होगा।

आखिर एक मौका आया जब मैं पाकिस्तान गया। अजीब-रोमाँच था, धुकधुकी और घर को लौटकर देखने की कल्पनाओं का अंबार।

मैं वाघा बॉर्डर पैदल पार करना चाहता था। उस मिट्टी पर चलना ऐसा लग रहा था जैसे अपने घर की तरफ़ अपनी जन्मस्थली की ओर भागा जा रहा हूँ, छूटा हुआ वतन। अहसास बहुत गहरा और अन्दरूनी था। अनायास ही जैसे सरहद पे पहुँचा मैंने अपनी मोजड़ियाँ उतार लीं, मैं अपने नंगे पाँव उस मिट्टी पे रखना चाहता था।

ये थोड़ा बचकाना लग सकता है, पर मैं ज़मीन को महसूस करना चाहता था। मेरे मित्र हसन जिया पाकिस्तान से रिसीव करने आए थे, हम उन्हें हाथ हिलाते देख सकते थे, जब हमारे पासपोर्ट चैक हो रहे थे। उनके साथ हम पहले लाहौर गए जहाँ विशाल को रिकॉर्डिंग करनी थी।

दिन के वक़्त हम लाहौर की गलियों में घूमे। पर मैंने महसूस किया वहाँ गलियों में घूमना और आम आदमी के साथ भुट्टा खाना नामुमकिन है। लोग प्यार करते हैं, भीड़ हो जाती है, मिलना चाहते हैं, माहौल में

हर वक़्त घिरा हुआ महसूस करता था। मैं भीतर अकेला था और यह सब मुझे डिस्टर्ब कर रहा था—पर मैं किसी से कह नहीं सकता था। जी चाहता था कि कुछ चने लूँ, मोची से कहूँ मेरे जूते की नाप ठीक कर दे। जूते की पॉलिश हो जाए लेकिन कोई मौका ही नहीं देता था। इस घुटन से निकलकर मैंने अगले ही दिन दीना जाना तय कर लिया।

पाँच घंटे का सफर था झेलम तक। हम दो कारों में रवाना हुए। विशाल और रेखा एक कार में थे, हसन जिया और एक दूसरे शायर दोस्त मेरी कार में। मैं रास्ते भर खोया रहा और हमने एक जगह केले खाए।

मेरे दोस्त मुझसे बात करना चाहते थे पर मैं चाहता था कि वे मुझे अपने में गुम रहने दें। मैंने अपनी पूरी जिन्दगी में उर्दू के इतने साइन बोर्ड नहीं देखे थे और मैं हर एक को पढ़ना चाहता था। कार में बैठा-बैठा बस यही पढ़ रहा था—एक दिन में इतनी उर्दू मैंने कभी नहीं पढ़ी। हम झेलम से दीना स्टेशन तक पहुँचे।

वैसा ही था जैसा सत्तर साल पहले छोड़ा था। बस ईंटों का एक कमरा औरतों के लिए बन गया था। स्टेशन के बाहर खुले खेत थे जिनसे मेरी यादें आ रही थीं। मेरे पिताजी दिल्ली जाते थे सौदा लेने के लिए। मैं उनके साथ जाना चाहता था मगर चार लोग मुझे पकड़े हुए रोक रहे थे—मैं पिताजी को ट्रेन में खड़े होते और जाते—आँखों से ओझल होते हुए देख रहा था। जब कभी ट्रेन की सीटी बजती या ट्रेन देखता, स्टेशन चला जाता और उनका इंतज़ार करता। इन स्मृतियों के गहराते-गहराते गला रुंधने लगा। और लोग थे कि बातें करते हुए चारों तरफ़ घेरे थे—अकेले होने का कोई मौका ही नहीं। मैं सिर्फ़ ख़ामोशी चाहता था। मेरे उन दयालु मेज़बानों को समझाना मुश्किल था। कई बार मैंने पानी पिया। सूरज डूबने को था, मैं सदर बाज़ार देखना चाहता था, जहाँ मैं रहा करता था। वह स्टेशन से सीधे रास्ते पर ही पड़ता था। हैरत की बात है, मेन बाज़ार बिल्कुल पहले की तरह था अनछुआ और साथ लगी सड़क पर एक नया बाज़ार उग आया था। दोनों बाज़ार दाता चौक पर मिलते थे, जहाँ हमने कारें पार्क कीं और पुराने बाज़ार में घूमने निकल पड़े।

याददाश्त और रास्तों में कैसी गुफ़्तगू हुई?

हर चीज़ जिन्दा हो गई। उस दिन मेरी याददाश्त बड़ी काम आई। मैं सबसे आगे चल रहा था और बिना किसी से पूछे, कोई मदद लिए सीधे उस गली में पहुँच गया जहाँ हम रहते थे। लोगों को पता चल गया था, कि हम वहाँ आ रहे हैं इसलिए लोग इकट्ठे थे। कुछ दुकानदारों ने मुझे पहचान भी लिया और मेरे परिवार के बारे में बातें करने लगे—मेरी बहन, बड़े भाई और मामू तक के बारे में। तभी अचानक उनमें से एक ने मुझसे अल्लाहदित्ता के बारे में पूछा। (अल्लाहदित्ता, बचपन में साथ, परिवार में रहा था)

मैंने बताया कि कैसे बरसों पहले कराची जाने के बाद से उससे मेरा सम्पर्क टूट गया, अब उसकी वहाँ टेक्सटाइल मिल है। फिर वे पुरानी छोटी-छोटी बातें याद करने लगे कि कैसे मेरे भाई के ससुर मक्खन सिंह काले वाले और मेरे पिताजी मक्खन सिंह कुर्लांवाले का नाम एक था। फिर उन्होंने कहा, 'तुम्हारे पिता मुझसे 5 रुपए किराया लेते थे। अब तुम मेरे मकान मालिक आ गए हो तो ये पैसा तुम ले लो।' (देख भाई तेरा प्यो मेरे कालो 5 रुपए कराया लेंदा सी-मालक मकान सी साडा। हुण तू आया एन ते 5 रुपए ले जा मेरे कालों।) मैं रो पड़ा और उनका हाथ थाम कर वहीं बैठ गया।

उसके बाद?

फिर हम मेरे स्कूल गए। जब मैं वहाँ पढ़ता था वह एक प्राइमरी स्कूल था जिसमें सिर्फ़ दो ब्लॉक थे। अब वह हाईस्कूल हो गया था, एक तीसरा ब्लॉक भी बन गया था, उसका नाम रखा था—गुलज़ार कालरा ब्लॉक। सब वहाँ स्वागत में खड़े थे। मैं बेहद भावुक हो गया।

लौटते में मैं कुरलां जाना चाहता था—जो दीना से एक मील दूर था, वहाँ मेरे पिता जन्मे थे। मगर अंधेरा हो चला था, हसन जिया मेरा हाल देख रहे थे और मुझे राय दी कि न जाना ही ठीक होगा। लिहाजा हम

लाहौर रवाना हो गए। रास्ते भर मैं नाक पोंछता रहा, आँखें नम होती रहीं। लालमूसा में मियाँ की दाल खाने रुके, तब जाकर कुछ संभला। लाहौर पहुँचे तब तक रात हो चुकी थी। लौटकर हमने रिकॉर्डिंग शुरू की, मगर मैं महसूस कर रहा था कि क़व्वाल गा रहे थे, मगर उनके बैकग्राउंड में भी मैं अकेला था।

इतनी बेचैनी थी कि बयान कैसे करूँ?
लोग कहते हैं जब आप अपने बचपन में लौटते हैं तो बड़े ख़ुश होते हैं मगर मुझे नहीं लगता। अच्छा है, मगर बहुत उदास भी।
उसे छूते भी हैं, जीते भी हैं पर ख़ुद को ही दूसरे ख़ुद के साथ।

एक गहरी ख़ामोशी फिर फैल जाती है। जो कविता दीना की इस स्मृति में लिखी गई है, उसमें उनके पिता उनसे मिलते हैं—कहते हैं चलो दीना चलें। ज़ीरो लाइन पर पीछे, भारत में सूरज, आगे उनकी परछाई, पाकिस्तान में।
पिता मुस्कुराए, बोले—

वहाँ जब मिट्टी छोड़ी थी...
अपने घर चला आया था, पुन्नी
मुझे उम्मीद थी तुम आओगे पुन्नी,
कि मेरे अन्त की तुमको ख़बर पहुँची नहीं थी।
यकीं था तुम आओगे मुझको विदा करने!
बस इक वक्फ़ा ठिठक के रह गया था
छड़ी को खटखटाया फिर ज़मीं पर
बढ़ा कर हाथ बोले
'चलो दीना चलेंगे।'

दरअसल ये दो मुल्कों का नहीं, उस जगह का मामला है जहाँ आदमी जन्म लेता है, जहाँ की मिट्टी में खेलकर बड़ा होता है। उन लम्हों का मामला है जिनसे आपकी ज़िन्दगी से पहली पहचान की गवाही मिलती है। बचपन वहाँ से छूट गया। बड़े होने पर, बाद में पिता भी जब हमेशा के लिए छोड़कर गए थे—तो मिट्टी दर्द की तस्वीर बन गई।

जब मेरे पिताजी का देहाँत हुआ दिल्ली में, तो मैं बिमल दा के असिस्टेंट के तौर पर काम कर रहा था। परिवार ने मुझे कोई ख़बर नहीं दी। मेरे बड़े भाई जो मुम्बई में रहते थे, उन्हें पता था कि क्या हुआ है, उन्होंने फ्लाइट ली और उसी दिन दिल्ली निकल गए। बाद में हमारे दिल्ली के एक पड़ोसी थे—उन्होंने अपनी तरफ़ से कुछ दिन बाद मुझ तक किसी तरह ख़बर पहुँचाई। मैं तत्काल ट्रेन से घर की तरफ़ भागा। उन दिनों फ्रंटियर मेल हुआ करती थी, यही फास्टेस्ट थी—उसने दिल्ली पहुँचाने में चौबीस घंटे लिए। जब तक पहुँचा सब ख़त्म हो चुका था। मैं उन दिनों स्ट्रगल ही कर रहा था, दिल में एक खालीपन लिए मुम्बई वापस लौट आया।

मैंने अपने पिता का अन्तिम संस्कार नहीं किया, इसलिए वे मेरे लिए मरकर भी ज़िन्दा रहे। पाँच साल बीत गए और वक़्त आया जब बिमल रॉय अपने आखिरी दिनों में थे। हर रात मैं रोया करता था क्योंकि कैंसर बिमल दा को तिल-तिलकर खाए जा रहा था। मैं उनके साथ रहा और उनकी प्रिय स्क्रिप्ट अमृत कुंभ पढ़ कर सुनाता था। स्क्रिप्ट में बदल-बदलकर नायक की मृत्यु को आगे खिसकाते बिमल दा ने अन्ततः जोग स्नान के दिन नायक की मृत्यु का दृश्य तय किया। 8 जनवरी, 1966 को उन्होंने देह त्यागी। जब वह गए—तो योग ऐसा था कि—वह जोग स्नान का दिन था—और, उनके साथ मैंने अपने पिता का भी अन्तिम संस्कार किया।

मेरे पीछे परछाई है, आवाज़ देती है
वहाँ जब मिट्टी छोड़ोगे...
चले आना तुम्हारा घर यहीं पर है

तुम्हारी जन्मभूमि है! वतन है!

ज़ाहिर है अब ख़्वाबों और सच्चाई के बीच झूलते हुए नए सच दर्ज कराना पड़ते हैं।
वक़्त काफ़ी बह गया। पर ख़्वाब तो आते ही हैं।

गुलज़ार यह कविता पढ़ते हैं -यह उन्होंने मुझे कई साल पहले इसी तरह पढ़कर सुनाई थी—

सुबह-सुबह इक ख़्वाब की दस्तक पर दरवाज़ा खोला, देखा
सरहद के उस पार से कुछ मेहमान आए हैं
आँखों से मानूस थे सारे
चेहरे सारे सुने-सुनाए

पाँव धोए- हाथ धुलाए
आँगन में आसन लगवाए...
और तंदूर पे मक्की के कुछ मोटे-मोटे रोट पकाए
पोटली में मेहमान मेरे
पिछले सालों की फ़सलों का गुड़ लाए थे

आँख खुली तो देखा घर में कोई नहीं था
हाथ लगाकर देखा तो तंदूर अभी तक बुझा नहीं था
और होठों पर मीठे गुड का ज़ायक़ा अब तक चिपक रहा था

ख़्वाब था शायद!
ख़्वाब ही होगा! !
सरहद पर कल रात, सुना है, चली थी गोली

सरहद पर कल रात, सुना है
कुछ ख़्वाबों का ख़ून हुआ था!

माइग्रेशन और ख़ून—क्या हम पार्टीशन के ज़ख्मों से कभी उबर पाएँगे?

मैं अमन की आशा में बड़ा हुआ हूँ। एक सरहद का बनना और अपने जन्म स्थान से दूसरी जगह पर माइग्रेशन क्या आसान होता है?...आप जब कहीं से उखड़ते हैं तो जड़ें आपके साथ रहती हैं। यहाँ भी रोप दिए जाएँगे मगर आप जड़ों की ओर लौट कर जाते हैं।

मैं भी लौटता हूँ। हमें स्वीकार करना चाहिए कि दो देश हैं। हम पार्टीशन क्यों कहते हैं, आज़ादी क्यों नहीं कहते? यह सरहद से इंकार करना नहीं है, यह दो आज़ाद मुल्कों के बीच बॉर्डर को स्वीकार करना है। आपको दोनों मुल्कों की पहचान का सम्मान करना पड़ेगा। जो बने हैं, तो दोनों एक-दूसरे की शख़्सीयत को कबूल करें।

और तमाम जंगों के बावजूद, हिस्ट्री मुल्कों को नफरत नहीं सिखाती। जोनाथन स्विफ्ट के लफ़्ज़ याद कीजिए—इंग्लैंड से आने वाली हर चीज़ जला दो—सिर्फ़ कोयले और लोग छोड़कर।

ठीक है, माफ करना आसान नहीं होता। अगर हजारों लोग सिर्फ़ अपने धर्म की वजह से मारे गए हों तो भूल जाना भी आसान नहीं होता। मगर माफ करना भी हिस्ट्री का एक पार्ट है। आपको आगे बढ़ना होता है। मानव सभ्यताएँ तभी बनती हैं। सबक लेते हैं, बेहतर बनते हैं, तभी आगे जाते हैं।

जो हुआ, वह हुआ। पिताजी कहते थे, 'प्रलय आई है, निकल जाएगी।' पिताजी ही थे, जिनकी वजह से हम नफरत के जहर से बचकर निकल गए। उन्होंने वही वैल्यूज़ हमें दी, वहीं माहौल दिया।

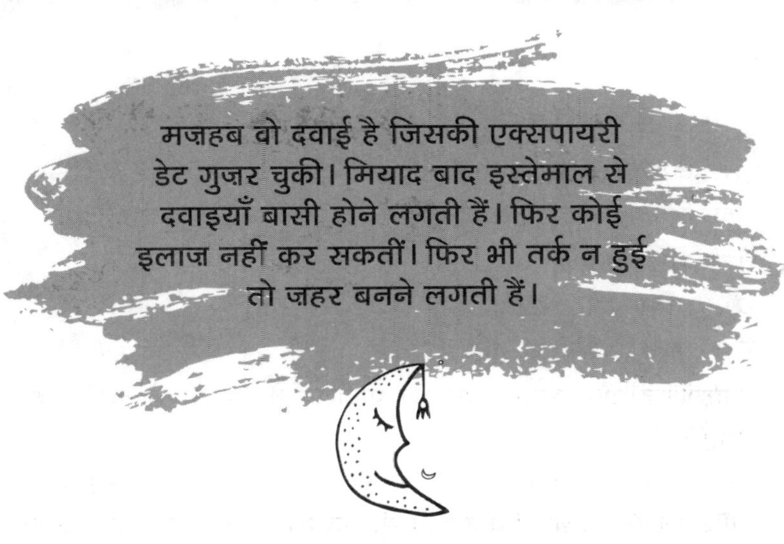

सब एक ही तो था। इन्सान एक ही है। सच को स्वीकारें और आगे बढ़ें। अवाम से अवाम तक कोई फ़र्क नहीं है। सियासत अपना काम करती है, अवाम अपना। हम तो हिन्दुस्तान में फ़ैज, मन्टो के लिए अभी भी उसी तरह जलसे करते हैं। तमाम दिल की बातों को वैसे ही दिल की लौ देते हैं। जिगर साहब ने कहा था—उनका जो काम है अहले-सियासत जाने/मेरा पैग़ाम मुहब्बत है, जहाँ तक पहुँचे।

फिर भी लोग जंग की बातें तो करते-सुनते हैं।

जो जंग की बात करते हैं। उनके लिए यह है—

जंग छिड़ी है—

जब तक जंग मेरी बस्ती से दूर सुनाई देती है
बड़ा बहादुर बनके मैं
अख़बार पढ़ के
राय दे सकता हूँ—
जंग कैसे लड़ते हैं और लड़के जीती जाती हैं
जब भी कोई गोला फटता है
मेरी बस्ती के पास कहीं
तो मैं तहख़ानों में छुपने की

सारी तरक़ीबें जानता हूँ

बैठके ड्राइंग रूम में
टीवी, रेडियो और अख़बारों में
जंग लड़ना कितना आसां है
दिलचस्प भी!

मगर आपको मज़हबी आतंक का जो रूप दुनिया पर दिख रहा है... बामियान के बुद्ध उड़ा दिए गए, इस सदी में।

यही डराता है। मज़हब वो दवाई है जिसकी एक्सपायरी डेट गुज़र चुकी। वो जो इक मियाद थी ना इस्तेमाल की वो गुज़र चुकी।
मियाद बाद इस्तेमाल से दवाइयाँ बासी होने लगती हैं। फिर कोई इलाज नहीं कर सकतीं। फिर भी तर्क न हुई तो ज़हर बनने लगती हैं।

इस ज़हर का इलाज क्या है?
फेंक दो। लेना बंद करो। जो बेकार हो, वह चीज़ डालो कबाड़ में।

कुछ देर के लिए ख़ामोशी छा जाती है। तोड़ने के लिए मैं बासु भट्टाचार्य के एक बयान का सहारा लेता हूँ जो गुलज़ार और स्पिरिचुअलिटी के हवाले से है।

आदमी का भ्रम कैसे साफ़ हो?

स्पिरिचुअलिटी, रिलिजियसनेस नहीं है। भीतर में जाकर अपने आपसे जुड़ना स्पिरिचुअलिटी है। यह इति की खोज है, 'सेल्फ' की पहुँच है। जैसे बंगले में पीछे की तरफ़ कुंडलिनी की तरह स्पाइरल सीढ़ियाँ होती हैं। उधर से माली आता है और ज़िन्दगी की उन सीढ़ियों से पूरी सफाई कर जाता है। यह स्पिरिचुअल कान्शसनेस है। आप कभी वे सीढ़ियाँ

चढ़ पाते हैं, कभी नहीं। यह जो क्लिंज़िंग है, वह आपको चेतन बनाती है। जिसे 'अटेनमेंट' कहा जाता है, वह इसी की स्टेज है।

धर्म ज़िन्दगी जीने का एक तरीक़ा है। चूँकि हम 'एँकरलेस' होकर नहीं जी सकते इसलिए एक एँकर की तलाश होती है। ग्रेविटी नहीं है तो आप फ्लोट करते हैं, स्थिरता के लिए एक एँकर चाहिए। मगर रूढ़ियाँ भी धर्म नहीं हैं। एक चीज़ होती है 'वि.ज्डम' और दूसरी होती है 'डिफाइन्ड वि.ज्डम'—जैसे गीता है। फिर होते हैं संस्कार! ये आपको मिलते हैं। आप जितना सचेतन होते जाते हैं, बेहतर मनुष्य बनने की तरफ़ बढ़ना चाहते हैं। इनसान के लिए 'सेल्फ' की तलाश बहुत स्वाभाविक तलाश है। यही तक़मील की तलाश है? और तलाश की तक़मील भी!

आदमी को बार-बार लगता है कि ये दुनिया किसी सर्वशक्तिमान ने बनाई है।

जिज्ञासा नेचुरल है। तभी साइंस में लगता है। नए-नए आविष्कार होते है। बिगबैंग से ये प्लैनेट बने हैं ना? साइंसदान कहते हैं कि एक सेल से पहला जीवन बना और फिर ये पूरी सृष्टि बनी। ज़िन्दगी का जीन नहीं मरता। ये सेल जो है वो बनी रहती है। गोपालदास गुज़र गए, गोपालदास ज़िन्दा हैं। अब ये पहला सेल किसने बनाया और फर्स्ट जीन की वजूहात क्या थी—इस पर बात होती है। वो ताक़त कौनसी थी? इनसान कितने दिन रहेगा, कि एक्स्टिंक्ट हो जाएगा? तो सोचते हैं कि इसके लिए अनंत ही ठीक है। चूँकि अमर हो जाना एक आशा है और हर आदमी यह चाहता है तो साथ जोड़ देते हैं कि कोई शक्ति तो है। साथ-साथ अपनी तार्किक वैज्ञानिक खोजें भी चलती रहती हैं। जैसे सेल की बात है, मेमोरी सेल्स भी होते हैं। कहीं कोई मेमोरी सेल चला गया तो पुनर्जन्म हो गया। कोडिंग से पूरी स्मृति निकल आई। इसे पकड़ लिया तो पिछली सेंचुरी ही कलेक्ट कर लेंगे। कहते हैं ना, मैं गया वक़्त नहीं हूँ कि फिर आ भी न सकूं।

तो, सारी तलाश लेकर आप जी नहीं सकते। कितनी ख़ूबसूरत सृष्टि

मिली है? बेहतर यह है कि जो ज़िन्दगी है, उसमें अपने मक़सद, मुक़ाम और धड़कनों से जिया जाए।

ज़मीं भी उसकी, ज़मीं की ये नेमतें उसकी
ये सब उसी का है, घर भी, ये घर के बंदे भी
खुदा से कहिये, कभी वो भी अपने घर आये!

आप बेटी के जन्मदिन पर हवन कराते हैं।

हाँ, कहीं एक संस्कार है। आपको भीतर से कहीं अच्छा लगता है। पर हवन को तपस्या की तरह सिर्फ़ महसूस करके देखिए। मुझे उसमें उठी आग की लपट बहुत अट्रैक्ट करती है। रंग सुनहरी शाहीन है, शहद का रंग है आग/ बस पड़े तो चाट ले। सुनहरी टीका माथे पे चमक जाए तो दीया! आग की खूबसूरती में एक स्पिरिचुअल टच है।

तो, आप ईश्वर को मानते हैं?

बड़े मियाँ? उनसे तो मेरी बाजी चलती रहती है। अगर वो हैं तो मैं उनकी मूर्ति को क़िस्म-क़िस्म की चीज़ों से नहलाते देख पूछता हूँ, कभी छींक तो आती होगी। बस ख़याल को वुजूद दे के, उसको ढूँढ़ते रहे। वुजूद जो ख़ुद ख़याल था। ख़याल ही शक्ल, ख़याल ही सबूत। ईश्वर बड़े क़दीम दौर की किताब है, हमेशा ऊँचे ताक पर पड़ी रुमालों में संभाल के रखी हुई।
ईश्वर से एक बार मैंने बाज़ी लगाई और कहा—

पूरे का पूरा आकाश घुमाकर बाज़ी देखी मैंने
काले घर में सूरज रख के
तुमने शायद सोचा था, मेरे सब मोहरे पिट जाएँगे
मैंने एक चिराग़ जलाकर
अपना रास्ता खोल लिया
तुमने एक समन्दर हाथ में लेकर, मुझ पर ठेल दिया

Pic : Yashwant Vyas

मैंने नूह की कश्ती उसके ऊपर रख दी
काल चला तुमने, और मेरी जानिब देखा
मैंने काल को तोड़ के लम्हा-लम्हा जीना सीख लिया

मेरी ख़ुदी को तुमने चंद चमत्कारों से मारना चाहा
मेरे इक प्यादे ने तेरा चाँद का मोहरा मार लिया—
मौत की शह देकर तुमने समझा था अब तो मात हुई
मैंने जिस्म का खोल उतार के सौंप दिया—और रूह बचा ली
पूरे का पूरा आकाश अब तुम देखो बाज़ी!

चुनौती की यह आखिरी पंक्ति जैसे ही गूंजती है, मैं हमेशा की तरह तृप्त होकर खड़ा हो जाता हूँ। थोड़ा, ख़ामोश अन्तराल और फिर उनकी कुर्सी के पीछे।

कई बार मैंने कहा है उनसे मिलकर कि, जैसे नहाकर निकले!

वे कहते हैं, सामने ठीक यहाँ से देखो। जहाँ वो बैठते हैं वहाँ से सीधे आँख एक जगह जाकर मिलती है, बुद्ध के कपाल के बीचों बीच एक चमकते पत्थर से।

'ये मेरे मेडिटेशन का प्वॉइंट है।'

मैं पूछता हूँ, बुद्ध आपको बड़े पसन्द हैं?

(एक और ब्रेक। बड़ी गहरी साँस के साथ। सामने लेटे हुए बुद्ध को देखते हुए।)

बुद्ध और क्राइस्ट की जिन्दगी ने मुझे हमेशा आकर्षित किया है। ये इन्सानी लगते हैं। अपने जैसे; जिन्हें हम छू सकते हैं। वह पीड़ा जिससे वे गुज़रे, वो दर्द जो उन्होंने अपना 'सेल्फ' (आत्म) पाने की दिशा में भोगा, वह करुणा और शांति जो इन सबसे गुजरने के बाद उनके चेहरे पर अनुभव होती है, वह आपको अलग धरातल पर ले जाती है। आप ज़िन्दगी में करुणा और पीड़ा की ऊँचाई को समझने में शामिल हो जाते हैं।

आपने तो खूब बुद्ध इकट्ठे कर रखे हैं।

कोई और वजह नहीं, संभवतः बुद्ध के चेहरे पर जो अपार शांति है उसकी वजह से मैं खिंचने लगा। उनकी तस्वीरों, प्रतिमाओं, आइकन्स को इकट्ठा करने का सिलसिला शुरू हो गया। सही तारीख तो नहीं बता सकता कि मेरा कलेक्शन कब बनना शुरू हुआ पर पहला बुद्धा हेड जब लिया तो शायद ख़ूबसूरत लगा था इसलिए लिया। उसने मेरा ध्यान खींचा था। फिर मैं शायद दूसरा, पहले के साथ रखने को ले आया। जब तीसरा आया तो लगा कि यह तो कलेक्शन बनता जा रहा है। मुझे बुद्ध की मुद्रा से ख़ास मतलब नहीं है—वे लेटे हैं या अलग-अलग तरीके से बैठे हैं—मैं सिर्फ़ चेहरे के भाव देखता हूँ। हर साइज

के हैं, हर शेड के हैं, सबकी अपनी जगह है।

Pic : Yashwant Vyas

बोसकीयाना भर में बुद्ध मिलते हैं। मिट्टी से लेकर मैटल तक, हाथी दांत के हैं, सेमी प्रिशियस स्टोन के हैं। लम्बी आँखें, शांत मुखमण्डल, बेचैनी ख़त्म कर देने वाली मुस्कान, होठों का रहस्यमयी स्मित।

आपने पहला बुद्धा हेड कब लिया?

मैंने पहली बार पत्थर का बना खरीदा, फिर पीतल का एक दिख गया। इतना पसन्द आया कि तत्काल खरीद लिया। इसके बाद मुझे तपे हुए लोहे में बने बुद्ध मिले। हर एक ने मुझ पर अलग क़िस्म का असर डाला। बुद्ध के हर नए चेहरे में भाव खोजने का यह आनंद इतना बढ़ता गया कि क़िस्म-क़िस्म के बुद्ध मेरे संग्रह में मिलने और सजने लगे। मेरा मन था कि पुखराज का बुद्ध खरीदूँ। मैंने इसे देखा तो कोई बहुत ख़ूबसूरत नहीं था। तभी मैंने गौर से देखा तो पाया कि मैं उसके भीतर देख सकता हूँ, आर-पार। यह मेरे लिए एक नई बात थी। उसने बरबस मुझे अपनी ओर खींच लिया।
एक बेशकीमती पत्थर से दूसरे तक नए-नए भाव मिलते गए। फिर मुझे गिफ़्ट के डिब्बों में बुद्ध मिले। ये छोटे-छोटे से थे—लेकिन बड़े ख़ूबसूरत। 'रूपा' के मेहरा जी ने मुझे इतना छोटा बुद्ध दिया कि आप लॉकेट में पहन सकते हैं।

ये मिट्टी का देखिए, मुझे ख़ासतौर पर पसन्द है इसलिए कि यह सरप्राइज़ गिफ़्ट है। मैं कोल्हापुर गया था। वहाँ के म्युजियम में मैंने

इसे देखा। अनायास ही मैं उस पर लट्टू हो गया। पर इस इश्क का कोई मतलब नहीं था, कोई म्यूजियम अपनी विरासत किसी को बांटता थोड़े ही है। मैंने ऐसे ही हल्के-फुल्के तरीके से अपना इरादा म्यूजियम की अथॉरिटीज के सामने बोल दिया। सबने हँसकर बात को उड़ा दिया।

मगर मैं हैरत में पड़ गया, जब उसी शाम मेरी उनसे मुलाकात हुई। उन्होंने मुझे एक गिफ़्ट दिया—वही प्रतिमा थी। वह मूल की रेप्लिका थी, पता चला वहाँ मिलती है—पर मेरे रोमाँच का ठिकाना न था।

और लताजी ने भी कोई बुद्ध दिया है—

मेरे संग्रह में एक लाल बुद्धा हेड भी है। लताजी ने इसे देते हुए कहा था—यह तुम्हारे पुखराज के साथ खूब जमेगा। बाद में लताजी ने एक हाथी दांत का और दिया। इस तरह मेरे पास आइवरी आ गई।

पॉलिश किए हुए रोजवुड के बुद्ध, ख़ुशबूदार चंदन के निकले बुद्ध। आबनूस से लेकर तमाम क़िस्म की लकड़ियों से बने, भूरी से लेकर लाल तक—तमाम रंगों की, तमाम टेक्स्चर की मूर्तियाँ।

ये जो सामने प्रिसाइड कर रही है—ब्लैक बुद्धा की पेंटिंग, यह मैंने दीप्ति नवल की पेंटिंग प्रदर्शनी से अपने दफ़्तर के लिए खरीदी थी।

सैंडस्टोन के डेढ़ फुट ऊँचे बुद्ध भी हैं यहाँ क्योंकि मेरा अधिकतर वक़्त ऑफ़िस में ही गुजरता है। नाक की थोड़ी किरच निकली हुई है, ठीक हो सकती थी लेकिन मैंने रहने दिया। जैसे माइकेल एजेंलो की पिएटा को 'डिफिगर' करने वाले ने कहा था, 'इतनी खूबसूरती मैं सहन नहीं कर सकता।' बुद्ध की मुस्कान इसमें यूनिक है। पत्थर को यह एक स्पिरिचुअल गुण दे देती है—मुँह देखिए कुछ इस तरह तराशा हुआ है।

पता चला है, इसकी भी एक कहानी है।

हाँ, बड़ी टसल के बाद यह मिली है। आर्ट डायरेक्टर हैं नितीश रॉय। मैंने उनको यहाँ सैंडस्टोन के ये बुद्धा देखे और कहा कि इसे दूसरे सामान के साथ सैट पर ले आना। हम उन दिनों 'लेकिन' की शूटिंग कर रहे थे। नितिश ने मना कर दिया—उसे मालूम था कि अगर इसे सैट पर ले गया तो कभी वापस नहीं आने वाली।

मैंने उससे झगड़ा करना तय किया।

'विट एँड एन्ड्यूरेन्स' की बाजी थी, दिमागी चाल और जंग में टिके रहने की ताक़त का इम्तहान।

जब नितिश ने मुझे बच्चों की एक फ़िल्म की स्क्रिप्ट लिखने को कहा, मैंने मना कर दिया, 'जब तक मुझे वह बुद्ध नहीं मिलता, मैं नहीं लिखता।' आख़िरकार वह हार गया।

मैं जीता, बुद्ध मेरे यहाँ आए।

आप इनसे बातें करते हैं?

मैं इनसे बैठकर बातें तो नहीं करता मगर कौन किस ग्रुप में, किस जगह ठीक होगा इसका ज़रूर ध्यान रखता हूँ। वह पत्थर का बना पेड़ है तो उसके नीचे ध्यान करते बुद्ध हैं।

कुछ लोगों ने कहा कि इतनी बुद्ध प्रतिमाएँ घर में रखना शुभ नहीं है। एक बार बासु (भट्टाचार्य) कहने लगा, 'इन्हें इकट्ठा मत करो, कहते हैं अगर इन्हें घर रखो तो...' और वाक्य पूरा करने से पहले ख़ामोश हो गया। मैंने कहा, 'जो होना था, वह तो पहले ही हो चुका !'

आपकी एक कविता ही है सिद्धार्थ के साथ एक रात...

"हाँ, जब सिद्धार्थ ने घर छोड़ा होगा तो उनके दिमाग में क्या रह

होगा? कोई रातोंरात तो वे ऐसे फैसले पर आए नहीं होंगे। उनके दिमाग में बड़ी लम्बी, हिला देने वाली बहस चली होगी।

सोचिए बुद्ध बारह साल बाद जब वापस लौटे होंगे तो उस शहर में सब कुछ बदला-सा लगा होगा। वे उस पेड़ को देखते हैं, जहाँ उन्होंने अपने शाही कपड़े उतारे थे, जहाँ से वे सिद्धार्थ से बुद्ध में तब्दील होने के लिए रवाना हुए थे। वे धूल के गुबार उड़ते देखते हैं और उन दिनों की याद करते हैं, जब वे अपने रथ पर निकलते थे तो वह अपने पीछे धूल उड़ाता चलता था।

एक पौधा है जो बड़ा होकर पेड़ हो गया है। उन्हें याद आता है कि उनका बेटा राहुल भी अब बड़ा हो गया होगा। उसके साथ खड़ी बच्चे की माँ यशोधरा उन्हें याद आती है।

उनके ही पीछे उनके शिष्यों का क़ाफ़िला चल रहा है जो जप रहा है—बुद्धम् शरणम् गच्छामि।

और बुद्ध महसूस करते हैं कि लौटना उतना ही मुश्किल है जितना छोड़ना था। अब वे अपने ही मंत्र में बंधे हुए हैं, सचमुच कभी लौट नहीं सकेंगे।"

तो शाम हो चली है। बुद्ध की मूर्तियों, किताबों, ग़ालिब से लेकर वैन गॉग तक से भरे-पूरे बोसकीयाना में। जागने में सूरज को हराने के साथ शुरू हुई सुबह टेनिस से निकलकर इसी मेज़ पे आकर काम में मगन दुपहरी में तब्दील हुई।

सितार, सिनेमा और दौड़ाकर कोने से मंगवाए समोसों तक, दिन में पूरा दिन भर गया।

तो शाम हुई।

चलो आज यहीं ख़त्म करते हैं। उठने का इशारा-सा मिलता है।

कवि कहता है—

बड़ा दोगला है शख़्स ये
करें ऐतबार तो क्या करें
न तो झूठ बोले कवि कभी
न कहे कभी खरा-खरा

और—

—कि सियासत गेट से उठकर मुंडेर पर टिक गई है।

—मैं आपकी उम्मीदों का तो जिम्मेवार नहीं हूँ। मैं 'एक्स्पेक्टेड वेज़' में 'एक्स्पेक्टेशन' पूरी नहीं कर सकता।

—हवा चलती है तो पाँव देख लेता हूँ, महसूस भी करता हूँ। आसान है।

—बस हिन्दुस्तानी हूँ, कंधे नीचे और गर्दन ऊँची रखूं। इतना ही।

—शाहों-बादशाहों की तवारीख़ में लोगों की कहानियाँ नहीं होतीं, उन लोगों को समय का साहित्य दर्ज करता है।

समय का समय हो रहा है

समय, उनका नाती। बोस्कीयाना में शामें अब बोसकी के बेटे की हैं।

उम्र की नई कड़ी। नई पीढ़ी।

'यूँ तो बड़े होने में कोई मज़ा नहीं है, नए लोग सुनते हैं, बूढ़े तो शायद ही सुनते हैं। लेकिन बूढ़े हुए बग़ैर पोता नहीं मिलता। और, जो बच्चे

हाथ पकड़कर बाहर न लाएँ तो बूढ़े घर में ही बंद रह जाएँ।'

'मैं और समय दोनों बोसकी से डरते हैं। वो अपनी माँ की तरह बड़ी सख़्त है। राखीजी कहती थीं, बिगाड़ने के लिए आप हैं और संवारने के लिए मैं हूँ। मैं बच्चों को बिगाड़ने के लिए मशहूर हूँ। बोसकी को आते देख समय से कहता हूँ, देखो-देखो मम्मी आ रही है—अब तो ये नहीं कर सकते।'

फरहाना जी वाले हिस्से से होते हुए हम बाहर आ रहे हैं। कोने में गुलज़ार साहब की इन दिनों बनाई पूरी-अधूरी पेंटिंग्स रखी हैं। उनके अर्थ और टाइटल बूझते हुए फिर हम वहाँ हैं जहाँ बचपन की बोसकी तस्वीर में जूते पहनती दिख रही हैं।

वे सुनहरी मोजड़ियाँ पैरों में डाले, मेरा हाथ पकड़े बाहर छोड़ने आए हैं। बाएँ लॉन में बुद्ध और ग़ालिब हैं। धूप-छाँव का खेल चल रहा है।

रात काली दिन उजियारा
मिल गए दोनों साये
सांझ ने देखो रंगरूप के
कैसे भेद मिटाए.
गंगा आए..
अच्छा बच्चू! बांहें भर के आशीषें मिलती हैं।

जैसे पीछे से बासु भट्टाचार्य कान में बोलते हैं—'वह भोर या सांझ की तरह है, जिसका प्रकाश इतना कोमल है कि अपने पीछे कोई परछाई नहीं छोड़ता और अंधकार इतना धीमा कि वह कोई चीज़ छुपा भी नहीं पाता। गुलज़ार की कोई चीज़ न खुली है, न छुपी!'

बोसकीयाना का गेट खुलता है।

विदा में हाथ हिलते हैं।

'आरुषि' का अप्रेल कैलेंडर जैसे गुलज़ार के शब्दों में बुद्ध की प्रतिमा से खेलता एक चपत लगा रहा है—

गुद्दी पे चपतम् स्वामी!

मैं गुलज़ार में नहाकर निकला हूँ।
बातें, वो तो अभी और बाकी हैं!

अभी न परदा गिराओ
ठहरो
कि दास्ताँ आगे और भी है...

बातचीत के बाद यशवंत-गुलज़ार • तस्वीर : फरहाना मेहमूद

जेहन के पीछे किसी और सतह पे कहीं
जैसे चुपचाप बरसता है तसव्वुर तेरा
—'झड़ी'

इसे कहते हैं सन्दर्भ—आभार सूची जो बैकग्राउन्ड में चुपचाप चलती रहती है। उन सबका शुक्रिया जिनका गुलज़ार साहब से लिखा-पढ़ा, बोला, सुना, देखा बताया—इस किताब में बड़े काम आया।

मेघना गुलज़ार | पवन झा | अशोक बिंदल | डॉ. प्रशांत कुमार | कौस्तुभ पिंगले | सुकृता पॉल | जे.पी. दास | पवन वर्मा | नसरीन मुन्नी कबीर | अशोक भौमिक | अशफ़ाक़ अहमद | यतीन्द्र मिश्र | विश्वनाथ सचदेव | अरुण शेवते | किशोर मेढे | अली पीटरजॉन | रक़शंदा जलील | पद्मा सचदेव | राजकुमार केसवानी | अजय ब्रह्मात्मज | जिया उस् सलाम | इरफ़ान | राजू भारतन | ख़ालिद मोहम्मद | इंदु मीरानी | रऊफ अहमद | प्रीतिश नंदी | प्रदीप चंद्रा | अनुपम खेर | सत्या शरण | शेखर हट्टंगडी | दीपा नारायणन | निरुपमा दत्त | कौशिक बंद्योपाध्याय | सृजन मित्रा | गुरुमुख सिंह | नुपुर गुप्ता | भावना सोमैया | अनुराधा चौधरी | प्रिया गुप्ता | पीवी शिवकुमार | अमीन मेंघानी | शाहिद रसाम | हनीफ शकूर | हरनीत सिंह | शांभवी सिंह | नम्रता जोशी | कमलेश पांडे | रॉबिन रॉय | सौम्यदीप्त बनर्जी | मंजुला सेन | फरहाना फारुक | वी. गंगाधर | मिनी अ. छिब्बर | मधुर तन्खा | सुदर्शना द्विवेदी | अरुंधति चटर्जी | गिरीश राव | ज्योति प्रभाकर | मीना अय्यर | अनिल दानी | शोमा चटर्जी | सी.एस. भाग्या | सुभाष के. झा | साहिर मिर्जा | प्रीतम डी. गुप्ता | मधु पॉल | चितलीन के. सेठी | सुदीप | आशीष विरमानी | दामोदर खड़से | दिव्या जे. शेखर | मीना अय्यर | हुमा कुरैशी | आरती दानी | प्रियंका श्रीवास्तव | शर्मिष्ठा चटर्जी | इक़बाल मसूद | मनोजित लाहिरी | बॉबी सिंग | अवधेश व्यास | सुन्दर चंद ठाकुर | सुनील मिश्र | रमेश निर्मल | रवि बुले | अन्तरा नंदा मंडल | मोहर बसु | सदफ अमान | संजय कुमार | सलीम आरिफ | आरुषि संस्था | अनिल मुद्गल | शैलजा चंद्रा | भरत एस. तिवारी | जीशान ए. लतीफ | फरहाना मेहमूद | कंपोज़िंग सहयोगी दीपक खोरानिया | पवन बागड़ा |

बाकी तमाम रिसाले, वेबसाइटें, चैनल, प्रकाशन और जगहें (कितनों का नाम लें) जहाँ से गुलज़ार की ख़ुशबू मिली।

राजकमल के दोस्त अशोक महेश्वरी ने बोसकीयाना के भीतर बैठकर इस किताब के लिए गुलज़ार साहब से जो पहला कॉल लगवाया। • धन्यवाद, **डॉ. प्रशांत कुमार,** कि 1983 में आपने एक संग्रह बनाया—'गुलज़ार—एक शख़्सीयत' उसमें गुलज़ार पर अली सरदार जाफ़री, ख़्वाजा अहमद अब्बास, भूषण बनमाली, उपेन्द्रनाथ अश्क, कानु राय, आर.डी. बर्मन, इस्मत चुग़ताई, नरेश मेहता, फ़िराक़ गोरखपुरी से लेकर डॉ. राही मासूम रज़ा तक के लिखे बेशकीमती बयान शामिल पाए। • **अशोक बिंदल** ने घर की तस्वीरें खींचीं। • **संदीप शर्मा** ने डिजाइन के लिए साथ में लम्बी बैठक की।

फ़ेहरिस्त

परम 'ज़-मित्र' और पक्के 'गुलज़ार ऑनलाइन' पवन झा ने नीचे दी जा रही फ़ेहरिस्त जांची है। दोस्त हैं, उन्हें करना ही था।

उनको सलाम-नमस्ते!

फ़िल्में

1961 : काबुलीवाला (सहायक) । **1963** : बंदिनी (सहायक) । **1971** : मेरे अपने (पहला स्वतंत्र निर्देशन) । **1972** : परिचय, कोशिश । **1973** : अचानक । **1974** : ख़ुशबू । **1975** : आँधी । **1976** : मौसम । **1977** : किनारा, किताब । **1979** : मीरा । **1980** : अंगूर । **1982** : नमकीन । **1986** : इजाज़त । **1988** : मिर्जा ग़ालिब (टीवी सीरियल), लिबास (*अप्रदर्शित) । **1990** : लेकिन, उस्ताद अमजद अली खां (डॉक्यूमेंट्री) । **1992** : पंडित भीमसेन जोशी (डॉक्यूमेंट्री) । **1993** : किरदार (टीवी सीरियल) । **1996** : माचिस । **1999** : हु तू तू । **2004** : तहरीर मुंशी प्रेमचंद की (टीवी सीरियल)।

Pic : Yashwant Vyas

ग़ैर—फ़िल्मी म्युज़िक अल्बम

1967 : हेमन्त कुमार के गीत (हेमन्त कुमार के साथ) । **1979** : वो जो शायर था (भूपिन्दर के साथ) । **1987** : दिल पड़ौसी है (आर डी बर्मन और आशा भोंसले के साथ) । **1992** : मैं और मेरा साया (भूपेन हजारिका के साथ) । **1997** : बूढ़े पहाड़ों पर (विशाल और सुरेश वाडकर के साथ) । **1999** : मरासिम (जगजीत सिंह के साथ), वादा (उस्ताद अमज़द अली ख़ान के साथ) । **2000** : सनसेट पॉइंट (भूपिंदर चित्रा और विशाल के साथ), बंदर बिंदास बंदर (नारायण परशुराम के साथ) । **2001** : विसाल (ग़ुलाम अली के साथ) । **2002** : उदास पानी (अभिषेक रे के साथ), इश्क़ा इश्क़ा (रेखा और विशाल भारद्वाज के साथ) । **2003** : आबिदा सिंग्स कबीर (आबिदा परवीन के साथ), रात, चाँद और मैं (अभिषेक रे के साथ) । **2006** : कोई बात चले (जगजीत सिंह के साथ) । **2007** : अमृता प्रीतम । **2008** : चाँद परोसा है (भूपिंदर सिंह के साथ) । **2011** : बरसे बरसे (विशाल और सुरेश वाडकर के साथ), तरी ही, कुसुमाग्रज । **2012** : अक्सर (भूपिंदर और मिताली के साथ), तेरा बयान ग़ालिब । **2013** : सुरमई रात (भूपिंदर सिंह के साथ) । **2016** : गुलज़ार इन कन्वर्सेशन विद टैगोर (शांतनु मोइत्रा और श्रेया घोषाल के साथ), तापुर तुपुर : टैगोर'स पोयम्स फॉर चिल्ड्रन (शांतनु मोइत्रा के साथ), गुलज़ार नज़्म । **2018** : नायाब लम्हे।

किताबें

1962 : चौरस रात (कहानियाँ) । **1963** : जानम (शायरी) । **1972** : एक बूँद चाँद (शायरी) । **1980** : कुछ और नज़्में (शायरी) । **1989** : दस्तख़त (उर्दू नज़्में, पाकिस्तान में प्रकाशित) । **1994** : पुखराज (नज़्में), साइलेंसेस (नज़्में, अंगरेज़ी में अनूदित), मेरा कुछ सामान (चुने हुए फ़िल्मी गीत) । **1997** : रावी पार (कहानी संग्रह, अंगरेजी और अन्य भाषाओं में प्रकाशित) । **1999** : ऑटम मून (नज़्में, अंगरेज़ी में अनूदित) । **2000** : क़ायदा (बच्चों के लिए बारहखड़ी लय में), करडी कथा (ऑडियो बुक्स) । **2001** : त्रिवेणी (शायरी), एक में दो (बच्चों के लिए शिक्षाप्रद किताब), धुआं (उर्दू, कहानियाँ) । **2002** : रात पश्मीने की (उर्दू और हिन्दी संस्करण), माइकेलेंजेलो एँड अदर स्टोरीज़ (कहानियाँ, अंगरेज़ी में अनूदित), सीमा एँड अदर स्टोरीज़ (कहानियाँ, अंगरेज़ी में अनूदित), हाबू की आग और अन्य कहानियाँ (कहानियाँ, अंगरेज़ी में अनूदित), अद्धा एँड अदर स्टोरीज़ (कहानियाँ, अंगरेज़ी में अनूदित), ख़ौफ़ एँड अदर स्टोरीज़ (कहानियाँ, अंगरेज़ी में अनूदित), स्प्लिन्टर एँड अदर पोयम्स (नज़्में, अंगरेज़ी में अनूदित), रात, चाँद और मैं (नज़्में), बोस्की के कप्तान चाचा । **2003** : घर का नाम एक साल (बच्चों के लिए शिक्षाप्रद किताब)। **2004** : छैयाँ छैयाँ (चुने हुए फ़िल्मी गीत), मीरा (मंज़रनामा), परवाज़ : ऑटोबायोग्राफी ऑफ़ ए पी जे अब्दुल कलाम (ऑडियो बुक, हिन्दी अनुवाद और नैरेशन) । **2005** :

Pic : Ashok Bindal

आँधी, धागे (मराठी निबंध) । **2006** : हु तु तु, मिर्ज़ा ग़ालिब—एक स्वानही मंज़रनामा (अंगरेज़ी में अनूदित, 2011) । **2007** : मेरे अपने, ख़ुशबू (मंज़रनामे) । **2008** : टू टेल्स ऑफ़ माय टाइम्स (स्क्रीनप्लेज़ ऑफ़ न्यू देल्ही टाइम्स एँड माचिस, अंगरेज़ी में अनूदित) । **2009** : 100 लिरिक्स (गीतों का संग्रह, हिन्दी, अंगरेज़ी में अनूदित), यार जुलाहे (गीतों का संग्रह), बोस्की की सुनाली, बोस्की के ताल पाताल । **2010** : लिबास, कुसुमाग्रज की गिनी चुनी नज़्में (अनुवाद), मैजिकल विशेज़ : द एडवेंचर्स ऑफ़ गूपी एँड बाघा, पन्द्रह पाँच पचत्तर (नज़्में) । **2011** : इजाज़त, मासूम, परिचय, अंगूर (मंज़रनामे) । **2012** : माचिस, न्यू डेल्ही टाइम्स, सिलेक्टेड पोयम्स (नज़्में, अंगरेज़ी में अनूदित), नेग्लेक्टेड पोयम्स (नज़्में, अंगरेज़ी में अनूदित), ड्योढ़ी (कहानियाँ), पिछले पन्ने, युधिष्ठिर और द्रौपदी (हिन्दी अनुवाद) । **2013** : माय फेवरिट स्टोरीज़ : बोसकीज़ पंचतंत्रा (अंगरेज़ी में अनूदित), हाफ अ रुपी (कहानियाँ, अंगरेज़ी में अनूदित), मीलों से दिन (चुने हुए फ़िल्मी गीत), प्लूटो (नज़्में, अंगरेज़ी में अनूदित) । **2014** : बोस्की की गप्पें, बोस्की का कौआनामा, बोस्की की गिनती, बोस्की के धनवान, हेड्स एँड टेल्स (स्क्रीनप्लेज़ ऑफ़ आँधी एँड हु तू तू, अंगरेज़ी में अनूदित), ग्रीन पोयम्स (नज़्में, अंगरेज़ी में अनूदित) । **2016** : लेकिन, मौसम, किताब, किनारा, अचानक (मंज़रनामे), गुलज़ार ट्रान्सलेट्स टैगोर : बाग़बान और निंदिया चोर (अनुवाद), गोदान, निर्मला एँड अदर स्टोरीज़ (मंज़रनामा), अनादर 100 लिरिक्स (चुने हुए गीत, हिन्दी और अंगरेज़ी में अनूदित) । **2017** : कोशिश (मंज़रनामा), पाजी नज़्में, सस्पेक्टेड पोयम्स (नज़्में, अंगरेज़ी में अनूदित), दो लोग (उपन्यास), टू (उपन्यास, अंगरेज़ी), फुटप्रिंट्स ऑन ज़ीरो लाइन (विभाजन की पृष्ठभूमि पर रचनाएँ), प्लूटो (नज़्में, बंगाली में अनूदित), कुछ तो कहिये (नज़्में), पांता भाते (बंगाली में निबंध), गुलज़ार पटकथा (मंज़रनामे, मराठी में) । **2018** : समय का खटोला (बच्चों के लिए कथा, कविता और गीतों का संग्रह), सर्गे सारे (कविता संग्रह, मराठी और हिन्दी में) । **2020** : अ पोयम अ डे (नज़्मों का अनुवाद)।

और सब...

1961 : काबुलीवाला (गीत-गंगा आए कहाँ से) *बंदिनी के बाद रिकॉर्ड हुआ। **1962** : प्रेम-पत्र (गीत)। **1963** : बंदिनी (गीत-मोरा गोरा अंग लई ले)* लिखा और रिकॉर्ड पहले किया गया, रिलीज़ 'काबुलीवाला' के बाद हुआ। **1965** : पूर्णिमा (गीत), बीवी और मकान (गीत और संवाद)। **1966** : सन्नाटा (गीत), पिंजरे के पंछी (गीत)। **1968** : दो दूनी चार (पटकथा, संवाद और गीत), राहगीर (गीत)। **1969** : संघर्ष (संवाद), उस रात के बाद (गीत), ख़ामोशी (गीत), आशीर्वाद (पटकथा, संवाद और गीत)। **1971** : अनुभव (गीत), गुड्डी (कथा, पटकथा, संवाद और गीत), सीमा—(गीत), अंदाज़ (संवाद), आनंद (संवाद और गीत), भूल ना जाना (गीत)। **1972** : अनोखा दान (गीत), दूसरी सीता (गीत), बावर्ची (संवाद)। **1973** : नमक हराम (पटकथा और संवाद)। **1974** : शक़ (गीत), जीवन संग्राम (गीत)। **1975** : फ़रार (कथा), चुपके चुपके (पटकथा और संवाद)। **1977** : घर (संवाद और गीत), पलकों की छाँव में (पटकथा संवाद और गीत)। **1977** : खट्टा मीठा (गीत)। **1978** : देवता (संवाद और गीत), घरौंदा (गीत), रतनदीप (गीत), स्वयंवर (गीत)। **1979** : गोलमाल (गीत), गृहप्रवेश (संवाद और गीत)। **1980** : कशिश (गीत), ख़ूबसूरत (संवाद और गीत), थोड़ी सी बेवफाई (गीत), गहराई (गीत), सितारा (पटकथा, संवाद और गीत)। **1981** : बसेरा (पटकथा, संवाद और गीत), नरम गरम (गीत)। **1982** : मासूम (पटकथा, संवाद और गीत)। **1983** : एक पल (पटकथ, संवाद और गीत), सदमा (पटकथा, संवाद और गीत), ज़रा सी जिन्दगी (संवाद)। **1984** : हिप हिप हुर्रे (पटकथा, और गीत), मुसाफ़िर (गीत), सितम (गीत)। **1986** : जीवा (गीत)। **1987** : न्यू डेल्ही टाइम्स (पटकथा), ग़ुलामी (गीत), जलियाँवाला बाग़ (गीत)। **1988** : चतरन (संवाद और गीत)। **1993** : माया मेमसाब (गीत), रुदाली (पटकथा, संवाद और गीत)। **1995** : मम्मो (गीत)। **1997** : आस्था (गीत), दायरा (गीत), चाची 420 (संवाद और गीत)। **1998** : स्वामी विवेकानंद (गीत), सत्या (गीत), दिल से (गीत)। **1999** : जहाँ तुम ले चलो (गीत), ख़ूबसूरत (गीत)। **2000** : फ़िज़ा (गीत)। **2001** : रॉकफ़ोर्ड (गीत), मित्र- माय फ्रेंड (गीत), जिन्दगी जिंदाबाद (गीत), अक्स (गीत), अशोका द ग्रेट (गीत)। **2002** : फिलहाल (गीत), लाल सलाम (गीत), लीला (गीत), साथिया (संवाद और गीत)। **2003** : मकड़ी (गीत), पिंजर (गीत)। **2004** : कशार (गीत), मक़बूल (गीत), चुपके से (गीत), रेनकोट (गीत)। **2005** : बँटी और बबली (गीत), पहेली (गीत), यहाँ (गीत)। **2006** : ओंकारा (गीत), जान-ए-मन (गीत)। **2007** : दस कहानियाँ (नज़्म, 'गुब्बारे' : पटकथा, संवाद), द ब्ल्यू अम्ब्रेला (गीत), गुरु (गीत), झूम बराबर झूम (गीत), जस्ट मैरिड (गीत), नो स्मोकिंग (गीत), दुमकटा (गीत)। **2008** : चौराहे (गीत), युवराज (गीत), स्लमडॉग मिलियनेयर (गीत)। **2009** : बिल्लू (गीत), फ़िराक़ (गीत), कमीने (गीत)। **2010** : दस तोला (गीत), राजनीति (गीत), वीर (गीत), इश्क़िया (गीत), स्ट्राइकर (गीत), रावण (गीत)।

Pic : Ashok Bindal

2011 : 7 ख़ून माफ (गीत), कशमकश (गीत), तीन थे भाई (गीत), चला मुसद्दी...ऑफ़िस ऑफ़िस (गीत) । **2012** : जब तक है जान (गीत) । **2013** : मटरू की बिजली का मंडोला (गीत), एक थी डायन (गीत) । **2014** : क्या दिल्ली क्या लाहौर (गीत), डेढ़ इश्क़िया (गीत), हैदर (गीत), किल दिल (गीत), लिंगा (गीत) । **2015** : दृश्यम (गीत), तलवार (गीत) । **2016** : मिर्ज़्या (पटकथा, संवाद और गीत) । **2017** : ओके जानू (संवाद और गीत), रंगून (गीत) । **2018** : राज़ी (गीत), सूरमा (गीत), मोहल्ला अस्सी, बाइस्कोप वाला, पटाख़ा । **2019** : मेरे प्यारे प्राइम मिनिस्टर, दो पैसे की धूप, चार आने की बारिश (गीत), द स्काय इज़ पिंक (गीत) । **2020** : छपाक (गीत)।

अलंकरण

2003 : साहित्य अकादेमी अवॉर्ड, धुआं (उर्दू कहानियाँ) । **2004** : पद्मभूषण । **2008** : एकेडेमी अवार्ड, सर्वश्रेष्ठ मौलिक गीत के लिए, 'जय हो' (स्लम डॉग

मिलियनेयर, ए. आर. रहमान के साथ) । **2010** : ग्रैमी अवॉर्ड विज़ुअल मीडिया की सभी श्रेणियों में सर्वश्रेष्ठ गीत के लिए 'जय हो' (स्लम डॉग मिलियनेयर, ए. आर. रहमान और तन्वी शाह के साथ) । **2012** : इंदिरा गांधी राष्ट्रीय एकता सम्मान । **2013** : दादासाहेब फाल्के सम्मान—भारतीय सिनेमा में सर्वोच्च योगदान के लिए।

राष्ट्रीय पुरस्कार

1972 : सर्वश्रेष्ठ पटकथा—कोशिश । **1976** : सर्वश्रेष्ठ निर्देशक—मौसम । **1998** : सर्वश्रेष्ठ गीतकार—'मेरा कुछ सामान' (इजाज़त) । **1991** : सर्वश्रेष्ठ गीतकार—'यारा सीली सीली' (लेकिन) । **1991** : सर्वश्रेष्ठ वृत्तचित्र—उस्ताद अमज़द अली खां । **1993** : सर्वश्रेष्ठ वृत्तचित्र—पंडित भीमसेन जोशी । **1996** : सर्वश्रेष्ठ फ़िल्म, सम्पूर्ण मनोरंजन श्रेणी—माचिस।

फिल्मफेयर अवॉर्ड

1971 : सर्वश्रेष्ठ संवाद—आनंद । **1973** : सर्वश्रेष्ठ संवाद—नमक हराम । **1975** : सर्वश्रेष्ठ फीचर फ़िल्म (क्रिटिक्स अवॉर्ड)—आँधी । **1976** : सर्वश्रेष्ठ निर्देशक—मौसम । **1977** : सर्वश्रेष्ठ गीतकार—'दो दीवाने शहर में' (घरौंदा) । **1979** : सर्वश्रेष्ठ गीतकार—'आने वाला पल जाने वाला है' (गोलमाल) । **1980** : सर्वश्रेष्ठ गीतकार—'हज़ार राहें मुड़ के देखीं' (थोड़ी सी बेवफाई) । **1983** : सर्वश्रेष्ठ गीतकार—'तुझसे नाराज़ नहीं ज़िन्दगी'—(मासूम) । **1988** : सर्वश्रेष्ठ गीतकार—'मेरा कुछ सामान' (इजाज़त) । **1991** : सर्वश्रेष्ठ गीतकार—'यारा सीली सीली' (लेकिन) । **1991** : सर्वश्रेष्ठ वृत्तचित्र—उस्ताद अमज़द अली खां । **1996** : सर्वश्रेष्ठ संवाद—माचिस ।

1996 : सर्वश्रेष्ठ कथा—माचिस । **1998** : सर्वश्रेष्ठ गीतकार—'छइयाँ छइयाँ' (दिल से) । **2002** : लाइफ टाइम अचीवमेंट अवार्ड । **2003** : सर्वश्रेष्ठ गीतकार—'साथिया..' (साथिया) । **2003** : सर्वश्रेष्ठ संवाद—साथिया **2006** : सर्वश्रेष्ठ गीतकार—'कजरा रे...' (बँटी और बबली) । **2011** : सर्वश्रेष्ठ गीतकार—'दिल तो बच्चा है जी' (इश्क़िया) । **2013** : सर्वश्रेष्ठ गीतकार—'छल्ला ..' (जब तक है जान) । **2018** : सर्वश्रेष्ठ गीतकार—'ए वतन ..' (राज़ी)।

मानद सम्मान

2001 : लाइफ टाइम ऑनरेरी फैलोशिप, इंडियन इंस्टिट्यूट ऑफ़ एडवांस्ड स्टडीज, शिमला । **2009** : ऑनरेरी डॉक्टरेट, पंजाब यूनिवर्सिटी, पटियाला । **2012** : ऑनरेरी डॉक्टरेट इन उर्दू लिटरेचर, मौलाना आज़ाद नेशनल यूनिवर्सिटी, हैदराबाद । **2013** : ऑनरेरी चांसलर, सिक्किम यूनिवर्सिटी । **2014** : ऑनरेरी डॉक्टरेट, यूनिवर्सिटी ऑफ़ हैदराबाद । **2015** : डॉक्टर ऑफ़ लेटर्स, रवींद्र भारती यूनिवर्सिटी, कोलकाता।

खुशी के गाने तो
फुलझड़ियों की तरह
हैं...जलते हैं और बुझ
जाते हैं। लेकिन, उदासी
अगरबत्ती की तरह
जलती है देर तक...
और बुझने के बाद भी
महकती रहती है।

- बावर्ची
(संवाद, 1972)